もっと味わい深い

万葉集の新解釈

IV

巻第13 巻第12 巻第11

上野　正彦

東京図書出版

まえがき

　多くの人は万葉集の歌といえば、漢字仮名まじりの姿を思い描くでしょうが、私は20字ぐらいの漢字の羅列を思い浮かべます。漢字仮名まじりの歌の姿はひとつの仮の姿（二次作品）に過ぎず、漢字の羅列の内に歌の真の姿が籠められていると考えます。

　自然科学とは異なり、観察や実験で、これが客観的な真の姿であると証明する方法はありませんが、人文科学として万葉歌の訓解を志す場合、漢字の羅列を研究対象にして、少しでも歌の真の姿に迫る研究姿勢が必要と考えます。

　万葉歌の訓解研究は、平安・鎌倉・江戸の各時代を通じて継続的に行われてきましたが、今の研究環境と比較すると、ほとんど研究用ツールがない状態でした。研究者が使用した原文の写本も限られ、したがって特定の写本による底本主義の解釈が主流であり、また、訓めない漢字の原文に出くわすと、研究者の頭の中で解決するしか方法はなく、したがって誤字説・脱字説・地名説等が横行しました。

　しかし今は、各種研究ツールがインターネットで公開され、誰でも利用できます。

　既述のように「万葉集校本データベース作成委員会」が主要な9古写本の原文を公開しており、より確かな原文を採用することができ、その原文漢字をこの仮名に用いている例があるかの確認は「万葉仮名一覧」（万葉散歩フォトギャラリー管理人　植芝宏氏）の広範・精緻な資料により、また、新訓解の語句が他の万葉歌にもあるかの確認は、「ヴァージニア大学図書館の万葉集」により、それぞれ瞬時に検索できます。

　私は、いわば孤立無援で、独力で専門外の研究をしているように見えますが、世界規模の研究者の万葉集周辺研究の成果を享受し、これらの研究者の支援をうけて訓解研究をしていることを片時も忘れたことはなく、今の時代と研究者に感謝しています。

　それ故にこそ、今の令和の時代に、万葉歌の真の姿を求めなければならないと思う次第です。

令和5年4月

　　　　　　　　令和万葉塾　塾主　上野正彦

凡　例

1　横書き

　これまで、万葉集の注釈書はほとんど縦書きである。本書の内容は、これまでにない新しい訓解であるので、その外装もこれまでにない横書きとした。

2　底本主義を採らない

　本書の立場は、現存しない当初の「萬葉集」に、当初どのように表記がされていたかを、その後の多くの古写本の表記から推定して、新訓解を提唱するものである。したがって、特定の古写本を基本とする、底本主義を採らない。

　「多くの古写本の表記」として、主に「**万葉集校本データベース作成委員会**」がウェブサイトで公表している、数本以上の古写本の原文を判読することによった。本書の研究ができたのは、同委員会の上記提供があってのことで、深く敬意と感謝を表する。

3　本書の構成

①　歌番号は、『国歌大観』による歌番号を付した。「類例」の新訓解の歌がある場合は、その歌番号を併記した。また、歌番号の後方にある（誤字説）（語義未詳）（寓意）などの表記は、本書が新訓解を提唱する原因となった、その歌のこれまでの訓解の特徴・範疇を示している。

②　歌番号の下に、題詞・作者名・その他の事柄を、適宜記載している。

③　「**新しい訓**」は、定訓によらず、新しい訓として本書が提唱する訓である。それが、定訓以前に流布していた訓の場合は、（旧訓）と併記した。定訓によるが、その解釈を新しく提唱する場合は、「定訓」をここに記載している。定訓ではないが、広く流布している訓の場合は、「これまでの訓の一例」と表記した。

④　「**新しい解釈**」は、③に記載した「新しい訓」「定訓」などに対

し、本書が提唱する新しい解釈を示している。寓意のある歌は、寓意の内容も記載しているが、寓意の内容を「新訓解の根拠」に記載している歌もある。

　文中における〈　〉内の詞は、枕詞であることを示している。

⑤　「**これまでの訓解に対する疑問点**」は、本書が提唱する新訓解に対応する、定訓の訓およびそれに基づく解釈を示し、それに対する疑問点を摘示している。

　これに関する、戦後の代表的な注釈書9著の見解を、適宜引用している。9著の記述から、現在の訓解の水準を確認している。

　なお、定訓によるが、新しい解釈を提唱する場合は、「これまでの解釈に対する疑問点」と表記している（⑥も同旨）。

⑥　「**新訓解の根拠**」について、定訓と異なる原文を採用するときは、その出典の古写本名を示し、異なる訓を付すには『類聚名義抄』はじめ古語辞典・漢和辞典を引用している。新しい解釈においても、古語辞典などを引用している。他の万葉歌の訓例なども多数例示している。

　なお、同一歌番号の歌の中に、新訓解の歌句が複数あるときは、「その1」「その2」などの小表題を付けていることがある。

　また、他の万葉歌にも、類例の新訓解があることを指摘する場合は、「**類例**」として、その下に解説を併記している。

⑦　「**補注**」は、適宜、参考になると思われる事柄を記載している。

4　参考文献

　本書の著述に用いた文献は、本文中にすべて記載しているので、それ以外のものを加えた、いわゆる「参考文献」を一括掲示していない。

　本書の性格上、通しでのほか、関心のある歌のみを読まれることを想定し、各歌毎に文献名を再記載しているので、文献略称の一覧を付していない。

以上

意

「旋頭歌」で、柿本人麻呂歌集出の歌である。

新しい訓

> **いとほしゑ**　吾が思ふ妹は　**早も死ぬれや**　生けりとも　吾に寄るべしと　**人云はなくに**

新しい解釈

> **愛おしい、ああ、**私が愛しいと思っているあの娘は**早くも死んでしまうのか**、生きていても、あの娘が自分に心を寄せていると**他人は誰も云ってくれないことは、はっきりしているけれども。**

■これまでの訓解に対する疑問点

　初句の原文「**惠得**」について、古写本は一致しているが、その訓は「ヲシヱヤシ」が嘉暦伝承本、広瀬本および神宮文庫本の左記、「ヱシヱヤシ」が西本願寺本、京都大学本、陽明本の各左記、「メクマムト」が神宮文庫本、西本願寺本、京都大学本の各右記および寛永版本にあり、錯綜している（左記、右記とは、原文の文字のどちらの側に訓が書かれているかを示すものである）。

　近年の注釈書の訓は、つぎのとおり。

うつくしと　　『日本古典文學大系』、『新潮日本古典集成』、『新日本古典文学大系』、中西進『万葉集全訳注原文付』、伊藤博訳注『新版万葉集』、『岩波文庫　万葉集』

うるはしと　　『日本古典文学全集』、澤瀉久孝『萬葉集注釋』、『新編日本古典文学全集』

第3句の原文「**早裳死耶**」についても、古写本の原文は一致しているが、訓は「はやもしなぬか」は嘉暦伝承本、「ハヤクモシネヤ」は神宮文庫本の左記、西本願寺本、京都大学本、寛永版本、「ハヤモシヌカ」は神宮文庫本の右記などと、これも錯綜している。

　近年の上掲注釈書は「早も死なぬか」の訓に一致している。

■新訓解の根拠

1　「早裳死耶」を「**早も死なぬか**」と訓む注釈書においても、「相手に死んでしまえという歌は、集中この一首のみ。」(前掲新潮古典集成)、「相手に死んでしまえという歌は珍しい。」(同伊藤訳注)、「相手が死ぬことを願うのは例外的。」(同岩波文庫)と注釈している。

　　現代の短歌のように、自己の思いを秘かに詠むだけで、公表を予定していないのならばともかく、万葉の歌は、相手に贈り、あるいは第三者に披露するために詠んでいるものであるから、相手に死んでしまえなどと詠うことはあり得ないことと考える。

　　ということは、「早も死なぬか」の訓は、誤りである。

　「早裳死耶」は、「**早も死ぬれや**」と訓んで、早くも死ぬのだろうかと解すべきである。

　「死」は「死ぬ」の已然形「死ぬれ」、「や」は、疑問の係助詞。

　　已然形に「や」のついた形である1883番「暇あれや」において、「単なる疑問にも用いられる」(同澤瀉注釋)、「軽い疑問の意」(同岩波文庫)とされている。

　　定訓は「死なぬか」と訓んでいるが、「ぬか」は「《打消の助動詞{ず}の連体形『ぬ』+疑問・詠嘆の助詞『か』》詠嘆的に願望の意を表す。」(『古語大辞典』)とされている。

　　定訓は、本句において、「ぬ」にあたる文字の表記がないのに、死な「ぬか」と訓み、希望の意と解しているものである。

　　しかし、万葉集において、「ぬか」と訓む場合は、つぎのように「ぬ」にあたる文字が表記されている。

　　　　332番・708番「有奴可」(あらぬか)、520番「落糠」(ふらぬか)、
　　　　1614番「來奴鴨」(こぬかも)、1642番・1643番「零奴可」(ふら

ぬか）、3313番「有沼鴨」（あらぬかも）

　　よって、「ぬ」の表記のない第２句・第３句の歌意は、私が愛しい
と思っているあの妹は早くも死んでしまうのかの疑問の意であり、歌
の作者が思っている妹が重い病で死んでしまうのではないか、と詠ん
でいるものである。

　　従来の定訓による「早く死んでしまえばいい。」（前掲古典文學大
系）、「早く死んでしまわないものか。」（同新古典文学大系）、「さっさ
と死んでしまえ。」（同古典文学全集、同新編古典文学全集）の解釈
は、有り得べからざるものである。

2　初句「惠得」の「得」を定訓は、格助詞の「と」と訓んでいるが、
間投助詞の「ゑ」と訓むべきと考える。

　　定訓は「惠得」を「うつくしと」あるいは「うるはしと」と訓ん
で、「吾が思ふ妹」に繋げているが、「吾が思ふ妹」と詠めば、当然に
「うつくしと」あるいは「うるはしと」思う妹の意であるから、初句
にわざわざ「うつくしと」あるいは「うるはしと」と詠む必要がない
のである。

　　この歌は、作者が心を寄せていた妹が死んでしまうかも知れないと
いうときに詠われたものである。

　　したがって、初句の「**惠**」は、妹を「温かく抱き込む思いやり」の
気持ちを表す詞（『学研漢和大字典』）として用いられているもので、
「**いとほし**」と訓む。

　　前述のように「**得**」は間投助詞の「**ゑ**」であるから、初句の訓は
「いとほしゑ」、解釈は「いとおしい、ああ」となる。感極まった表現
である。

3　結句「人云はなくに」の「く」は、いわゆる**ク語法**で、「言わぬ」
に「あく」がついて約まった形で、言わないことがはっきりしている
の意である（ブログ「上代語法序説」江部忠行〈「言はく」は「言ふ
こと」か〉）。

4　このように、この旋頭歌の上句は、歌の作者が死んでしまいそうな
妹を愛おしみ、嘆いて「いとほしゑ　吾が思ふ妹は　早も死ぬれや」
と詠っている歌である。そして、下句は、こんなに妹のことを思って

いる自分であるが、妹が生きていても、他人は誰も、妹が自分に心を寄せていると言ってくれないことははっきりしているけれども、と自分の思いは妹にも、他人にも分かってもらえないが、と詠っているのである。

　定訓の訓解は、下句で作者は恋が叶わないことの不満を詠っているものと誤解し、上句を「すてばちな気持からいう」（前掲古典文学全集）、「思い余って自暴自棄になった気持から言う。」（同新編古典文学全集）、「おどけて歌ったもの。」（同伊藤訳注）、「恋の激情のあまりの表現である。」（同岩波文庫）などと注釈し、妹を「死なぬか」と訓解しているものである。

　しかし、下句の「人云はなくに」は「人の云わぬに」の意ではなく、「人が云わないことがはっきりしているが」の意であるから、この歌の作者は恋が叶わぬことに不満をもっているのではなく、恋が叶わないことを認識しているが、と詠っているのである。

　注釈書は、ク語法の意味を疎かにして、下句の解釈を誤ったが故に、上句の訓解も誤り、作者の心情を甚だしく損なう訓解をしているのである。

　この歌は、私の言う「万葉歌の悲劇」の典型例である。

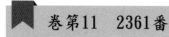
これも、柿本人麻呂歌集出の「旋頭歌」12首の中の一首。

新しい訓

> 　天なる　一つ棚橋　いかにか行かむ　若草の　妻がりと言は
> ば　**足厳しく**

新しい解釈

> 　天上にあるという（危なっかしい）一枚板の橋を、どのよう
> に渡ろうか。〈若草の〉妻の許へと言えば、**歩行を整え、堂々**
> **とした足運びで渡ります。**

■これまでの訓解に対する疑問点

　棚橋は、一枚板を架けた仮橋（『古語大辞典』）で、2081番歌にも詠
われている。

　これは、旋頭歌で、渡り難い棚橋をどのように渡って行こうかと詠い
かけたのが上句で、これに対して、可愛い妻のところに渡って行くと言
うならば、このように行くと詠ったのが下句である。

　多くの注釈書は、末尾の原文「**足壯嚴**」の「壯嚴」を仏典語と解し、
飾り立てること、装うことの意であるから、「足飾りせむ」あるいは
「足装ひせむ」と訓むとしている。

　そして、それは本歌においては、「足結」のことで足を飾ることの意
と解釈している。

　しかし、上句で一つ棚橋は危なっかしく、いかに渡ろうかと詠ってい
るのであるから、「足飾りせむ」あるいは「足装ひせむ」の訓は相応し
くない。

■新訓解の根拠

　棚橋は手摺りもなく、歩行が不安定であるので、へっぴり腰になりがちである。しかし、可愛い妻のところに行くときは、そんな不恰好な姿は見せられない。

「壯嚴」は、「形が整っていていかめしい」（『学研漢和大字典』）の意であるから、「いつくしく」と訓む。

　すなわち、妻のところへ行くといえば、危なっかしい棚橋を渡るにしても、歩行を整え、威儀を正して堂々とした足運びで行く、ということである。

　足元を飾ることではない。

「いつくし」は、894番歌に「伊都久志吉國」（いつくしきくに）の用例がある。

やはり、柿本人麻呂歌集出の「旋頭歌」12首の中の一首。

新しい訓

　　山背の　久世の若子が　欲しと言ふ我れ　**逢ひざまに**　我れを欲しと言ふ　山背の久世

新しい解釈

　　山背の久世の若君が、欲しいという私のことを。**逢うとすぐに**私を欲しいと言う、山背の久世の若君であることよ。

■これまでの訓解に対する疑問点

　定訓は、「**相狭丸**」を「あふさわに」と訓んでいるが、「丸」を「わに」と訓む理由を示していない。「丸」を「がん」と読んで「がに」と訓むことはできるが、「丸」から、なぜ「わ」の音と訓めるのか説明が十分とはいえない。

　ほとんどすべての注釈書は1547番歌の存在を注記し、その歌で「相佐和仁」を「あふさわに」と訓んで「軽率に」の意と解されているので、本歌においても「相狭丸」を「あふさわに」と訓める、「軽率に」と解せるとの意の如くである。

　しかし、本シリーズⅢの1547番歌において述べたように、原文は「相佐利仁」であり、「あひさりに」と訓むべきであるので、これを理由とすることはできない。

■新訓解の根拠

「**相**」は「**逢ひ**」、「**狭**」は「**ざ**」、「**丸**」は「**まる**」の略訓で「**ま**」と訓み、「**相狭丸**」は「**逢ひざま**」と訓む。

17

「狭」を「ざ」と訓む例は、322番歌「射狭庭乃」（いざにはの）にある。

「ざま」は「様」で、「《用言に付いて》……の時。……するとすぐ。」（『新選古語辞典新版』）であるから、「逢うとすぐ」の意である。

「あいざまに」の「に」に対する表記はないが、訓添により「に」を添える。

　本歌は、本句以外にも各句に「の」「の」「が」「と」「を」「と」「の」の各助詞が訓添されて訓まれている。

　久世の若子に求愛された娘子が、その喜びを上句と下句に繰り返して詠んでいる歌であるから、「逢うとすぐに」という詞は娘子の自惚れまでもが伝わってくるが、「軽率に」というような詞は相手を非難するもので、求愛を喜ぶ娘子の気持ちに相応しい詞ではない。

　娘子が相手の若子に欲しいと言われて「自惚れている」からこそ、上句で「欲しと言ふ我れ」と欲しいと言われた「我れ」を強調しているのであり、「軽率に」と非難しているのであれば「我れを欲しと言ふ」と詠み、「我れ」を倒置法で強調することはないのである。

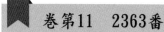

やはり「旋頭歌」であるが、これは「古歌集中出」とある。

新しい訓

> 　岡の崎　廻（た）みたる道を　人な通ひそ　ありつつも　君の行き
> 来る　設（ま）く道とする

新しい解釈

> 　丘の出っ張ったところの回り道を、他人は通わないで。この
> ままずっと、**君が私のところに行き来するために準備した道と
> するので。**

■これまでの訓解に対する疑問点

　注釈書は、第5句の「**君之来**」を「君が来まさむ」と訓んでいるが、「來」の一文字を「まさ」や「む」の助動詞に当たる表記がなく、なぜ「来まさむ」と訓めるのかを説明している注釈書は全くない。

　また、末句「**曲道爲**」の「曲」を「避（よ）き」と訓んで「避き道にせむ」であるとしているが、「曲」を「避き」、「為」を「せむ」と訓みうる理由についても、全く説明をしていない。

「曲」に「ヨキ」の音も、「避ける」の語義もない。全くの勝手訓みである。『岩波文庫　万葉集』は、1226番歌「與奇道者無荷」（よきぢはなしに）を掲げているが、一字一音表記であり、「曲道」を「避き道」と訓む根拠にはならない。

　古写本に付されている旧訓に従っているだけで、上の2点について、その訓の是否を再検討する姿勢が全く見られない。

■新訓解の根拠

下句の「君之來」の「之」は「**ゆき**」と訓んで、「行き」の意。

したがって、「君之來」は「の」を訓添して「君の行き来る」と訓む。

下句の「曲」は「まぐ」であるが、「設く」の「まく」の借訓仮名に用いたものである。清濁の違いがあるが、第2句に「廻みたる道」とあるので、あえて「曲」の字を用いたと考える。

「設く」は、「あらかじめ準備する。用意する。」(『古語大辞典』)の意で、「曲道爲」は「設く道とする」と訓む。「設く道」は文法的には連体形により「設くる道」であるが、字数の関係で終止形の「設く道」と詠んでいるもの。なお、「まく」(撒く)には「自分の存在を相手に分からせなくする。」(『古語大辞典』)の意があり、この意味も掛けているのであろう。

下句は、このままいつまでも、君が通うため準備した道とするの意で、「と」を添えて訓む。

「旋頭歌」で、古歌集にある歌。

定訓

　　玉垂の　小簾の<ruby>寸<rt>す</rt></ruby>けきに　入り通ひ来ね　たらちねの　母が
問はさば　風と申さむ

新しい解釈

　　〈玉垂の〉<ruby>簾<rt>すだれ</rt></ruby>の<ruby>隙間<rt>すきま</rt></ruby>から入って通って来てください、〈たらち
ねの〉母が簾が揺れるのを問うたら、風と申しましょう。

■これまでの訓解に対する疑問点

　第２句の原文「小簾之寸鶏吉仁」は、一字一音表記であるから「小簾
のすけきに」と訓むことにほとんど異説はない。そして、その意味は
「小簾の隙間より」入って通って来てほしいであることにも、異論はな
い。

　しかし、「すけき」がなぜ「隙間」と解釈できるか、注釈書において
明らかではない。

　古語辞典は、いずれも本歌だけを用例として掲げ、「『すけき』は『す
きま』」（『古語大辞典』）、「すきま、の意か」（『古語林』）、「『透き明き』
の約か、すきま。」（『旺文社古語辞典新版』）と説明している。

　他方、『古語大辞典』の 語誌 によれば、平安時代には、空間的「す
き」に当たる語は「ひま」、時間的な「すき」に当たる語は「ひま」「い
とま」、また心理的な「すき」に当たる語は「すきま」が普通に用いら
れていて、「すき」の確例は極めて乏しい、とされている。

　すなわち、空間的な「隙間」の意である「すき」の語は、平安時代
以前の万葉時代にはまだなかったものであるから、「すき」の表記から

「隙間」の意であったと結論することはできないのである。

■新訓解の根拠
「隙」は、漢音では「ケキ」と発音され、「すきま」を表す文字である。

　現代の「すきま」に当たる日本語のなかった万葉集の詠み人は、今日、英語をカタカナで表記するように、「隙」の漢音「ケキ」を一字一音表記の万葉仮名で「鶏吉」と表記したものと考える。

「寸」は呉音で「スン」と訓み、「わずか」「すこし」の意である（『学研漢和大字典』）。

　したがって、「少しのすきま」を「寸鶏吉」と合成して表記したもので、「スンケキ」であるが、約して「スケキ」と訓まれていたと考える。

　現代も「猛スピード」「超スロー」など、程度を表す語を冠した外来語の合成語がある。

　外来語であった「スケキ」が、平安時代以降「すきま」として日本語化していったものと思われる。

「正述心緒」の部にある歌。以下、本歌から2516番の掲載歌までの歌は、すべて「柿本人麻呂歌集出」の歌で、いわゆる略体歌といわれるものであるので、各歌の原文を示すことにする。

　　戀死　戀死耶　玉桙　路行人　事告無

新しい訓

　　恋ひ死なば　**恋も死ぬれや**　玉桙の　道行く人の　**言も告げ**
なく

新しい解釈

　　いっそ恋い死にすれば、恋しい気持ちも無くなるだろうか、〈たまぼこの〉道行き占（辻占）をしても、道行く人は、**吉と占える言葉を発してくれなくて。**

■これまでの訓解に対する疑問点

　注釈書は、上2句の原文「**戀死　戀死耶**」を「恋死なば　恋ひも死ねとか」と訓んで、一首につぎのような釈文を付している。

『日本古典文學大系』	恋いこがれて死ぬならば死ねというのか、道を行く人が何も（あの方の）言伝てをしてくれない。
『日本古典文学全集』	恋い死ぬなら　恋い死ねとてか（玉桙の）道行く人が　伝言さえももたらさないことだ
澤瀉久孝『萬葉集注釋』	恋ひ死ぬならば死ぬがよいといふ

	のであらうか、道行く人があの人の言傳てもしてくれないことよ。
『新潮日本古典集成』	恋死に死ぬなら死んでしまえとでもいうのか、そんなはずはないのに、道を行く人が、あの人に逢えそうな言葉も口にしてはくれない。
『新編日本古典文学全集』	恋い死にたければ　恋い死ねとてか（玉桙の）道行く人の　伝言も持って来てくれないことだ
『新日本古典文学大系』	恋い死ぬなら恋い死ねというのか、（玉桙の）道行く人が言伝てもしてくれないことよ。
中西進『万葉集全訳注原文付』	恋に苦しんで死ぬなら恋して死ねというのか。玉桙の道行く人は誰もあの人の伝言をしてくれないことよ。
伊藤博訳注『新版万葉集』	恋死にするなら恋死にしてしまえとでもいうのか、そんなはずはないのに、道を行く人が、あの人に逢えそうな言葉も口にしてはくれない。
『岩波文庫　万葉集』	恋い死ぬなら恋い死ねというのか、（玉桙の）道行く人が言伝てもしてくれないことよ。

　上掲の注釈書が「**戀死耶**」を「恋ひも死ねとか」の意に訓むのは、3780番の「古非毛之禰等也」（恋ひも死ねとや）を例にしているものである。

　しかし同歌は、時鳥が飛んで来て、歌の作者（中臣宅守）に対して「恋ひ死なば　恋ひも死ねとや」と鳴くというものである。本歌においては、歌の作者に「恋ひも死ねとや」というのは誰か、定かにされていない。

　一字一音表記の3780番を例に、「戀死耶」を「恋ひも死ねとか」と訓むことは、歌の状況、文字の表記からも、疑問がある。

　また、結句「事告無」を、新潮古典集成および伊藤訳注は、「言<ruby>も<rt>こ</rt></ruby><ruby>告<rt>と</rt></ruby>らなく」と訓んで、作者が「道行き占」をして恋を占っているが、道行く人があの人に逢えそうな言葉を口にしないと解しているのに対して、その他の注釈書は「道行く人が伝言してくれない」と解釈している。

■新訓解の根拠

「**戀死耶**」は、「**恋も死ぬれや**」と訓む。

　3780番の原文には「之禰等也」と、「と」の表記があるので、「とや」と訓むことは当然であるが、本歌は「と」の表記がないので、「死ぬ」の已然形「死ぬれ」に疑問の助詞「や」がついたものと訓む。

　自分にとり付いている恋のために自分が恋い死にすれば、自分にとり付いている恋も死ぬだろうか、と自問しているのである。

　恋は、自分そのものでなく、外から自分にとり付いてきたものとの意識があったことは、つぎの歌でも分かる。

　　2574　面忘れだにもえすやと手握りて打てども懲りず恋といふ奴

　自分の恋であっても、自分の意志で追いやることができない以上、最後は自分が恋い死にしなければ、つらい恋も無くならない、という発想で詠われているのである。

　結句は「**言も告げなく**」であり、恋を他人に知られることを恐れるこの時代に、特定の人に伝言させることはあっても、道行く人に恋の伝言を頼むことも、期待することも考えられないことで、「伝言」ではなく、2507番にも詠まれている「道行き占」（辻占）である。

類　例

巻第11　2401番

「正述心緒」の部の歌である。

戀死　々々哉　我妹　吾家門　過行

新しい訓

> **恋ひ死なば　恋ひも死ぬれや**　我妹子が　我が家の門を　過
> ぎて行くらむ

新しい解釈

> **いっそ恋い死にすれば、恋しい気持ちも無くなるだろうか、**
> 恋しい我妹子が我が家の門を入らずに、通り過ぎて行くだろ
> う。

■これまでの訓解に対する疑問点

　上２句の原文「**戀死　々々哉**」は、「恋ひ死なば　恋ひも死ねとか」
と訓まれている。しかし、2370番歌と同様に「と」の表記がない。

■新訓解の根拠

　本歌も、2370番歌の第２句と同様に「**恋も死ぬれや**」と訓む。

　両歌とも第３句以下に、恋が実現しない、絶望的な状況を詠んでい
る。

　本歌の場合、恋しい我妹子が、歌の作者の家に寄らず、通り過ぎて行
くというもので、道行き占の結果より、もっと絶望的・悲惨な心情であ
る。

　もう、実らぬ恋を我が身から追い払うためには、自分が恋い死にする
しか手段がないのか、と自問しているのである。

「正述心緒」の部にある歌。

　　何時　不戀時　雖不有　夕方枉　戀无

　新しい訓

　　　いつはしも　恋ひぬ時とは　あらねども　夕方まけて　**恋し
　きはなし**

　新しい解釈

　　　いつでも恋しくない時はないけれども、夕方になるほど**恋し
　くなることはない**。

■これまでの訓解に対する疑問点
　結句の原文および訓は、古写本ではつぎのとおりである。
　　嘉暦伝承本　　「戀无」　　こひしきハなし
　　広瀬本　　　　「戀无」　　コヒハスヘナシ
　　紀州本、神宮文庫本、西本願寺本、京都大学本、陽明本および寛永
　　版本　　　　　「戀無乏」　コヒハスヘナシ

　鎌倉時代初期の「嘉暦伝承本」の「戀无」が、元の原文であると考え
る。
　その後、「戀無乏」の表記がどのような理由で生まれたかは定かでは
ない。
　しかし、いずれにしても「戀无」あるいは「戀無乏」を、「恋はすべ
なし」と訓むことは無理と考える。
　『岩波文庫　万葉集』も、「無乏」がどうして「すべなし」の表記とな

るか未詳、と指摘している。

　これに関し、澤瀉久孝『萬葉集注釋』は、「無」の字を含めずに「『乏』一字をスベナシと訓むこと前（9・1702）に述べたところ」であるとし、その1702番の「及乏」の訓においては、「『夕方任　戀無乏』(11・2373）の『無乏』と同じくスベナシと訓むべきだと考えたのである」と述べ、完全に循環論法に嵌まっている。

■ 新訓解の根拠

「无」の字は「なし」と訓み、「ない」という意味（『学研漢和大字典』）である。「無」にも「ない」との意味があるが、「無」を用いて表記すると、「戀」の前に「無」がきて、「無戀」であり、「戀」それ自体を否定した表記となる。

　この歌においては、「戀」それ自体を否定しているのではなく、「夕方まけて恋しい恋」を、他の時間帯の恋と比べて、これほど恋しい恋はないということを詠むためであるから、「なし」に「无」の字を用いて「戀无」と表記したものである。

　略体歌表記の歌で助詞等が省略されており、第2句「不戀時」に「とは」を添えて「恋ひぬ時とは」と訓んだように、対比の係助詞「は」を入れて訓むと、「恋しきはなし」と、夕方ほど恋しいことはないと解釈できる。

　この訓は、前掲のように鎌倉時代初期の「嘉暦伝承本」にある。

これも「正述心緒」の部の歌である。

　吾以後　所生人　如我　戀爲道　相与勿湯目

新しい訓

　　吾ゆ後　生まれる人は　我が如く　恋する道に　**相与<ruby>相<rt>あひくみ</rt></ruby>すなゆ
め**

新しい解釈

　　私の後から生まれる人は、私のように恋の道に**一緒に加わろ
うとしては決してなりません。**

■これまでの訓解に対する疑問点
　多くの古写本は、結句の原文**「相与勿湯目」**の「相与」を、「あひあ
ふ」と訓んでいる。
　定訓は「相与」の「与」を「こす」と訓んで、「あひこす」と願望の
意に解している。
「こす」と訓む理由を、660番「聞きこすなゆめ」（聞起名湯目）および
1437番「散りこすなゆめ」（落許須莫湯目）に求めているが、いずれも
「こす」の原文が本歌と異なるものである。
　また、この歌は、歌の作者の経験から恋をすることは苦しいので、自
分より後世の人は、自分のように決して恋に深く与しようとしてはいけ
ないと忠告しているもので、単に、恋に出くわしたいと願望するな、と
いうものではないと考える。

■新訓解の根拠

　結句の「**与**」は「くみす」と訓み、「加わる」「関係する」の意。

「**相**」の「あひ」は接頭語で「一緒に」の意であるので「あひくみす」は、恋の道に一緒に加わることである。「与」の文字を用いているのは、単に恋の道に遇うことがないようにせよというのではなく、恋の道に加わろうとするな、関係するなの意である。

「勿湯目」は「なゆめ」と訓み、「な」は「してはいけない」の禁止の意、「ゆめ」は「決して」で、恋の道に一緒に加わることを強く禁止しているものである。

　旧訓が「与」を「あふ」と訓んで、「あひあふなゆめ」としているのは、「与」に「あふ」の訓はないが、「あひくみすなゆめ」と訓んだ場合、8字になるので、これを避けるため「与」を義訓で「あふ」と訓んでいるものと解する。

　しかし、8字の例は、259番歌「鉾椙之本尓」（ほこすぎがもとに）、474番歌「奥槻常念者」（おくつきともへば）、2327番歌「見我欲左右手二」（みがほしきまでに）などにあるので、無理に7字にするまでもない。

「正述心緒」の部にある歌である。

世中　常如　雖念　半手不忘　猶戀在

新しい訓

　世の中は　常の如くに　思へども　**はした忘れず　なほ戀ふ
るなり**

新しい解釈

　男女間の情愛は、常にそのようなものと思うけれども、**中途
半端に忘れずに、なお恋をしているものである。**

■これまでの訓解に対する疑問点

　注釈書は、第４句の「半手」を「かつて」と訓むものが多く、「ちっ
とも」「少しも」の意としている。しかし、それは『岩波文庫　万葉集』
によれば、「半手」は「曾」の草体がこの２字に誤られたものと推測す
る、というものである。

　澤瀉久孝『萬葉集注釋』は、「半」を「はた」、「手不忘」の「手」を
「た忘れず」の「た」と訓み、「はたた」は「一方にはまた」の意として
いる。

　しかし、両訓とも、その訓み方に無理がある。

　また、定訓は第２句「常如」を「常かくのみと」と訓んでいるが、
「のみと」の表記はない。

■新訓解の根拠

「**半手**」を「**はした**」と訓む。「**中途半端**」の意である。

「半」だけで「はした」と訓めるが、「はした」と確実に訓ませるために「た」と訓む「手」を添えているのである。なお、澤瀉久孝『萬葉集注釋』は、「手」は語の下にくるときは、「た」と訓めないというが、「下手」（へた）の例がある。

「世の中」は、この歌においては男女間の情愛のこと（『古語大辞典』）。

「常如」は「常の如くに」と訓む。

　一首の歌意は、男女間の情愛は、いつもそのようなものと思うけれども、中途半端に忘れずに、なお恋をしているのである、である。

「常如　雖念」の「常のごとく」は、「相手のことを完全に忘れることができず、さりとて完全に愛するというのではない状態」を指し、それが男女間の情愛の常と思うけれど、自分もやはりどちらか完全にならず、中途半端に相手を忘れずに恋をしているのである、というのである。

「恋」といえば、「恋ひ死ぬ」などと、過激に現実離れした表現の歌が多いが、世の中の常の恋というのは、そんな極端なことではなく、中途半端な恋が多いことの現実の心緒を正述している歌である。

　前掲注釈書の訓では「少しも忘れずなお恋をしている」「一方的に忘れずなお恋をしている」ということになり、逆接で述べている前句「常如　雖念」との関係および意味が不明瞭である。

　また、定訓は、末尾の「在」を「けり」と訓み、「なったことよ」の意に解している。

「なったことよ」は「けり」を「詠嘆を含んだ気付き」（『古語林』）に訓解しているものであるが、本歌は歌の作者自身の心緒を直接に詠んでいる（正述）もので、「なり」と訓んで、「のである」の意に訓解すべきである。「けり」は、「伝聞・伝承した過去の事柄を回想する」「過去からずっとそうだった事実に今初めて気付き、詠嘆する気持ちを表す」（以上、前同）もので、「他の事物に託さずに心情を真直に述べるという意味。」（『日本古典文學大系』）の「正述心緒」の歌の訳に相応しくない。

　したがって、この歌も連体形「恋ふる」に断定の助動詞「なり」が接続する例である。

類　例

巻第11　2386番

「正述心緒」の部にある歌。

石尚　行應通　建男　戀云事　後悔在

新しい訓

> 　巌_{いはほ}すら　行き通るべき　ますらをも　恋とふことは　**後悔_{のちく}ゆ**
> **るなり**

新しい解釈

> 　岩が道を塞いでいるところでさえ通りぬけて行けるほどの逞
> しい男も、恋をするということについては、**後悔するものだ。**

■これまでの訓解に対する疑問点

　結句の「後悔在」を多くの注釈書は、「のちくいにけり」と訓んでい
るが、2383番の例にならって（『岩波文庫　万葉集』）という。

■新訓解の根拠

　この歌は、歌の作者が具体的な、あるいは特定の恋について詠み、そ
の恋を後に悔いていることに気付いたという歌ではない。

　すなわち、「在」を気付きの「けり」と訓むべき歌ではない。

　逞しい男でも恋については思うようにゆかず後悔するものだ、との
心緒を一般化して正述しているものであるから、「在」は断定の助動詞
「なり」であり、「悔ゆ」の連体形「悔ゆる」に接続している。

巻第11　2442番

「寄物陳思」の部にある歌。

　　大土　採雖盡　世中　盡不得物　戀在

新しい訓

　　大土<ruby>は<rt>おほつち</rt></ruby>　採り尽くすとも　世の中の　尽くし得ぬもの　**恋に
しあるなり**

新しい解釈

　　大地の土は採り尽くせば無くなることはあるが、この世の中
で無くすことができないのは**恋というものであるのだ。**

■ これまでの訓解に対する疑問点
　第2句および第4句にある「尽くす」の語は、「なくす。終わりにす
る。」と「ある限りを出し尽くす。」の意（『古語大辞典』）があるが、こ
の歌の「尽くす（し）」について、注釈書は上記のどちらかを明らかに
していないものが多い。ただし、中西進『万葉集全訳注原文付』は「尽
シ得ヌは際限もなく物思いがあること」と注釈し、後者の意に解してい
る。
　私は、本歌の「尽くす」は前者の意と解する。
　また、注釈書は「戀在」を「恋にしありけり」と訓んでいるが、「恋
にしあるなり」と訓むべきと考える。

■ 新訓解の根拠
　大地に土は限りないほどあるが、それでも採り尽くして無くなること
は考えられるが、人の恋は尽くしても無くすことができない、と詠って
いるものである。

34

　生きている限り、人間が抱く恋心は尽きて無くなることがないことを、大地の土に寄せて詠んでいる「寄物陳思」の歌である。

　したがって、大地の土は採れば無くなることを「採り尽くす」と詠み、無くならない恋心を「尽くし得ぬ」と詠んでいるもので、この歌の「尽くす」は「なくす。終わりにする。」の意である。

　本歌は、恋を大土に寄せて断定的にこうだと詠んでいる「寄物陳思」の歌であり、これも「在」は断定の助動詞「なり」で、「あり」の連体形「ある」に接続している例である。

これも「正述心緒」の部の歌である。

　玉響　昨夕　見物　今朝　可戀物

新しい訓

　　魂ひびき　昨日の夕べ　見しものを　今日の朝に　恋ふべき
ものか

新しい解釈

　　お互いの魂が共鳴し合って、昨日の夕方共寝したのに、今日
の朝にはもう恋しくなるべきものか（でも恋しい）。

■これまでの訓解に対する疑問点
　初句の原文「玉響」の訓および解釈が、分かれている。

　　たまゆらに　『日本古典文學大系』　ほんのしばらくの間の意
　　玉かぎる　　『日本古典文学全集』、『新潮日本古典集成』、『新編日
　　　　　　　　本古典文学全集』、『新日本古典文学大系』、伊藤博訳
　　　　　　　　注『新版万葉集』、『岩波文庫　万葉集』　夕べの枕詞
　　まさやかに　澤瀉久孝『萬葉集注釋』（「たまかぎる」を併記）ま
　　　　　　　　ざまざと、あんなにしみじみの意
　　玉あへば　　中西進『万葉集全訳注原文付』　魂合いをしての意

■新訓解の根拠
「玉響」の訓解を考えるとき、3000番の「霊合者　相宿物乎」（魂合は
ば　相寝るものを）および3276番「玉相者　君來益八跡」（魂合はば

君来ますやと）が想起される。

　おそらく、中西全訳注の訓はこの２首を基にしていると思うが、「響」を「あへば」と訓むことに無理がある。

　お互いの魂が響き合うことであるから、「魂ひびき」と訓む。「ひびき」は、「音や評判がびりびりと感じられる意。」（『岩波古語辞典』）である。

　なお、本シリーズⅠの15番歌で述べたが、万葉の時代、日没でその日が終わり、その直後から明日になるので、本歌の昨日の夕べは、日没前の夕べであり、昨日の夕方に共寝をして、今日の朝にもう恋しくなるの意である。

これも「正述心緒」の部の歌である。

　　玉桙　道不行爲有者　**惻隠**　此有戀　不相

新しい訓

　　　玉桙の　**道行かずしあらば　いたはしき**　かかる恋には　あ
　はざらましを

新しい解釈

　　（あの娘と出会った）〈玉桙の〉**道を行っていなかったら、つ
　らく心にかかる**、こんな恋にあわずにすんだだろうに。

■これまでの訓解に対する疑問点

　第2句の原文は、広瀬本が「道不行爲者」であるほか、嘉暦伝承本、
紀州本、神宮文庫本、西本願寺本、京都大学本、陽明本、寛永版本は
「道不行爲有者」である。

　定訓は、「道行かずあらば」と訓んでいる。

　それは、「爲」を衍字として訓まないものである。

　これに対し、澤瀉久孝『萬葉集注釋』は「道不行爲」までを第2句、
「有者」を第3句として「道行かずして　あらませば」と訓み、『新編日
本古典文学全集』は「爲」を強調の助詞「シ」に当てたと解して、「道
行かずしあらば」と訓んでいる。

　澤瀉注釋は第2句、第3句を上記のように訓むため、第4句の訓とし
て「かかる戀には」あるいは「ねもころかかる」を掲げているが、前者
は「惻隠」の原文を無視しており、後者はそれを訓んでいるものの、ひ
どい句割れになっている。

　つぎに、定訓は第3句「惻隠」を「ねもころの」と訓んでいるが、「ねもころ」の意は「こまやかに情のからむさま。」（『岩波古語辞典』）の意である。

　この歌は、反実仮想の構文の歌であるから、現実を肯定的に詠んでいるのではなく、否定的な気持ちを詠っている（『岩波文庫　万葉集』は「こんなひどい恋に出会うことはなかっただろうに。」と訳している。）ので、「ねもころの」の訓は相応しいものではない。

　2472番歌などにおいて、「惻隠」を「ねもころ」と訓んでいるが、「惻隠」はもともと漢語で、義訓として訓まれているものであるから、本歌においては、本歌の歌趣に相応しい義訓を選ぶべきで、「ねもころの」の訓は相応しくないのである。

■新訓解の根拠
「道不行爲有者」は、前掲新編古典文学全集のように「**道行かずしあらば**」と訓む。

　9字の字余りであるが、「や」行音の前にiまたはeの音節があるとき（「ゆ」の前に「ち」）、および句中に単独母音があるとき（「あ」）の二つの字余り法則（佐竹昭広氏が提唱）に該当するので、字余りが許容される。

　7番歌「かりいほしおもほゆ」の例がある。

　したがって、第2句は「もし、道を行かなかったならば」の意である。

「惻隠」は漢語で「ひしひしといたわしく思う。」（『学研漢和大字典』）である。

　したがって、「いたはしき」と訓む。「苦しいほどに心に掛かるさま。」（『古語大辞典』）の意。

　なお、「惻」には、「イタハラシム」の訓がある（『類聚名義抄』）。

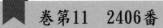

まだまだ「正述心緒」の部の歌。

狛錦　紐解開　夕戸　不知有命　戀有

新しい訓（旧訓）

> 高麗錦（こまにしき）　紐解き明けし　**夕べ戸も**　知らずある命　**恋ひつつやある**

新しい解釈

> 高麗錦の衣の紐を解いて、**夕べ戸も開けて、**あなたの訪れを
> お待ちしていますが、あなたが訪れてくれることをまだ知らな
> い私の命は、**ずっと恋い続けていることよ。**

■これまでの訓解に対する疑問点

　第３句の訓は、諸古写本は「ゆうへとも」との訓で一致しているが、
定訓は、第３句の原文「夕戸」の「戸」を、「谷」の誤字とする賀茂真
淵『萬葉考』の説に従って「だに」と訓んでいるものである。

　『岩波文庫　万葉集』は「ゆふと」と訓み、「と」は間の意としている。

　上２句が「自ら衣の紐を解いて恋人の訪れをまつ。」（『新日本古典文
学大系』）の意であることは、すべての注釈書が認めるとおりであるが、
第３句の「夕戸」の訓解が分かれている。

■新訓解の根拠

　本歌の訓解に、つぎの歌が参考となる。

　　744　夕さらば屋戸開け設けて我れ待たむ夢に相見に来むといふ人

を

　夕方になると、家の戸を開けて夢の中で恋人の訪れを待とうと詠っている。

　したがって、本歌の「紐解開　夕戸」も、紐を解いて、家の戸を開けて恋人を待っていることを詠んでいるものである。「開」を、「紐」と「夕戸」の両方に掛けているのである。

「夕戸」は「夕べ」の「戸」の意味で、恋人が訪れることを期待して夕べに開けておく「戸」、あるいは夕べに恋人が訪れたときに開ける「戸」のことで、そのまま「戸」と訓むべきで、決して誤字ではない。

「夕戸」は、「朝戸」（2318番歌、2692番歌）を意識した詞で、「朝戸出」（2357番歌、2692番歌）に対し「夜戸出」（2950番歌）の詞もある。

　結句の「**戀有**」は、いかようにも訓めるが、定訓は「夕べだに」を受けて「恋ひつつかあらむ」と訓んでいるが、「夕べ戸も」に対しては、「恋ひつつやある」と訓むべきと考える。

　744番歌を知っておれば、誤字説で訓む必要のない歌である。

　また、古写本において一致している旧訓に対し、軽々に誤字説を主張する説には警戒すべきである。

巻第11　2412番（類例：2441番 2947番「一云」）

またまた「正述心緒」の歌。

我妹　戀無乏　夢見　吾雖念　不所寐

新しい訓

> **我妹子の　恋は空しく**　夢に見むと　我れは思へど　寐(い)ねらえなくに

新しい解釈

> **私の妹に対する恋は、恋いても空しく、**せめて夢に見ようと思っても、眠ることさえできない。

■これまでの訓解に対する疑問点

第２句の原文は、嘉暦伝承本は「孌无乏」、広瀬本「戀旡乏」であるが、紀州本、神宮文庫本、西本願寺本、京都大学本、陽明本、寛永版本は「戀無乏」である。

「無乏」の原文のある歌は、後述の2441番歌のほか、2947番「一云」にある。従来の定訓は、これら２首においても、「無乏」を「すべをなみ」と訓んでいる。

しかし、それが誤りであることは、2947番の本文歌と一云歌を対比すれば、明らかである。

2947　念西　餘西鹿歯　爲便乎無美　吾者五十日手寸　應忌鬼尾
〈一云〉**無乏　出行　家當見**
（思ひにし　あまりにしかば　すべをなみ　我れは言ひてき　忌むべきものを）

〈一云〉(すべをなみ　出でてぞ行きし　家のあたり見に)

　すなわち、第3句の原文は、本文歌においては「爲便乎無美」と表記し、一云歌においては「無乏」と表記している。両者共に「すべをなみ」と訓むのであれば、「一云」において、第3句から掲記する必要はなく、第4句以下、すなわち下2句だけを掲げるのが普通である。

　第3句から掲記しているのは、一云歌において「無乏」を「すべをなみ」と訓まないからである。

■新訓解の根拠

「無」は、音で「む」であり、意味は「ない」「存在しない」の意である。

「乏」は、「なくてこまるさま」(『学研漢和大字典』)の意で、正訓は「ともし」である。

　したがって、「無乏」は、同じような意味の詞を二つ重ねる表記方法であると共に、「む」の音と「乏」の「なく」の意により「むなし」と訓ませているのである。「空し」は、実質がない、甲斐がない、の意である。

　したがって、「無乏」は本歌においては「空しく」、2947番「一云」においては「空しくも」と訓む。

「我妹」を「我妹子の」と訓み、「の」は対象を示す「の」である(『古語林』)。

類　例

　巻第11　2441番

「寄物陳思」の部にある歌。原文は、つぎのとおり。

　隠沼　從裏戀者　**無乏**　妹名告　忌物矣

新しい訓

　　隠り沼の　下ゆ恋ふれば　**空しくて**　妹が名告りつ　いむべ
きものを

新しい解釈

　　こもり沼のように隠って心の内で恋していると、**空しくなっ
て**、恋しい妹の名前を他人に言ってしまった、避けるべきこと
であったのに。

■これまでの訓解に対する疑問点

　定訓が「無乏」を「すべなし」と訓んでいる例は、2373番、2412番、
2947番「一云」にある。これらにおいて各歌の諸古写本の原文は「無
乏」に一致しているわけではないが、本歌においては、古写本の原文は
「無乏」に一致している。

　しかし、「無」を「なみ」と訓むことができるが、「乏」を音からも、
正訓からも、また意味を斟酌した義訓からも、「すべ」とは訓めない。

　万葉集において、「すべ」に対しては、「爲便」と表記されていること
が圧倒的に多い。例：2781番「戀者爲便無寸」(恋はすべなき)、2901番
「爲便乎無三」(すべをなみ) など。

■新訓解の根拠

　本歌の小異歌として、つぎの歌がある。

　　2719　隠り沼の　下に恋ふれば　飽き足らず　人に語りつ　いむべ
　　　　　きものを

　本歌の第3句「無乏」と、この歌の第3句「飽き足らず(飽不足)」
が対応していることになる。したがって、本歌の「無乏」は、「飽き足
らず」の意に近い詞であることが推測される。

44

　私は、「無乏」を既述のように、「むなし」と訓む。

「空し」は、実質がない、甲斐がない、の意であり、2719番歌の「飽き足らず」に近い詞である。

　なお、「すべをなみ」と訓む各注釈書の釈文は、「仕方がなくて」(『日本古典文學大系』)、「やるせないので」(澤瀉久孝『萬葉集注釋』)の意に解しているものが多い。

「すべなし」は、情意語的性格が弱い(『古語大辞典』 語誌 原田芳起)とされており、「やるせないので」との訳は、「すべをなみ」の語に相応しいものではない。それは、もともと「すべをなみ」と訓むことに問題があるのである。

巻第11　2414番（類例：2452番）

「正述心緒」の部の最後の歌である。

　　戀事　意追不得　出行者　山川　不知來

新しい訓

　　恋ふること　**諦めえずに**　出で行けば　山も川をも　知らず来にけり

新しい解釈

　　妻と一緒に居たいとの思いを**諦めきれないまま**、旅に出て来たので、途々、妻を思い出し、山も川も気がつかないまま、ここまで来てしまったものだ。

■これまでの訓解に対する疑問点
　第2句の原文「**意追不得**」は諸古写本において一致しており、訓が付されていない嘉暦伝承本以外はすべて「ナクサメカ子テ」と訓も一致している。注釈書もすべて「慰めかねて」と訓んでいる。
「意追」を「慰む」と訓む根拠について、澤瀉久孝『萬葉集注釋』は「心を追放する意の義訓としてナグサムと訓んでよいと思ふのである。」といい、『日本古典文学全集』は「原文『意追』は心の思いを追い払うこと。」、中西進『万葉集全訳注原文付』は「原文、意を追う（心を晴らす）意の義訓。」、『岩波文庫　万葉集』は「第二句の『慰め』の原文は『意追』。憂悶を払う意を示す文字。」とそれぞれ注釈している。

■新訓解の根拠
「意」を「思ひ」と訓み、「追」には「追い払ふ」（『古語大辞典』）の義

46

があるから、「思いを追い払うこと」は、「諦めること」であり、義訓で**「意追」**を**「諦める」**と訓む。

「慰め」と訓む定訓も、「追」の解釈を「追い払う」としているが、それまでの「心」あるいは「思い」を追い払うことは、すぐに「慰める」に繋がるものではない。

すなわち、「慰める」の語は、心にかかることを他のことにより、緩和し、楽しませることであり、心にかかっていることを根本的に追い払うことではないからである。

本歌においては、はっきり「意追」と表記しているのであるから、心にかかっていることを追い払うことで、慰めの語は相応しくない。

この歌は、家を出て行くときの恋の心情を詠っているので、「慰めかねて」というような消極的な心情よりも、「思いを諦めようとしたが、諦めきれないで」という積極的な心情が相応しいと考える。

歌の作者は、（旅に出なければならない何かの事情があって）妻と一緒に居たいとの思いを諦めきれないままに旅に出てきたので、やはり、その苦しさに、途々、山も川も目に入らないまま、ここまで来てしまった、と詠っている秀歌である。

類　例

巻第11　2452番

「寄物陳思」の部の歌。

雲谷　灼發　意追　見乍為　及直相

新しい訓

> 雲だにも　しるくし立たば　**諦めて　見つつもせむを**　直^{ただ}に逢ふまで

> せめて雲でもはっきりと空に現れれば、直接お逢いするまで
> **諦めて、それを見続けることにしようと思うものを、**（雲さえ
> も現れない）。

■ これまでの訓解に対する疑問点

この歌の第3句「意追」の訓は、注釈書では「慰めて（に）」あるい
は「心遣り」と分かれているが、「心遣り」も「気晴らし」「慰め」の意
に解している。

この歌は、遠く離れている人に逢えないから、雲が空に現れれば、そ
れを見て気晴らしをしようというものではなく、雲でも現れれば、直接
逢いたいという意（思い）を諦めて、その雲を見ながらその人として偲
ぼうという意である。

すなわち、この作者は「慰める」というような消極的な気持ちで、雲
を見ようとしているのではない。

その関係で、定訓は第4句「見乍為」の原文の「為」を「有」の誤字
として、「見つつもあらむ」と訓み、消極的な態度に訓むことも、不審
である。

■ 新訓解の根拠

上掲2414番および上述の理由により、「心追」を「諦め」と訓む。

直接、逢えるまでは、雲を見ながら逢いたいという思いを諦めようと
しているのに、その雲さえ現れない、と嘆いている歌である。

「寄物陳思」の部の歌。

　　水上　　如數書　吾命　妹　相　受日鶴鴨

新しい訓

　　　水の上に　　**敷く文のごと**　　わが命の　妹に逢はむと　うけひ
つるかも

新しい解釈

　　（八重垣神社の鏡の池で）**水の上に文を敷いて縁占いをするよ
うに**、私の頼みの妹に逢いたいと、神に祈ったことよ。

■これまでの訓解に対する疑問点
　定訓は、上2句の原文「**水上　如數書**」を「水の上に　數書くごと
き」と訓んでおり、多くの注釈書は、その根拠として、契沖『萬葉代匠
記』が涅槃経の「亦如↓畫↓水随畫随合ー」（また、水に画く如く随ぎて画
けば随ぎて合ふ）を指摘していることを掲げている。
　しかし、この根拠には、3点の疑問がある。

　1　涅槃経の文言には、「數」の表記がない。
　2　「畫」は、文字や数字を「書く」ことではない。「畫」（異体字
　　は「画」）は、「区切りをつける」ことである（『学研漢和大字
　　典』）。
　　　このことを意識してか、『新潮日本古典集成』は「数書く　目
　　印の線をひくこと。」、『日本古典文学全集』および『新編日本
　　古典文学全集』も線を引くの意と解しているが、そうであれば

本歌に「線」とか「引く」の用字をもって表記されている筈である。

　　3　涅槃経は「水」であり、「水の上」ではない。

　すなわち、涅槃経は、「水の上に數書く」とは言っていない。「水に区切りをつけようとしても、すぐに合体してしまう」の意である。

　しかるに、多くの注釈書は、「水の上に数を書くようにはかない我が命だが、」（『岩波文庫　万葉集』）と解釈している。

「水に数を書く」ことは「はかない」ことと観念できても、実際にそのようなこと（物）をすることはない。本歌は「寄物陳思」の歌であり、そのような観念的な物に寄せて詠んでいる歌とは思われない。

　契沖の説に盲従して、根拠を吟味しないのは如何なものか。

■新訓解の根拠

　4番歌で既述したが、**數**は**しく**の「敷く」と訓む。

「**書**」は、「**ふみ**」の「文」と訓む。

「書」を「ふみ」と訓むことは、876番題詞「書殿」（ふみとの）にある。

　したがって、上2句の「水上　如數書」は「水の上に　敷く文のごと」と訓む。

　これは、島根県の八重垣神社の鏡の池で、水の上に紙を敷いて（その上に小銭を載せ）、その紙が沈む所要時間によって、早く逢えるか、逢うことが遅くなるかなどの縁占いが、行われていることによる。

　涅槃経云々ではなく、素盞嗚尊が八岐大蛇を退治した際、稲田姫を難から救い、夫婦として結ばれたという神話で古来知られている八重垣神社における縁占いを指しているのである。

　この八重垣神社で詠まれた、

　　　八雲たつ　出雲八重垣　妻ごみに　八重垣つくる　その八重垣を

が、わが国の最初の和歌と言われている。

「吾命」は、「の」を訓添して「わが命の」と訓み、自分が頼みにして

いる（妹）の意である。

結句の「うけひ」は誓約すること、神に祈ること。

なお、「敷く」に「數」の字を用いたのは、数を数えることは占うことに深く関係しているからである。

補注

定訓が「數」を「しく」と訓む例は、つぎの2首にある。

3026番　「立浪之　數和備思」（たつなみの　しくしくわびし）
3256番　「數々丹　不思人者」（しくしくに　おもはずひとは）

定訓が「數」を他の訓で詠んでいるが、「しく」と訓むべきと考えるものが、つぎのようにある。

①	4番「馬數而」	「馬並めて」と訓まれているが、「馬敷きて」。
②	219番「天數」	「天數ふ」と訓まれているが、「天に及く」。
③	2948番「數知兼」	「あまた著けむ」と訓まれているが、「しくしく知るがね」。
④	2962番「袖不數而」	「宿」を補い「袖離れて寝る」と訓まれているが、「袖敷かずして」。
⑤	2995番「重編數」	「隔て編む數」と訓まれているが、「重ね編み及き」。
⑥	3329番「數物不敢鳴」	「數みもあへぬかも」と訓まれているが、「頻きもあへぬかも」。

「寄物陳思」の部の歌。

　　大野　小雨被敷　木本　時依來　我念人

新しい訓

　　　　大野に　**小雨被ひ敷き**　木の下に　時と寄り来ね　我が思ふ
人

新しい解釈

　　広い野に**小雨が一面に覆っているよ**。木の下陰に、よい機会
だから寄っていらっしゃい、私が恋しく思う人よ。

■これまでの訓解に対する疑問点
　第2句の原文は「**小雨被敷**」であるが、これを定訓は「小雨降りし
き」と訓んでいるものの、「被」を「降る」と訓む理由について説明し
ている注釈書はない。
「被」の音あるいは訓から、「降る」とは訓めない。この歌の、一首前
の歌に「小雨零敷」(こさめふりしき)とあるので、当然のように訓ん
でいるものと思われるが、「被」と「零」は、字が異なる以上、表現の
内容も違う筈である。
　おそらく、定訓は、安易に「被」の意味による義訓で訓んでいると思
われる。

■新訓解の根拠
「**被**」には、「かぶる」「おほふ」の意味があるので、「**覆ふ**」と訓める。
　3923番歌に、「天の下　すでにおほひて　降る雪の」の例があり、広

い範囲を一面に被せるように雪が降る状態である。それは霧や、小雨についても言える。

　本歌は、小雨が広い大野一面を覆うような状態であることを表現しており、注釈書がいうような、「降りしきっている状態」を意味していない。

　「被」を「降り」と訓むことも、「敷」を「頻く」の意に解することも誤りで、「敷く」は小雨が大野を覆っている状態が一面に行き渡っているの意味である。

　第４句の「時」は、「好機」の意で、こういう時はチャンスだから、木の下に寄って行ってください、私の恋人よ、と詠っているものである。

　すなわち、この歌は、雨が頻りに降っている状態ではなく、小雨に大野が覆われて、遠くが霞んで人目につき難い状況であるので、歌の作者は、小雨で濡れない木陰で逢引きすることを、恋人に訴えているのである。

『岩波文庫　万葉集』は、「時」を「よりより」と訓み、「たびたび立ち寄って下さい。」と解釈し、それは「行き来のたびに雨宿りせよと言う」の意としている。

　しかし、雨の降る日はそう多くないので、「たびたび」は不相当であり、また、その前提として、雨の日に歌の作者が必ず広野の木の下で待って居るということになり、現実的ではない。

「寄物陳思」の部にある歌。

　　吾背兒我　濱行風　彌急　々事　益不相有

新しい訓

　　我が背子が　浜行く風の　いや疾くに　疾く事なさば　まし
て逢はざり

新しい解釈

　　わが背子が、浜を吹いてゆく風が**ますます疾くなるように、
（私と逢う）事を疾くと焦れば、いっそう逢わないことでしょ**
う。

■これまでの訓解に対する疑問点

　第４句の「**事**」を、「事」と訓む注釈書は「はや事なさば」「事はやみ
か」と訓み、「言」（「噂」の意）と訓む注釈書は「言をはやみか」と訓
んでおり、伯仲している。

　略体歌の表記であるが、「**々事**」を「事はやみか」あるいは「言をは
やみ」と語順を替えて訓むことは、無理である。

　また、一部の注釈書は「我が背子が　浜行く風の」を背子が浜を行く
ときの風と特定して解釈しているが、疑問である。一般的に、浜を吹き
ゆく風は速いので、「急」を導いているものであり、背子が浜を行くこ
ととは関係がない。初句「吾背兒」は、第４句「々事」の主格である。

■新訓解の根拠

　第４句の最初の語に同じ文字を意味する「々」の表記があることは、

「々」は第3句の「急」と同じ文字であるので、第4句は「急事」である。

　注釈書は第3句の「急」も、第4句の「々（急）」も「早や」と訓んでいるが、私は「疾く」と訓む。

「疾風迅雷」という熟語があるように、「疾く」はスピードがはやいの意（『学研漢和大字典』）であり、この歌の風に対し「早や」や「急や」より相応しいと考える。

　万葉集において「急」を「とく」と訓んだ歌は、つぎのようにある。

　　2108番「秋風者　急々吹來」（秋風は　とくとく吹き來）
　　2712番「言急者」（言とくは）

　この歌の主構文は、初句・第4句・結句の「我が背子が　疾く事なさば　まして逢はざる」であり、第4句の「疾く」を導くために、第2句・第3句の「浜行く風の　いや疾くに」が挿入されているのである。

　第3句の「急事」の「事」は、初句の「我が背子が」すること、すなわち「逢う事」であり、「言」の噂ではない。

　したがって、「あなたが浜辺を行く時に吹く風のように」（『岩波文庫万葉集』）とする仮の訓釈や、「いち早く評判が立ったので」（中西進『万葉集全訳注原文付』）などの解釈は、あり得ないものである。

　結句の「益」を「まして」と訓む例は、つぎのとおり。

　　2337番「益所念」（ましておもほゆ）
　　2392番「益念」（ましておもほゆ）

「まして」は「いっそう、もっと」の意で、わが背子が疾くと焦れば、もっと逢うことはないだろう、と解釈する。

「益」を「いや」と訓んでいる注釈書は多いが、第3句の「彌」も「いや」と訓んでおり、重複するので妥当ではない。

「寄物陳思」の部の歌。

　　路邊　草深百合之　後云　妹命　我知

新しい訓（旧訓）

> 　道の辺の　草深百合の　後<ruby>後<rt>ゆり</rt></ruby>と言ふ　**妹<ruby>妹<rt></rt></ruby>が御言<ruby>御言<rt>みこと</rt></ruby>を**　我れ知らめ
> やも

新しい解釈

> 　道端の草深いところにある百合のように、「ゆり（後で）」と
> 言って逢うことを拒否した**あなたのお言葉を**、私は理解するこ
> とがあろうか、ないことよ。

■ これまでの訓解に対する疑問点
　第2句の原文「百合」の「ゆり」に、「後」という意の「ゆり」を掛
けている歌であることは異論ない。
　しかし、第4句の「命」を「いのち」と訓んで、歌の相手の女性から
「後で」と逢うことを拒否されたからといって、「あの娘の寿命など　わ
たしは知ろうか」（『日本古典文学全集』）とか、「どんな罰が当たるか分
からないぞと脅しつけるような歌。」（『岩波文庫　万葉集』）と訓解する
ことは、歌としてあり得ないことである。
　歌を、脅迫の手段のように用いることは、歌を詠む日本人の感性には
なく、万葉集に、そのような歌を遺しているとは思えない。

■ 新訓解の根拠
　諸古写本は一致して、「**妹命**」を「**イモガミコトヲ**」と訓んでおり、

私はこれに与する。

「みこと」は「御言」で「貴人のことばに対する尊敬語」（『新選古語辞典新版』）の意である。すなわち、「御言」に「命」の訓を借りているのである。「みこと」は、29番歌「神の御言の」、4169番歌「親の御言の」の例がある。

　本歌は、娘が「ゆり」（後で）と、いかにも深窓の女性のような言い方をして断ったことに対し、男はそれを道端の「草深百合」の「御言」であると諒解したというのである。

　結句の「知」るは、単に知るではなく、理解する、諒解する、の意。

　求愛を拒否した娘を脅かした歌ではなく、娘の深窓の女性ぶった返事に対し、それは「路の辺」（道端）の「草深百合」の御言だと、皮肉った歌である。

「寄物陳思」の部にある歌。

　潮　核延子菅　不竊隠　公戀乍　有不勝鴨

新しい訓（旧訓）

潮満ちて　さ根延ふ小菅　**忍びずて**　君に恋ひつつ　ありかてぬかも

新しい解釈

潮が満ちて来て、土泥の中に延びていた小菅の根が顕わになってしまうように、私の君に対する思いも顕わになってしまい、君を恋しいと思いながら逢えない状況のままでは堪えられないことよ。

■これまでの訓解に対する疑問点

　初句の原文は、類聚古集、広瀬本は「湖」であるが、嘉暦伝承本、紀州本、神宮文庫本、西本願寺本、京都大学本、陽明本、寛永版本は「潮」である。

　現代の注釈書は「湊に」あるいは「港に」と訓んでいる。

　また、第３句の「不竊隠」は上掲の古写本は、すべて「シノビステ」と訓んでいる。

『日本古典文學大系』、中西進『万葉集全訳注原文付』は、そのように訓んでいるが、現代の注釈書の多くは「ぬすまはず」と訓んでいる。

　そして、その意を「河口に根を張っている小菅のように、人目を盗んで逢うことをせず」（『岩波文庫　万葉集』）としている。

「河口に根を張っている小菅」は「人目を盗む」ことの序詞として詠ん

でいると解釈されているが、「人目を盗む」は「逢うこと」につながるもので、「人目を盗んで逢うことをせず」と続けている句の序詞とするのは、不自然である。

■新訓解の根拠

　原文として「潮」を採用する。それは原文が「湖」である類聚古集においても、訓は「しほの」と付されているからである。

　『新撰字鏡』には、「潮」に対し「シホミツ」の訓があるので、本歌の**「潮」**を**「潮満ちて」**と訓む。

　第3句「不竊隠」は古写本の訓に従い、「忍びずて」と訓む。

　上句「潮満ちて　さ根延ふ小菅　忍びずて」は、海の近くの川岸に生えている菅が、潮が満ちてくると、根を張った上の土が流されて、根を竊（ひそ）かに隠しておけず、顕わになることである。

　下句は、上句を受けて、土に隠れていた菅の根が顕わになるように、忍んでいた君に対する私の心根も顕わになったままで、もう恋い続けていながら逢うことができないことには堪えられない、というものである。

　初句の「潮」には、「ある事をするのに適当な機会。きっかけ。」（『古語大辞典』）の意がある。

　歌の作者の女性は、何かのきっかけで、君との関係を忍ばせておけなくなったことを「潮満ちて　さ根延ふ小菅」を寄物として、「忍びずて」と譬喩的に詠み、人に知られた以上、逢えないのでこのまま恋い続けてゆけないかも、と詠んでいるものである。

これも「寄物陳思」の部の歌である。

　山代　泉小菅　凡浪　妹心　吾不念

新しい訓

> 山背の　泉の小菅　**おほなみに**　妹が心を　我が思はなくに
> （やましろ）

新しい解釈

> 　山背の泉川の川波に揺れる小菅のように、**揺れ動いたいいか**
> **げんな状態で妹の心を私は思っているのではない。**

■これまでの訓解に対する疑問点

　第3句の原文「凡浪」を、多くの古写本は「オシナミニ」と訓んでお
り、『日本古典文學大系』もそのように訓んでいる。

　しかし、現代の多くの注釈書は「なみなみ」と訓んでいる。

　その理由を、『新編日本古典文学全集』は「『凡浪』の『凡』は普通並
みの意。その下の『浪』は借訓。」と説明している。

　しかし、万葉集において「凡」の訓例は、本歌以外の10首はすべて
「おほ」と訓まれている。

　　219番歌「凡津」（おほつ）　965番歌「凡有者」（おほならば）
　　974番歌「凡可尓」（おほろかに）　1312番歌「凡尓」（おほろかに）
　　1333番歌「於凡尓」（おほに）　2532番歌「凡者」（おほならば）
　　2535番歌「凡乃」（おほろかの）　2568番歌「凡」（おほろかに）
　　2909番歌「凡尓」（おほろかに）　2913番歌「凡者」（おほかたは）

　したがって、本歌の「凡」を「なみ」と訓むことには、大きな疑問が
ある。

■新訓解の根拠
　本歌の「**凡**」も「**おほ**」と訓み、「凡浪」は「おほなみに」と訓む。
　上掲訓例にみられる「おほろか」の「ろか」、「おほかた」の「かた」
は、いずれも「おほ」に付いた接尾語で、本歌の「なみ」も同様であ
る。
「おほ」は「心にも留めないさま。いいかげんだ。」(『古語大辞典』) の
意で、「なみ」は、「人なみ」の「なみ」であり、程度を表している。
「なみ」に「浪」の借字を用いているのは、上2句で「山背の泉川の川
岸に生えている菅」と詠んで、その川波に菅が揺れるように、妹の心を
自分は揺れ動く気持ちでいいかげんに思っていないことを、導くためで
ある。「凡」は、「風」をも連想させる用字と思われる。

この歌も「寄物陳思」の部にある一首。

　　打田　稗數多　雖有　擇爲我　夜一人宿

新しい訓

> 　　打田にも　稗は数多し　有りといへど　択りする我ぞ　夜を
> 一人寝る

新しい解釈

> 　　米を収穫しようと稲を育てるため耕している田にも、稗は沢
> 山生えてくるが、**私は稗ではなく稲を選んだのであるから、今
> 夜も一人で寝ます。**
> （寓意）
> 　　本命の女性（稲）以外にも、共寝してくれそうな女性（稗）
> が周りに多く現れているが、私は本命の女性を選んだものであ
> るから、今夜も一人で寝ます。

■これまでの訓解に対する疑問点

　注釈書は、第4句の原文「擇爲我」を「えらえし我ぞ」と訓んで、つ
ぎのように解釈している。

『日本古典文學大系』	その中から自分だけより捨てられた私は
『日本古典文学全集』	選り除かれたわたくしは
	エは受身の助動詞ユの連用形
澤瀉久孝『萬葉集注釋』	田でも稗は澤山殘されてゐるに、人間であ
	る自分は採り捨てられて一人で寝る事だ

　他の注釈書も、すべて「擇爲」を「捨てられた」の意に解している
が、「られた」と受身の意に解することは、問題である。
「擇爲」を「えらえし」と訓み、「え」の受身の助動詞があるものとし
て訓んでいるが、「え」と訓むべき表記がない。また、本歌は人麻呂歌
集出の歌であるが、受身の助動詞まで省略しているとは考えられない。
　受動か、能動かの区別は、歌の表記において、決定的に必要なことで
ある。
　また、注釈書の解釈のような、自虐的な内容の歌を詠むことは考えら
れない。

■新訓解の根拠
　これまでの注釈書の解釈は、稗は邪魔もので引き抜かれ捨てられるも
の、それを歌の作者が邪魔者扱いにされていることに寄せて、自分は一
人寝していると解釈するもので、解釈の想定を先行させ、原文「擇爲」
を無視して受身に解釈しているが、私は「えりする」と訓み、歌の作者
が能動的に選択した上で、今夜も一人で寝ていると詠んでいる歌と解す
る。
　米の収穫を願い、田を耕して稲を大切に生育している歌の作者にとっ
て、稗は望まないのに生えてくる、近寄ってくるものである。
　このことを、共寝する女性に寄せて、本命の女性である稲とは共寝し
たいが、勝手に図々しく近寄って来る稗のような女性とは共寝したくな
い、すなわち、自分はそのことをはっきり選択して、今夜も一人で寝て
いるのだ、と詠んでいる歌である。
　作者の矜持を詠んでいるもので、自虐の歌ではない。

　類　例

　　巻第12　2999番

この歌も「寄物陳思」の部にある一首。

新しい訓

> 水を多み　上に種まき　稗多み　択（え）らびし業ぞ　我が一人寝る

新しい解釈

> 　田に水が多いので、そのうえ種を蒔いて、稗が多くなったの
> で、**私はよくよく選択した行いとして、一人で寝ているのだ。**
> （寓意）
> 　自分の周りには女性が多くいるので、さらに原因となる種を
> 蒔き散らし、女性が身辺にいたずらに多くなってきたので、よ
> くよく身の処し方を選択した行いをすることにして、私は一人
> 寝をしているのだ。

■これまでの訓解に対する疑問点

　注釈書は、2476番歌と同様に、「稗」は選び抜き捨てられるものと解
釈し、この歌の作者も捨てられて一人寝していると詠んだ歌としてい
る。

　また、「擇擢之業曾」に「え」と訓める表記がないのに、「えらえしわ
ざぞ」と訓んで受身の意に解釈しているが、問題である。

■新訓解の根拠

「水を多み　上に種まき」は、稗が多くなる原因となることかどうか、
昔の農業従事者でなければ分からないが、苗植えより、直播きの方が稗
の増えやすいことは想像できる。

　注釈書は、「上尓」を高いところにある「あげ田」と訓解しているが、
素直に「うえに」と訓み、「さらに」の意であると解する。

　この歌の「稗」も、近寄って来る女性のことを譬喩している。つま
り、上3句も譬喩であり、「水を多み」は女性が歌の作者の身辺にもと
もと多くいる環境のこと、「上に種まき」はさらに女性が寄って来る原
因（種）を自分が撒いていることを意味している。

　第４句の「擇擢之業曾」の「擇」も「擢」も選ぶ、抜くの意であり、同じ意の文字を重ねる表記で、よくよく選択しての意である。
「業」は「行い」の意で、女性が寄って来る自分の身辺であるので、よくよく身の処し方を選択する行いをして一人寝をしているのだ、と詠んでいるものである。
　以上の両歌において、これまでの注釈書は「稗」を、邪魔もので、選び除かれ捨てられるものと理解しているが、そうではなく、「望まないのに身近に寄って来て増えるもの」と理解すべきであったのである。

「寄物陳思」の部の歌。

　　秋柏　潤和川邉　細竹目　人不顔面　公無勝

新しい訓

　　秋柏^{あきかしは}　潤和川辺^{うるわ}の　篠の芽の　**人に見せぬに　君に堪へなく**

新しい解釈

　〈秋柏〉潤和川の川辺の篠の芽が内に隠れていて外に見せないように、**私も他人には顔の表情を見せないのに、あなたには堪えられずに見せてしまいました。**

■これまでの訓解に対する疑問点

　定訓は、第４句の原文「**人不顔面**」を、「人にはしのぶ（べ）」と訓んでいる。ただし、『日本古典文學大系』は、「人には逢はね」と訓んでいる。

「不顔面」を「しのぶ」「しのべ」と訓む説は、第３句の「篠の芽の」の「しの」に導かれて、義訓により「しのぶ」「しのべ」と訓んでいるものである。

　また、その意味を「人の前では顔色にださず堪え忍ぶ」（『新日本古典文学大系』）、「他人に対してはけどられないように振舞うが」（『新編日本古典文学全集』）としている。

　しかし、義訓的に表記されているといっても「不顔面」を「しのぶ」「しのべ」と訓むとするのは、「不顔面」の文字面から離れすぎていると考える。

　ここは、篠の「しの」の音に第４句の訓を結び付けているものではなく、篠の芽は隠れていて、外から見えない状態にあることを第４句に結び付けているものである。それは、第３句の原文は「細竹芽」ではなく「細竹目」と「目」の文字が用いられ、顔の表情に結びつく用字を選択していることで分かる。

　一般的に用字は、いくつもある同じ音の字から、その歌意に相応しい字を選ぶものであるからである。

■新訓解の根拠

「不顔面」は**「見せぬに」**と訓む。

　顔を面しない、顔を向けないことで、顔の表情を他人に見せないことである。

「秋柏」は枕詞。上３句は序詞。

　他人には表情を見せないが、あなただけには好きであるあまり表情にでてしまった、というものであろう。

「寄物陳思」の部にある歌。

　　大野　跡状不知　印結　有不得　吾眷

新しい訓（旧訓）

大野<ruby>に<rt></rt></ruby>　**<ruby>跡形<rt>あとかた</rt></ruby>知らず**　<ruby>標<rt>しめ</rt></ruby><ruby>結<rt>ゆ</rt></ruby>ひて　**有りとも得ずや　吾かへり**
みて

新しい解釈

　大野に、**標の跡も今は分からないくらい広く標縄を張って、**
（女性を我がものにしようとしたが、）**自分で反省してみて、あ**
り得ることではなかったことよ。

■これまでの訓解に対する疑問点

　諸古写本において、第2句の原文「**跡状不知**」は「アトカタシラス」、
結句の「**吾眷**」は「ワカカヘリミム」と訓まれてきた。

　しかし、定訓は「跡状」を「たづき」あるいは「たどき」、「吾眷」を
「我が恋らくは」と訓んでいる。

　これについて、澤瀉久孝『萬葉集注釋』は、賀茂真淵『萬葉考』が
「跡状」を「タヅキモ」と訓んだこと、および2941番「跡状毛我者」の
「跡状」が「タヅキ」または「タドキ」と訓まれているとし、「吾眷」に
ついては、加藤千蔭『萬葉集略解』に本居宣長が「眷」を「恋」とし、
鹿持雅澄『萬葉集古義』も2501番「眷浦經」の「眷」が「恋」と訓ま
れている例などを挙げて「アガコフラクハ」と訓んだことを解説してい
る。

　なお、『新日本古典文学大系』は「歌意、不明瞭。」、および『岩波文

庫　万葉集』は「譬喩の意味が不分明」と注釈している。

■ 新訓解の根拠

「跡状」は諸古写本のように「跡形(あとかた)」と訓む。「名残り」と訓む案も考えたが、第３句以下の歌趣は、広い野に標縄を張って、女性を我がものにしようとしたが、全く失敗して標縄の跡も今は分からない意と解するので、「名残り」では一応成功したが、今はもうその余韻がない状態となり、この歌においては相応しくない。

　しかし、2941番は、「跡形」を「名残りも」と訓むことが相応しく、澤瀉注釋が指摘の「たづき」の訓は相当ではない。

　つぎに、「眷」は、294番「濱眷奴」(はまにかへりぬ)、1890番「眷益間」(かへりますまも)、4157番「吾等眷牟」(われかへりみむ)と訓まれているので、本歌の「吾眷」を素直に「わがかへりみて」と訓む。

　この歌の作者(男)は、女性を我がものにしようと広く標縄を張ったことを、失敗の原因と反省しているのである。標縄を広く張れば、女性を確実に我がものにできるとの考えを、第４句で「有りとも得ないこと」であったと気づいているのである。

　定訓はこの第４句の原文「**有不得**」を「ありかつましじ」と訓んでいるが、「得」を「かつ」とは訓めず、かつ「ましじ」に当たる表記がないので「かつましじ」とは到底訓めない。

　古写本の訓は「アリトモエスヤ」が比較的多く、「アリトモエメヤ」、「アリシオモエス」もある。私は、「アリトモエスヤ」に与する。

「寄物陳思」の部にある歌。

平山　子松末　有廉叙波　我思妹　不相止者

新しい訓

奈良山の　小松が末の　うれむぞは　我が思ふ妹に　**逢はず
やむとは**

新しい解釈

　奈良山の小松が末の「うれ」の「うれむぞ」ではないが、
待っていても最後はどうしてだろうね、自分が思っている妹に
逢わないで終わってしまうことだなあ。

■ これまでの訓解に対する疑問点

　結句の原文「**不相止者**」の末尾の原字は、嘉暦伝承本、類聚古集、広
瀬本、紀州本、神宮文庫本、寛永版本は「者」、西本願寺本、京都大学
本、陽明本は「看」のような字形である。

　注釈書のうち、これを『日本古典文學大系』は「嘗」、『日本古典文学
全集』、澤瀉久孝『萬葉集注釋』、『新編日本古典文学全集』、『新日本古
典文学大系』、中西進『万葉集全訳注原文付』は「去」の誤字として、
また、『新潮日本古典集成』、伊藤博訳注『新版万葉集』、『岩波文庫　万
葉集』は原文を示していないが、すべて「逢はず止みなむ」と訓んでい
る。

　すなわち、ほとんどの注釈書は、「者」を「去」の誤字とし「なむ」
と訓む木下正俊氏の説に従い、反語的に「逢はないでやむ事があらう
ぞ」（澤瀉注釋）と訳している。

■新訓解の根拠

　第2句「子松末」の「小松」は「娘を待つ」を掛けており、「末」は「うれ」で次句の「うれむぞは」を導くだけでなく、「すゑ」の意味で、待っていても最後は、という意を掛けている。

　結句「不相止者」の末尾の原文は「**者**」で、「**とは**」と訓む。「者」を「とは」と訓んでいる例は、286番歌「妹者不喚」（いもとはよばじ）、609番歌「将還来者」（かへりこむとは）、3113番歌「相者無尓」（あふとはなしに）などがある。

　したがって、結句は「**逢はずやむとは**」と訓む。

　この「は」は感動詞で、「怪しむときに発する声」（『新選古語辞典新版』）であり、「うれむぞ」に呼応して、どうしてかと怪しむ気持ちを表している。

　第3句の「うれむぞは」の「うれむぞ」は、「どうして」（『岩波古語辞典』）の意、「は」は強調の係助詞。

　私は、定訓による解釈のように、「どうしても逢うぞ」「逢わずにおかない」といった反語的に逢うことを強調した歌意ではなく、逢えないことに対する嘆きの歌であり、「うれむぞ」の語も、強く相手に迫る「どうして」ではなく、軽い不審を含めた「どうして」という語感の語と解する。

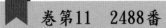

「寄物陳思」の部にある歌。

　　磯上　立廻香瀧　心哀　何深目　念始

新しい訓

　　磯の上を　立ち廻み難き　心哀し　なにを深めて　思ひそめ
けむ

新しい解釈

　　磯の上を立ち廻ることが難しく、心が痛みます、どうしてこ
んな（深い海の中を行くよう）に深く、思い始めたのだろう
か。

■これまでの訓解に対する疑問点
　第2句の原文「立廻香瀧」を定訓は「立てるむろの木」と訓んでいる
が、それは、賀茂真淵『萬葉考』が「瀧」は「樹」の誤字であるとし
て、「立廻香樹」を446番に「天木香樹」（むろのき）とあるので、「廻
香」は「天木香」（むろ）と同じであるとするものである。
　しかし、3600番には「多弖流牟漏能木」（たてるむろのき）とあり、
「廻香」を「むろの木」の表記であるとする合理的な理由は何もない、
強引な誤字説の典型である。
　また、第3句の原文「心哀」を「ねもころに」と訓んでいるが、これ
も疑問である。

■新訓解の根拠
　第2句は、原文どおり「立ち廻みがたき」と訓むべきである。

　真淵は、「香瀧」を「難き」と訓めなかったのである。
「立ちたむ」は立ち廻ることで、「まわる」には、物事が思うように運
ぶの意がある（『岩波古語辞典』）。

　定訓は「むろの木」と訓んだため、第3句「心哀」を「ねもころに」
と義訓で訓んで、「むろの木」の根に繋げようとしているが、ここは普
通に「心かなし」と訓む。

　歌意は、波の来ない、磯の上を歩き廻ることが難しく心が痛みます、
どうしてこんな（深い海の中を行くよう）に、深く思い始めたのだろ
う、である。気楽に恋を考えることが難しく、深く恋をしてしまい、辛
い思いをしている人の歌である。

「寄物陳思」の部にある歌。

橘　本我立　下枝取　成哉君　問子等

新しい訓

> 橘の　**本<ruby>本<rt>もと</rt></ruby>に<ruby>我<rt>あが</rt></ruby>立ち**　下枝取り　ならむや君と　問ひし子らは
> も

新しい解釈

> 橘の木の根元に**自分自身が**立って、下枝を取り、橘の実が成
> るように、二人の仲もこのように実るでしょうか、あなた、と
> 尋ねたあの娘だったよ。

■これまでの訓解に対する疑問点

　第2句の「本我立」の訓について、古写本の訓以来、現代の注釈書に
至るまで、「我」を「われ」あるいは「わが」と訓んで、「本に我を立
て」あるいは「本に我が立ち」と訓むことに疑いを懐く論者はいない。

　その上で、この歌の作者を男性とすると、「橘の　本に我を立て」と
訓んだ場合、女性が男性の「我」を橘の本に立たせたことになるが、こ
れを是とする説（『日本古典文學大系』、澤瀉久孝『萬葉集注釋』、『新潮
日本古典集成』、中西進『万葉集全訳注原文付』、伊藤博訳注『新版万葉
集』）と、非とする説があり、後者は「本に我が立ち」と訓んで「橘の
下に二人で立ち」と解釈（『日本古典文学全集』、『新編日本古典文学全
集』、『新日本古典文学大系』、『岩波文庫　万葉集』）している。

　しかし、女性が男性を立たせたと詠むことも、「我が」で「二人で」
と解することも不自然である。

■新訓解の根拠

　第2句の「**我**」は「**あが**」と訓むが、「我」は「自分自身」の意で、結句の「子」の女性のことである。

　女性が歌の作者の男性を橘の木の根元に立たせたのではなく、女性が自分自身で橘の根元に行って立ち、下枝を取ったと詠んでいるのである。

　この歌は、すべて相手の「子」の行動を詠んでいるもので、歌の作者の行動は詠われていない。したがって、「我」も相手の「子」のことを指しているのである。

　結句「問子等」の「等」は複数の「ら」ではなく、相手に対し親愛の気持ちを示す（『古語大辞典』）接尾語である。

「愛惜の情を込めた詠嘆を示す」語である「はも」（同上）を訓添して訓むことに異存はない。

「寄物陳思」の部にある歌。

　　念　餘者　丹穂鳥　足沾來　人見鴨

定訓

> 　思ひにし　あまりにしかば　**にほ鳥の　なづさひ来しを**　人見けむかも

新しい解釈

> 　思う気持ちがあまりに懸命であったので、**カイツブリの水掻きのように見えないところで難儀をして来たことを**、他人は見て分かったことだろうかなあ。

■これまでの解釈に対する疑問点
　多くの注釈書は、第4句の原文「足沾来」を義訓で、「なづさひ来し」と訓んでいる。

　これは、2947番歌の左注に、下3句に関し、「柿本朝臣人麻呂歌集云」として、「にほ鳥の　なづさひ来しを　人見けむかも」の句を掲げていることによるものである。

　例えば、『日本古典文学全集』によれば、この歌の訳は「思案に　余ったので　（にほ鳥の）　水に漬かって来たのを　人が見ただろうか」であり、「にほ鳥の ── ナヅサフの枕詞。」「ナヅサフは、水にはばまれながら進むこと。逢いたくて渡し舟もない川を突き切って、女の家に来たことをいう。」としている。

　他の多くの注釈書も、「にほ鳥の」を枕詞とし、「なづさひ来し」は難儀して川を渡ることと解している。

76

　しかし、万葉集において「なづさひ」と詠われている歌は14首あるが、そのうち「にほどりの　なづさひ」と続く歌は、前記の左注歌2947番歌のほかは3627番歌の一首にすぎない。

■新解釈の根拠

　にほ鳥は水鳥の「カイツブリ」のことで、水中に潜ることで知られているが、水面および水中を移動する場合は、水中にある脚で水を懸命に掻きながら進む。

　同じ生態の鴨について、「鴨の水掻き」という詞があるが、それは水面を進む水上の姿は優雅に見えるが、水面下の水中の脚は激しく水を掻いて難儀していることをいう。すなわち、人に見えないところで努力していることの喩えである。

　私は、2492番歌はこのことを詠んでいると考える。

　すなわち、自分は心の中で思い余るほど激しく思っているが、カイツブリが水中では懸命に水掻きをして進んでいることが見えないように、その思いを他人は知っているのだろうか、いや知らないだろう、という意である。

「にほ鳥の」は枕詞ではなく、実態に即した表現である。

「なづさふ」は、「水に浸る。水に浮かび漂う。」（『古語大辞典』）の意であるから、前記注釈書のように「なづさひ来し」だけで、難儀して川を渡ることと解することはできない。

　すなわち、単に「なづさひ来し」ではなく「にほ鳥の　なづさひ来し」と特定しているからこそ、にほ鳥の習性のように、人の見えない水中で水掻きして難儀して進んでいる、と解することができるのである。

「にほ鳥の」を枕詞とする注釈書は、本歌がにほ鳥を寄物とする「寄物陳思」の歌であることを失念している。

類　例

巻第15　3627番

　遣新羅使一行の歌群にある歌で、「物につけて思ひ発する歌」との題詞がある歌。

定訓

（長歌の部分）　朝凪に　船出をせむと　船人も　水手も声よ
び　にほ鳥の　なづさひ行けば　家島は　雲居に見えぬ

新しい解釈

　　朝、海が凪いでいるときに船を出そうと、船人が櫂の漕ぎ手
に声をかけ、**にほ鳥が水面下で一生懸命足掻きをして進んでい
るように櫂を漕いで行けば**、家島が雲の彼方に見えて来た、

■これまでの解釈に対する疑問点

　注釈書は、上掲「にほ鳥の　なづさひ行けば」について、「鳰鳥
の——ナヅサヒにかかる譬喩的枕詞」、また「なづさひ行けば」を「海
に浮かんで行く」（以上、『日本古典文學大系』）、「漂い行くと」（『日本古
典文学全集』）、「かいつぶりのように浮き沈みしてゆく」（中西進『万葉
集全訳注原文付』）などと訳している。

■新解釈の根拠

　2492番の「にほ鳥の　なづさひ来し」で述べたように、「にほ鳥の
なづさひ来し」は、にほ鳥が水中で脚を必死に水掻きをして進んでいる
状態を表現しているものである。

　本長歌では、家島に向かう船の水手（櫂を漕ぐ人）が、櫂で海の水面
下を一生懸命漕いでいる状態を、上述のにほ鳥の水掻きのようだと譬喩
的に表現しているのであって、「浮かんで行く」「漂いゆく」「浮き沈みし
て行く」ことを詠んでいるのではない。

「寄物陳思」の部の歌。

　　里遠　眷浦經　眞鏡　床重不去　夢所見與

新しい訓

　　里遠み　**かへりみうらぶる**　眞澄鏡{まそかがみ}　床の辺去らず　**夢を見せるか**

新しい解釈

　　遠く郷里から離れているので、鏡を裏返すように、**家の人をかへり見して、うら侘しく思っています**、眞澄鏡は床の辺りを去らずに**夢を見せてくれるだろうか**。

■これまでの訓解に対する疑問点

　定訓は、第2句の原文「眷浦經」の「眷」を「恋ひ」と訓み、その理由について、多くの注釈書は全く説明していないが、澤瀉久孝『萬葉集注釋』、『新日本古典文学大系』および中西進『万葉集全訳注原文付』は2481番を掲げている。

　2481番歌「吾　眷」を定訓は「我が恋ふらくは」と訓んでいるが、「吾かへりみて」と訓むべきことは、既に述べたとおりである。「眷」は、「かえりみる」「目をかけること。なさけ。」の意があり、「眷恋」という漢語もあり（以上、『学研漢和大字典』）、後者の意により恋の意を導くこともあり得るが、2481番歌においても、2501番歌においても、主たる意である前者の「かへりみる」の意によって十分訓釈できるのであるから、「眷」は「かへりみる」の訓釈によるべきである。

■新訓解の根拠

　第2句「**眷浦經**」を「**かへりみうらぶる**」と訓み、初句の「里遠み」をうけて「遠い郷里をふりかえりみて侘しく思う」の意であり、また、つぎの第3句の「眞澄鏡」に繋げて、「かへりみ」「うら」を鏡の縁語にしている。

　当時の鏡は、銅などの円形状の金属製で、表は顔や姿が映るように磨かれ、裏は種々の文様を浮き彫りにした貴重なものであった。いつも裏がえしで置かれており、用いるときは「うら」を「かへし」て表で顔など映し見たからである。

　「床重不去　夢所見與」は「床の辺去らず　夢を見せるか」と訓み、鏡が寝床を離れず、毎夜郷里の夢を見せてくれるか、の意である。

　「與」は「か」と訓み、「疑問や自問の気持ちをあらわす助辞」（前同）である。

　定訓は「夢に見えこそ」と訓んでいるが、「與」を「こそ」と訓むのは、これまでの万葉歌訓解の通弊である。

　この歌の作者は、出仕している都で、遠く郷里にいる人を偲んでいるのであろう。

　なお、「かへりみうらぶる」は8字であるが、句中に「う」の単独母音が入っているので、字余りが許容される。

「寄物陳思」の部にある歌。

　　夕去　床重不去　黄楊枕　射然汝　主待固

新しい訓

　　夕されば　床の辺去らぬ　黄楊枕_{つげまくら}　厭ほしき汝の_{いとなの}　主待ち_{ぬし}がたし

新しい解釈

　　夕方になると、いつも主を待つように床の辺りにある黄楊枕、**気の毒にお前の主が来るのを待っていても難しいよ。**

■これまでの訓解に対する疑問点
　第4句の原文「射然汝」は、難訓である。
　賀茂真淵『萬葉考』が「射」を「何」の誤字として、「ナニシカ」と訓んだことに、定訓は従っているものであるが、疑わしい。
　また、結句の原文「主待固」の「固」は、嘉暦伝承本、類聚古集は「困」（「くるしき」の訓）であるが、他の多くの古写本は「固」である。

■新訓解の根拠
「射」には、「いとふ」「あく」（『学研漢和大字典』）の意味がある。
　万葉集に、「射」の文字を用いた歌として、つぎの歌がある。

　　2348　和射美の嶺行き過ぎて降る雪のいとひもなしと申せその子に_{わざみ}

　この歌は、山の名前「和射美」の中に、「射」の文字があることに着

目して、「いとひ」の詞を引き出した歌と解する。雪を厭わないという歌意で、「射」に「いとふ」の意味がある証拠である。

「然」は、「そのとおり」の意を表す文字であるから、**「射然」**は**「厭ほし」**と訓み、「かわいそうだ。気の毒だ。」の意味である。

結句の原文は「固」を採用し、「主待固」とし、「主待ちがたし」と訓む。「固」は「難」の「がたし」の借字。

この歌は、歌の作者が訪れて来ない主を待つ気持ちを、枕を自分の身代わりにして、枕に語り掛けている歌である。

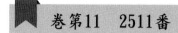

「問答」の部にある歌。この歌の前に、つぎの歌がある。この問答歌は略体歌ではない。

2510　赤駒が足搔速けば雲居にも隠り行かむぞ袖まけ我妹
あがき　　　　　　　　かく　　　　　　　　わぎも

新しい訓

> こもりくの　豊泊瀬道は　常滑の　怖き道ぞ　**恋によるまな**
> 　　　　とよはつせぢ　とこなめ　かしこ

新しい解釈

> 〈こもりくの〉豊泊瀬道は、常に滑りやすい危ない道であるの
> 　　　　　とよはつせぢ
> で、馬に乗って急いで**逢いたいと恋によって（恋に任せて）、**
> **いらっしゃることは止めて下さい。**

■これまでの訓解に対する疑問点

結句の原文は「**戀由眼**」であるが、どのように訓むか、問題である。
現代の注釈書の訓は、つぎのように分かれている。

恋ふらくはゆめ　　『日本古典文學大系』、『日本古典文学全集』、『新
　　　　　　　　　編日本古典文学全集』、『新日本古典文学大系』、
　　　　　　　　　『岩波文庫　万葉集』
汝が心ゆめ　　　　澤瀉久孝『萬葉集注釋』、『新潮日本古典集成』、
　　　　　　　　　伊藤博訳注『新版万葉集』
恋心ゆめ　　　　　中西進『万葉集全訳注原文付』

万葉集において、「恋ふらくは」と訓まれている例は、本歌を除き27
首ある。

最も多いのは「戀良久」（8首）、つぎに「戀良苦」（6首）であり、その他2字の表記もあるが、「戀」の一字を「恋ふらくは」と訓んでいるものはない。

　つぎに、「汝が心」と訓む論者は、原文が「尓心」であったものが、「恋」の一字に誤写されたとして、「尓心」を「汝が心」と訓むとするものである。しかし、古写本ではすべて「恋」は旧字体の「戀」という字形で筆写されており、この誤字説には無理がある。

「恋心」は、字数を合わせるために、「心」を加えているだけである。

　このように、これまでの訓例はすべて不当である。

　また、1356番「汝情勤」（汝が心ゆめ）の解釈が「決して信じてはいけないよ。」（前掲岩波文庫）であるように、「ゆめ」はその前の語の内容を禁止するものであるが、「恋ふらく」や「恋心」では、「恋」を禁止することになる。

■新訓解の根拠

　これまでの訓例は、すべて「**戀由眼**」の「由眼」を「ゆめ」と訓むと決めてかかっていることに問題があると考える。

「由」は、『類聚名義抄』によれば「ヨル」の訓があり、「由る」には、「その事に基づく。原因する。」（『古語大辞典』）の意がある。

　万葉集に、つぎの歌がある。

　　3931　君により我が名はすでに竜田山絶えたる恋の繁きころかも

「**眼**」は「まなこ」の「**まな**」と訓み、「まな」は「勿」で「禁止や制止の意を表す。……するな。」（前同）の意。

　したがって、「戀由眼」は、「**恋によるまな**」と訓み、恋に基づくな、の意である。

　足の速い馬で逢いに行くとの男の歌に対し、恋心に任せて、「常滑乃恐道」（原文）、すなわち、滑りやすく危険な道を急いで馬で来ないで、との女の答歌である。

84

「問答」の部の「問」の歌である。

雷神　小動　刺雲　雨零耶　君將留

新しい訓

鳴る神の　少しとよみて　さし曇り　**雨し降らばや　君留<ruby>留<rt>とど</rt></ruby>ま
らむ**

新しい解釈

雷が少し轟いて、曇って来て**雨も降らないかなあ、もし、そ
うなったら、君は帰らずこのまま留まってくれるだろうか**。

■これまでの訓解に対する疑問点
この歌の定訓は、つぎのとおり。

「鳴る神の　少しとよみて　さし曇り　雨も降らぬか　君を留めむ」

　第4句の原文は諸古写本は**「雨零耶」**と一致しているが、訓について
は古い古写本である類聚古集、嘉暦伝承本、広瀬本は「あめもふらな
む」、紀州本、寛永版本は「アメノフラハヤ」、神宮文庫本は「アメモフ
ラナレ」、西本願寺本、京都大学本、陽明本は「アメノフラハヤ」「アメ
モフラハヤ」と併記されている。
　結句の原文は類聚古集のほかは「君將留」に一致しており、訓は類聚
古集、神宮文庫本が「きみをとゝめむ」、嘉暦伝承本、広瀬本は「きみ
とまるへく」、紀州本は「キミヤトマラム」、西本願寺本、京都大学本、
陽明本は「キミカトマラム」と「キミモトマラム」が併記されている。

現代の注釈書は、これらいずれの古訓とも異なり、上掲のように「零耶」を「ふらぬか」と訓むものである。

　「ぬか」は「《打消の助動詞『ず』の連体形『ぬ』＋疑問・詠嘆の助詞『か』》詠嘆的に願望の意を表す。」（『古語大辞典』）とされている。

　万葉集に雨に関して「降らぬか」と詠った歌は、つぎのようにある。

　　　520番歌　「雨毛落糠」（雨も降らぬか）
　　　2685番歌　「雨毛零奴可」（雨も降らぬか）
　　　3837番歌　「雨毛落奴可」（雨も降らぬか）
　　　4123番歌　「安米毛布良奴可」（雨も降らぬか）

　他にも、「ぬか」の表記は、つぎのようになっている。

　　　「奴可」332番・708番、「奴香」1591番、「寐鹿」2070番、「糠」
　　　525番・1077番、「粳」1882番、「額」3011番

　これらの表記から明らかなように、「ぬか」と訓ませる場合は、それと分かる明瞭な文字が表記されている。

　2513番歌が略体歌の表記とはいえ、「耶」の一字であり、「ぬ」に当たる文字がないのに「ぬか」と訓み得ると解することはできない（2513番歌において、省略されているのは助詞のみであり、助動詞〈「ぬ」〉は省略されていない）。

　この点に関し、澤瀉久孝『萬葉集注釋』は「前の『早裳死耶』（2355）と同様アメモフラヌカと訓むべきものと思ふ。」とし、『岩波文庫　万葉集』も「2355の第四句の原文『早裳死耶』を『早も死なぬか』と訓んだのと同様に、『雨も降らぬか』と訓む。」と、それぞれ注釈している。

　しかし、2355番の第4句の原文「早裳死耶」は「早やも死ぬれや」と訓むべきであるので、これらの論法は通用しない。

■新訓解の根拠

　第4句を「雨し降らばや」と訓む。

　まず、「し」は強調の助詞。雨を強調している。

　つぎに、「ばや」は「《接続助詞『ば』＋係助詞『や』。多く和歌に用いられる》」「（未然形に付いて）『ば』が仮定条件、『や』は疑問の意を表す。」（以上、『古語大辞典』）。

「し」も、「ば」も、助詞であり、原文では表記が省略されている（前述の「ぬ」は助動詞であり、省略されることはない）。

　よって、「雨し降らばや」は、「もし雨が降ったら……だろうか」の意である。

　結句は「君留まらむ」と訓む。

「む」は推量の助動詞で、この歌の場合、主語の人称が「君」の二人称であるので、「勧誘」の意味。

「雨し降らばや　君留まらむ」の歌意は、「もし雨が降ったら君は留まってくれようか」である。

　従来の定訓は「雨も降らぬか　君を留めむ」と訓んで、歌の作者（女）が雨の降ることを願望し、かつ相手（男）を留めようとの意志を表現した歌と解しているが、そのような願望や意志を表明した歌でないことは、この歌の答歌であるつぎの歌で明らかである。

　　2514　鳴る神の少しとよみて降らずとも吾は留まらむ妹し留めば

　すなわち、「もし雨が降ったら君は留まってくれようか」と女が自分の意志ではなく、天気（雨）の所為にして留まって欲しい旨の歌を詠ったことに対し、答歌で男は、「雨が降らなくとも、あなた（女）が留まって欲しいと言えば留まりますよ」と答えているものであり、問いの歌が定訓のように「君を留めむ」と女が願望や意志をはっきり表明した歌であれば、答歌でこのように詠うことはあり得ないのである。

「問答」の部にある歌であるから、「問」の歌と「答」の歌が、整合する訓解でなければならないのは、当然である。

　なお、これまでの定訓は、「ぬ」に当たる表記がないのに、「ぬ」を加えて訓んでいる歌が1954番、2176番歌、2328番歌、2355番歌などにあることはすでに述べてきたが、これはこれまでの万葉歌訓解の通弊の一つであり、改められなければならない。

「問答」の部の「問」の歌。

　　布細布　枕動　夜不寐　思人　後相物

新しい訓

　　敷栲の　**枕は響む**　夜も寝ず　思ふ人には　**後逢ふものと**
　　しきたへ　とよ

新しい解釈

　　〈しきたへの〉**枕は声をあげて**、夜も寝ずに恋しい人を思って
　いる人は、**後に逢うものだと、騒いでいる。**

■これまでの訓解に対する疑問点

　第2句の原文「枕動」の「動」を、「動きて」と訓む注釈書（『日本古
典文學大系』、『日本古典文学全集』、『新編日本古典文学全集』、『新日本
古典文学大系』、中西進『万葉集全訳注原文付』、『岩波文庫　万葉集』）
と、「響みて」と訓む注釈書（澤瀉久孝『萬葉集注釋』、『新潮日本古典
集成』、伊藤博訳注『新版万葉集』）に分かれている。
　とよ

　ちなみに、両者の訳文を一例ずつ示せば、つぎのとおり。

　　岩波文庫　　（しきたへの）枕が動いて、夜もろくに眠れない。愛
　　　　　　　　する人には後に逢うものだというのに。
　　伊藤訳注　　枕ばかりが音をたてて、夜も寝られずに恋い焦がれて
　　　　　　　　いるが、このように思いをかける人には、あとでかな
　　　　　　　　らず逢えるものなのに……。

　両訳文とも、下記に掲載の答歌と内容的に整合していない。

■新訓解の根拠

　本歌は、つぎの「答歌」の「問歌」である。

　　2516　敷栲の枕は人に言問へやその枕には苔生し負ひし

　答歌の作者は、問歌である本歌に詠われている「枕」について、「枕は人に物を言いましょうか」と答えているのであるから、本歌は枕が何かを言うと詠われており、そのように理解されるべきである。

　そうすると、第2句の「**枕動**」は「枕は響む」と訓むのが相応しいことになる。

「響む」は、声をあげて騒ぐ意。

　そして、枕が言ったことは、第3句以下の歌詞の部分である。

　その内容は、「夜も寝ないで、思いをかけている人には、後に逢うものである」であるが、枕が言ったことであるから、結句に、引用の助詞「と」を訓添して、「後逢ふものと」と訓む。

　この問答歌は、女のところを訪れなくなった男が、女に対してふざけて、「夜も寝ないで私のことを思っていると、後で逢えると枕も言って騒いでいるでしょう」との歌を贈ったことに対し、女が「枕が人に物を言うものですか、あなたが長い間来ないので、枕には苔が生えてしまって何もしゃべれません。」と返したものである。

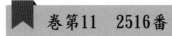

前掲歌の「答歌」である。

　　敷細布　枕人　事問哉　其枕　苔生負爲

新しい訓

> 　　敷栲の　枕は人に　言問へや　その枕には　苔生し負ひし
> 　しきたへ　　　　　　　　　　　　　　　　　　　　む

新しい解釈

> 　〈しきたへの〉枕は人に物をいうものですか、あなたが来ない
> ものだから、その枕には**苔が生えて被っているわ**。

■ これまでの訓解に対する疑問点
　結句の原文は諸古写本とも「**苔生負爲**」であるが、定訓を採る注釈書は「負」を「ニ」の仮名に用い、かつ、「爲」を「有」の誤字として「たり」と訓めるとし（澤瀉久孝『萬葉集注釋』）、「苔生しにたり」とするものである。
　　　　　　　　　　　　　　　　　　　　　　　む
　しかし、「負」を「に」と訓むことも、「爲」を「有」の誤字とすることも、著しく疑問である。

■ 新訓解の根拠
　まず「苔生負爲」の「**生**」を「むし」と訓むことに異論はない。
「**負**」は「おふ」の連用形「**おひ**」で、「かぶる。こうむる。」の意
（『岩波古語辞典』）。
「**爲**」は「**し**」と訓み、過去の助動詞「き」の連体形である。
「爲」を「し」と訓む例は、2234番「為暮」（しぐれ）にある。
　よって、「苔生負爲」は「苔生し負ひし」と訓む。

　この歌は、2515番と問答歌で、来ない人を待って夜も寝ない人に、枕は後に逢えると響んでいるものとの問いの歌に対して、枕は人に物を言うものですか、その枕は長い間あなたが私に逢いに来ないから、苔が生して被ってしまい、物が言えるものではない、と答えている歌である。

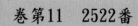
「正述心緒」の部の歌。

新しい訓

> 　恨めしと　思ふさなはに　**有りゆけば**　よそのみぞ見し　心
> は思へど
> 　　　も

新しい解釈

> 　不満であると思っているときが**ずっと続いていたので**、心で
> は気になっていましたが、あなたのことは関係ないと見ていま
> した。

■これまでの訓解に対する疑問点

　古来、第2句の原文「**思狹名盤**」は難訓とされ、種々の訓が提唱され
てきたが、土屋文明『萬葉集私注』が、「思ふさなはに」と訓んで、「思
ふ折から」の意としたことは、正解と考える。

　しかし、第3句の「在之者」を、いまだ「ありしかば」と訓んでお
り、「之」は「し」と訓めるが、「しか」とは訓めない点が、解決されて
いない。

■新訓解の根拠

「**之**」には「**ゆく**」の訓がある。

　334番歌「忘之爲」を定訓が「忘れむがため」と訓んでいるが、「之」
は「ゆく」であり、「忘れゆくため」と訓むべきであることは、本シ
リーズⅠで既述のとおりである。「之」を「ゆく」と訓めないのも、こ
れまでの万葉歌訓解の通弊の一つである。

　したがって、「**在之者**」は「**有りゆけば**」と訓み、「さなはに有りゆけ

ば」である。

　これにより、上3句は「あなたに不満があると思うときがずっと続いたので、」の意である。

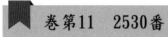
「正述心緒」の部の歌。

新しい訓

> あらたまの　柵戸（きへ）が竹垣　編目ゆも　**妹し見ゆれば**　われ恋めやも

新しい解釈

> 〈あらたまの〉**柵戸（きへ）を囲む竹垣の編目からでも、妹が見えたならば**、私はこんなに恋い焦がれることはないだろう。

■これまでの訓解に対する疑問点

　第2句の原文「寸戸我竹垣」の「寸戸」を、諸古写本は「スト」あるいは「スコ」と訓んでいる。

　近年の各注釈書の訓および注釈は、つぎのとおりである。

『日本古典文學大系』	伎倍（きへ）　甂玉郡の地名であろう。巻14東歌の遠江国の歌にキヘノハヤシ（3353）、キヘヒト（3354）の例がある。
『日本古典文学全集』	寸戸（きへ）　寸戸が ——「寸戸人の」（3354）に同じ。
澤瀉久孝『萬葉集注釋』	寸戸（きへ）　地名説を述べた後で、地名でないのではないかという橋本四郎説を紹介して、今後の考を俟つ事にする。
『新潮日本古典集成』	寸戸が竹垣　特殊な垣根であろう

94

	が、未詳。
『新編日本古典文学全集』	寸戸（きへ）　寸戸ガは「寸戸人の」（3354）に同じ。
『新日本古典文学大系』	寸戸（きへ）「寸戸」は地名かと言われるが、確かではない。
中西進『万葉集全訳注原文付』	伎戸（きへ）　渡来系の機織（はたおり）部の人々独特の荒い竹垣をあんだか。→3353・3354。
伊藤博訳注『新版万葉集』	寸戸（きへ）　未詳。
『岩波文庫　万葉集』	寸戸（きへ）「寸戸」は郡下の小地名か。→3354。

　すなわち、原文のまま多くが「きへ」と訓んでいるが、その意は地名と解するものが多い。

■ 新訓解の根拠
「寸戸」の「寸」を「き」と訓んで、「**柵**」の「き」と訓解する。
「城・柵」を「き」と訓むことは、どの古語辞典にも記載されている。『新選古語辞典新版』によれば、「堀や垣をめぐらして、区切ったところ。敵などを防ぐために築くもの。とりで。さく。しろ。」「土を築きて構へたるを城と云ひ、木を立て構へたるを柵といふ」〈武家名目抄〉とされている。
「戸」は「へ」と訓み、「寸戸」は「柵戸」（きへ）で、外敵を防ぐために設けられた「とりで（砦）」の建物のことである。
「柵戸の竹垣」とは、外敵が砦の建物に侵入できないように、建物の周囲を竹で作った垣で囲んでいる状態である。
「あらたまの」は枕詞。
「妹志所見者」を「妹し見えなば」と訓む定訓は、完了の助動詞「ぬ」の未然形「な」の表記がないのに「な」を添訓しているもので、不当。「妹し見ゆれば」と訓むべきである。
　柵戸で見張りの任務についていて、自由に妹に逢えない男の「正述心緒」の歌と解する。

『日本書紀』に、大化3年（647年）、今の新潟市に淳足柵、同4年に今の村上市に磐舟柵をそれぞれ造ったとの記載がある。蝦夷に備えたものである。

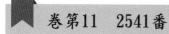

「正述心緒」の部にある歌。

新しい訓

> 　たもとほり　**行き廻の里に**　妹を置きて　心空なり　土は踏
> めども

新しい解釈

> 　遠回りして、**湾曲した道を行く里に**いる妹に逢いに行くの
> は、土を踏んでいるが、心は空を飛んでいるようで、廻り道も
> 遠くない。

■これまでの訓解に対する疑問点

　第2句の原文「徃箕之里尓」を「徃箕の里に」と訓む定訓を採る注釈
書の多くは、「徃箕」を地名かとし、徃箕の里の所在は不明としている。

　それに関連して初句の原文「徘徊」（たもとほり）は「徃箕」にかか
る枕詞と解している。

■新訓解の根拠

「徃箕」の「箕」は、「廻」の「み」で、借訓仮名。2735番歌において
も「浦廻」を「浦箕」と表記している。

　すなわち、「廻」は山麓・川・海辺などの湾曲している所の意（『古語
大辞典』）で、この歌の「行き廻の里」は、歌の作者の所から湾曲した
所（直線的に行けない所）のことであり、そこに作者の妹が居ること
を、第2句および第3句で詠っているのである。

　したがって、初句の原文「徊徘」は枕詞ではなく、「たもとほる」の
意であり、「回っていく」（前同）、「遠回りをする」（『旺文社古語辞典新

版』)の状態で「行き廻の里」に行くことを表している。

　万葉集に、同様の表現の歌として、つぎの歌がある。

　　　1243　見渡せば近き里廻をたもとほり今そ我がくる領巾振りし野に

　下句は、本歌の作者は、恋しい妹がいる里へ遠廻りして行かなければ
ならないが、妹に逢えることに興奮して、遠い道を歩いて行くものの、
心は上の空で、道の土を踏んでいるのに気持ちは空を舞って行くよう
だ、と詠っているものである。

　歌の作者の気持ちが、実にそのまま伝わってくる歌である。

　これまでの万葉歌の訓解の通弊は、訓解ができない詞が出てくると、
誤字説、地名説、枕詞説によって解決しようとする傾向があることであ
り、心すべきことである。

「正述心緒」の部にある歌。

新しい訓

> **向ひあはば**　面隠さるる　ものからに　つぎて見まくの　欲しき君かも

新しい解釈

> **対面すれば**、顔を隠してしまうものであるのに、つづいてお会いしたい君であることよ。

■これまでの訓解に対する疑問点

　初句の原文「**對面者**」を、定訓は「相見ては」と義訓で訓んでいる。

　しかし、「相見ては」は互いに視線を交わすことであるが、「対面」は必ずしも視線を合わせることを含むものでないことは、殿様に対面する家来の光景を想像すればわかる。

　したがって、本歌において「對面者」を「相見ては」と義訓することは問題である。

■新訓解の根拠

　「對面者」の「**對**」を「**むかふ**」と訓む例が、2979番歌「命　對」（いのちにむかふ）にある。「面」は、相手の顔の意であるから、「對面」は相手の顔に向かう位置にあることである。

　したがって、「對面者」は「向ひあはば」と訓む。

　しかし、相手と向かい合うことは視線を交わし合うことと同義ではなく、相手の顔を見ないで下を向いたり、自分の顔を手や物で隠すこともある。

本歌は、まさに後者のことを詠んでいるのであって、歌の作者は相手の君と会いたいと思い続けて、やっとその君と向かい合えることになると、自分の顔を隠してしまい、君の顔を見ることができないことになるが、それでもまた会いたい、と詠んでいるものである。

　会って、互いに視線を交わし合ったが、そのうちに自分の方が顔を隠してしまったので、またまた会いたいと詠んでいる歌ではない。はじめから、視線を交わせないのである。

「正述心緒」の部にある歌。

新しい訓

> 　朝戸を　早くな開けそ　あぢさはふ　**目が惚る君の**　今夜来(こよひ)
> ませる

新しい解釈

> 　朝戸を早く開けないで、〈あぢさはふ〉目で見ると目が奪わ
> れてしまうほど好きな**君が**今夜いらしているので。

■これまでの訓解に対する疑問点
　第4句の原文の「**目之乏流君**」の「**乏**」をどう訓むかである。
　古写本の多くに「メニホルキミカ」の訓がある。
　現代の注釈書の訓は「目が欲る君が」が多数で、「目の乏しかる君」
もある。
「目が欲る君が」と訓む説は、「乏ヲホルトヨメルハトモシキ物ハ欲シ
キ故ナリ」との契沖の説によるものである。
　しかし、「見が欲し」の例は、382番「見杲石」、2327番・2512番「見
我欲」にあるが、いずれも「見」であり、「目」ではない。
「あぢさはふ」は、「目」にかかる枕詞であるから、「見」とは訓めない
のである。
「目を欲る」という詞があるが（2674番「目乎欲」）、こちらは「目を」
であり、「目が」ではない。
「目の乏しかる君」と訓む説（『日本古典文学全集』）は、9字の字余り
であり、妥当ではない。

■新訓解の根拠

「乏」の漢音は「ホウ」であり、略音により「ほ」と訓む。

　よって、「乏流」は「ほる」（惚る）と訓むことができる。

　したがって、**「目之乏流君」**は**「目が惚る君」**と訓み、「目が惚る君」とは、単に見たい君の意の「見が欲る君」ではなく、「見ると目が奪われるほど好きで見たい君」である。

「惚る」の連体形は「惚るる」であるが、終止形で代用される場合があることはこれまでも述べたとおりである。句末に「の」を訓添する。

　歌の作者は、今夜はやっとその君が来てくれたので、その人に朝が来たと知られたくない（早く帰したくない）ので、朝戸を早く開けないで、と詠っているものである。

　また、「惚る」には「放心する。」（『古語大辞典』）の意があるので、朝戸を開けて明るいところで君を見ると気を失うことになるから、と詠んでいるのかも知れない。

「ほる」の「ほ」に「保」などの文字を用いず、「乏」を「ほ」に用いているのも、単に惚れている君だけでなく、目にすることが乏しいと思う気持ちをも表記したかったからであろう。

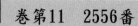

「正述心緒」の部にある歌。

新しい訓

玉垂れの　小簀（をす）の垂れ簾を　行きかねて　寐（い）は寝（な）さずとも
君は通はせ

新しい解釈

私が寝ている部屋の〈玉垂れの〉垂れ簾を持ち上げて入って
来ることができず、共寝して寝なくとも、あなたは私の家に
通って来てください。

■これまでの訓解に対する疑問点

　第3句の原文は「**徃褐**」で、「徃」は「行く」と訓めるが、「褐」を何
と訓むか、古来、難訓である。各注釈書の訓は、つぎのとおり。

行きかてに　『日本古典文學大系』行き得ずに。褐の音 kat をカテ
　　　　　　にあてたと見る。なお考究を要する。
ゆきかちに　『日本古典文学全集』カテニの音転か。漢音カツの音
　　　　　　仮名の下に、ニの補読は違例で、疑義あるという。
　　　　　　『新潮日本古典集成』、『新編日本古典文学全集』、中西
　　　　　　進『万葉集全訳注原文付』、伊藤博訳注『新版万葉集』
（訓を留保）澤瀉久孝『萬葉集注釋』、『新日本古典文学大系』、『岩
　　　　　　波文庫　万葉集』

「行きかてに」も、「ゆきかちに」も、根拠薄弱である。

■新訓解の根拠

歯を黒く染める「お歯黒」の習慣が、万葉の時代以前からあったと言われている。

歯を黒く染める液は、鉄片を米のとぎ汁などに入れて酸化させて作った液で、これは「かね（鉄漿）」といわれ、茶褐色の液である（『古語大辞典』）。

したがって、万葉人は、日常的に「褐色の液」に「かね」を連想したので、「かね」に「褐」の字を当てたと考える。

「かね」は、「することができない」意の接尾語「かぬ」の連用形である。

よって、「徃褐」は「行きかねて」と訓む。

補注

本シリーズⅢの1654番歌で紹介した市井の万葉歌研究者・安嶋厚生氏が、本歌についても新訓解を提唱している。

安嶋氏は「褐」を「染む」と訓んで、「そむ」を「初む」の「同音異語転換」として、「徃褐」を「往き初む」と訓み、その意を「通い初めたばかり」とする。また、「染む」は、通い始めた相手が歌の作者の心に染みるようになれば共寝する意であることを表しているとする。

2970番歌「桃花褐」は「桃染めの」と訓まれているので、訓としては「往き初めて」もあり得ると思う。

ところで、下2句は「寐は寝さずとも　君は通はせ」であるから、共寝できないことを仮定条件として、それでも歌の作者は相手に通ってきて欲しいと逆接の文脈で詠んでいることは明白である。

すなわち、相手が通ってきても、歌の作者と共寝できない場合があることを想定しているのである。

相手が通ってきたのに共寝できない場合とは、どんな場合か。相手が垂れ簾を上げて、歌の作者の寝床まで来ない場合か、寝床まで来られたのに歌の作者が共寝を拒んだ場合であるか、である。

私は、単純に、下2句の歌句により前者の場合を想定し、相手が垂れ簾を上げる物音で他人に侵入を知られることを恐れ、垂れ簾の内に入れ

ない場合と考えるのである。歌では、それを「徃きかねて」と詠んでいる。

　ところが、安嶋氏の訓である「往き初めて」では、後者の場合を想定している。

　すなわち、相手は垂れ簾を上げて作者の寝床まで来ているのであるから、共寝ができなくはないが、共寝できない場合として、相手が作者のところに来初めたばかりで、まだ作者の心に相手が染まっていない場合であるので共寝することはできない、もっと心が染まるまで通ってきてくださいとの歌意とするものである。すなわち、共寝しない理由を歌の作者の気持ち・行為に求めている。

　恋の噂が恐れられる時代に、今はまだ共寝する気もない関係の男に対して、寝床にはもっと通ってきて欲しいなどと、女が詠むわけがないと私は思う。

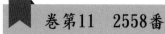

「正述心緒」の部にある歌。

新しい訓

> 愛しと　**思ひ掛け来し**　な忘れと　結びし紐の　解くらく思
> へば

<small>うるは</small>　　　　<small>こ</small>

新しい解釈

> 愛しいと（自分も）**ずっと思いを掛けて来たのだ**、「忘れな
> いで」と（あの娘が）結んだ紐が解けることを思うと。

■これまでの訓解に対する疑問点

　定訓は、第2句の**「思篇來師」**の**「篇」**を「へり」と訓んで、第2句
を「思へりけらし」と訓んでいる。

「篇」を「へり」と訓む理由を、『日本古典文學大系』は「篇はnで終
わる音であるが、それをriの音に借りている。平群ヘグリ、播磨ハリ
マなどと同様。」といい、『日本古典文学全集』は「『篇』の字は、ヘン
の音を借りたもの。走り井を『八信井』（1113）と書くのと同じく、ナ
行とラ行とを通用させた二音仮名表記。」という。

　しかし、「八信井」は「山の井」と訓むべきことは、1113番歌で述べ
たとおりである。

　また、「平群」「播磨」は、いずれも人名ないし地名の訓み方で、かつ
「群」は「むれ」、「播」は「ちる」などと、訓の語尾が「り」音に転換
する音を有する語であるが、「篇」は、これに該当しない。

■新訓解の根拠

「篇」には「かける」の訓がある（『類聚名義抄』）。

　したがって、「**思篇來師**」は、「**思ひ掛けこし**」と訓み、「思いをずっと掛けてきているのだ」の意である。

　互いに結んだ紐が自然に解けることは、相手が自分のことを思っているからと、信じられていた（2413番歌など）。

　定訓は「来師」を「けらし」と訓んでいるが、万葉集において「来師」を「来し」と訓む例は47番歌、1424番歌、1582番歌にある。

「正述心緒」の部にある歌。

新しい訓

> 面忘れ　だにもえすやと　手握りて　**打てども覚めず**　恋と
> いふ奴

新しい解釈

> 恋人の顔だけでも忘れられるかと、拳をつくって自分の顔を
> **打ったけれども、私は恋から覚めることがない**、恋という奴は
> どうしようもない。

■これまでの訓解に対する疑問点

　定訓は第4句原文「雖打不寒」を「打てども懲りず」と訓み、定訓を
とる注釈書は、「不寒」の「寒は寒さによって凍る意。」(『日本古典文學
大系』)であるから、「寒」を「こり」と訓み、「不寒」を「懲りず」と
訓むとするものである。

　「寒」を「凍り」と義訓で訓み、さらに「凍り」を「懲り」の同義とし
て、二段階を経て訓むものであるが、そもそも寒さにより「凍り」であ
り、「凍り」ではないから無理である。

■新訓解の根拠

　「寒」の「さむ」を、「覚む」の借訓仮名として訓む。

　「覚む」には「迷いから離れ、平常に戻る。物思いがなくなる。」(『古
語大辞典』)の意がある。

　また、「覚め」「醒め」は、「サムシ(寒)と同根。熱や気持の高ぶり
が冷える意から転じて、酔いや迷いが晴れる意」(『岩波古語辞典』)と

ある。

　本歌は、恋に迷い苦しんでいる人が、せめて恋人の顔だけでも忘れることができるだろうかと、拳をつくり、自分の顔を叩いたけれど、恋の迷いは覚めなかったよ、恋という奴はしようがない奴だ、と詠っているものである。

「手握りて　打てども」は身体のどの部分を打っているのか不明であるが、「面忘れ」するためと詠んでいるので、眼前に浮かぶ恋人の面影を消すために、自分の顔面を打ったものと考える。

　恋人を面忘れするために、拳で打ったというのであるから、懲らしめるためではない。

　結句「恋といふ奴」は、恋に取り付かれて恋を追い払えない歌の作者が、自分自身のことを、恋という奴に仕えていると自嘲しているのである。

「正述心緒」の部にある歌。

新しい訓

> **相見して　幾久しくも**　あらなくに　年月のごと　思ほゆる
> かも

新しい解釈

> **お互いに関係を持つようになって、そんなに久しくもないの**
> に、長い年月が経ったように思われることよ。

■これまでの訓解に対する疑問点

　従来の定訓は、初句の原文**「相見而」**に「は」に当たる表記がないの
に「あひ見ては」と、5音にして訓んでいるものである。

　万葉集において、「而」の一字で「ては」と訓まれることはなく、つ
ぎのとおり「ては」と訓ませる場合は、「而者」と表記されている。

　16番「見而者」、557番「因而者」、751番「見而者」、1106番「見而
者」、1755番「似而者」、2126番「聞而者」など。

　特に、「正述心緒」のこの歌の前にも、2539番「相見者」（あひみて
は）、2567番「相見而者」（あひみては）とあり、「は」と訓む歌には、
「者」の表記がある。

　したがって、初句を「あひ見ては」と訓むことはできない。

■新訓解の根拠

「相見る」は「男女が関係を結ぶ。」（『古語大辞典』）である。

「而」は「て」と訓まれることが多いが、1223番歌「波不立而」（なみ
たたずして）のように「し」を伴って「して」とも訓むこともあり、本

歌においても「して」と訓む。「て」も、「して」も、「而して」の訓の
一部である。

　したがって、「相見而」は「相見して」と訓む。

　第2句の「**幾久毛**」の訓について定訓は「いくひささにも」と訓んで
いるが、「さに」に当たる「さ」および「に」の表記がない。

　3667番歌に「比左思久安良思」（ひさしくあらし）とあり、なぜ、「幾
久しくも」と平明に訓まないのか不審である。「久」は「ひさし」の連
用形「ひさしく」、「毛」は詠嘆・強調する気持ちを表す係助詞「も」
で、活用する語の連用形に付く。

「正述心緒」の部にある歌。

新しい訓

大丈夫と　思へる我れを　かくばかり　恋せしむるは　**稀に
はありけり**

（ますらを）

新しい解釈

恋などしない大丈夫と思っていた私を、このように恋しくさ
せる女性が、**稀にはいたことよ**。

■これまでの訓解に対する疑問点

結句の各古写本の原文は、広瀬本が「少可者在来」であるほかは「小
可者在来」であり、多くは「ウベニサリケリ」と訓が付されている。
「うべ」は、「もっともなことだと同意する」の意であるので、これ
によると「立派な男子と思っている自分を、このように恋させるあな
た（女性）は、もっともなことだ」との歌意となり、なかなか恋などし
ない男子と思っていたが、（魅力的な）あなたに恋をさせられるように
なったのはもっともなことだと、男が自分の立場に拘りながらも、女性
を称賛している歌と理解できる。

他方、定訓は、1258番で「小可」を「奇」の誤字として「小可者有
来」を「あやしかりけり」、あるいは「苛」の誤字として「カラクハア
リケリ」と訓んだ江戸時代の訓の影響をうけて、本歌では「小可」を
「悪しく」の意と解し、「小可者在来」を「悪しくはありけり」と訓み、
「このように恋をさせたことは、あなた（女性）が悪いからである」と
解するものである。

この両者の訓によれば、正反対の解釈の歌となる。

■新訓解の根拠

「小可者在来」に対する、古写本の「ウベニサリケリ」の訓の「うべ」
は「全肯定」の義である。

　しかし、本歌において「全可」ではなく、「小可」と詠われており、
「部分的肯定」の義と解する。もとより、「小可」は「不可」ではなく、
「全否定」ではないので、定訓のように「悪しくは」と「全否定」の意
に訓むことも相当ではない。

　そこで私は、**「小可者」**を「部分的肯定」の意である**「稀には」**と訓
む。

　一首の歌意は、「大丈夫と思っている我れをこのように恋しくさせる
のは稀にあることです」というものである。男が恋に陥ったことに驚
き、稀であると弁解しつつ、かつそれも相手の女性が素晴らしいからで
あると讃えているのである。

「正述心緒」の部にある歌。

新しい訓

かくしつつ　我が待つ験（しるし）　**あらばかも**　世の人皆の　常なら
なくに

新しい解釈

このようにしながら、私が待って居る甲斐が**あるだろうか、
ないかも知れない**、世の中の人の皆が、常に待つ甲斐があると
いうのではないように。

■これまでの訓解に対する疑問点

定訓は、第3句原文「有鴨」に「ぬ」と訓める表記がないのに、「あ
らぬかも」と訓んで、多くの注釈書は「あって欲しいものだ」と解釈し
ている。

ところで、万葉集に「有鴨」の表記は、本歌以外に8例あるが、つぎ
のとおり「ぬかも」と訓んだものはない。

196番歌「然有鴨」（しかれかも）、383番歌「名積來有鴨」（なづみ
来るかも）、584番歌「君毛有鴨」（君にもあるかも）、692番歌「妹
二毛有鴨」（妹にもあるかも）、993番歌「君尓相有鴨」（君に逢へ
るかも）、1383番歌「塞敢而有鴨」（塞かへてあるかも）、2420番歌
「隔有鴨」（へなりたるかも）、2915番歌「言尓有鴨」（言にあるか
も）

また、下2句の「世の人皆の　常ならなくに」を、仏教の無常観を踏

まえて詠んでいる（『岩波文庫　万葉集』）としているが、関係ないと考
える。

■新訓解の根拠

「有鴨」は「あればかも」と訓む。ここの「かも」は反語の意味の「か
も」で、「あり」の已然形「あれ」につき、「あるだろうか、いやあるこ
とはない。」の意である。

「あれば」の「ば」に当たる表記がないのに「あれば」と訓むのは、
2591番歌「不相在」が「あはずあらば」と訓まれているように「あら」
「あれ」については「ば」の表記がなくとも「ば」を付けて訓むことが
できる。他に、2494番歌「年在如何」を「年にあらばいかに」と訓む
ことにも例がある。

　したがって、上3句は「このようにしながら、私が待っている甲斐が
あるだろうか、いやあることはない。」である。

　下2句は、上3句のようなこと、待つ甲斐があることは世の人全部に
常にあることではないのだから、の意である。無常観とは関係ない。

「正述心緒」の部にある歌。

新しい訓

> 　現にも　夢にも我れは　思はずき　**振りたる君に**　ここに会
> はむとは

うつつ

新しい解釈

> 　現実にも、夢にも私は思わなかった、**私と関係を断ったあな
> たに**ここで会おうとは。

■ これまでの訓解に対する疑問点

　定訓は、第４句の原文「**振有公尓**」の「振有」を「古りたる」と訓
み、その意を『日本古典文學大系』、『日本古典文学全集』、澤瀉久孝
『萬葉集注釋』、『新編日本古典文学全集』は「昔なじみ」、中西進『万葉
集全訳注原文付』は「昔交渉のあった相手」、そして『新日本古典文学
大系』、『岩波文庫　万葉集』は「長い時を経た」としている。

『新潮日本古典集成』は「昔馴染みだったが、その後関係のなかった
君」、伊藤博訳注『新版万葉集』は「仲絶えた昔のあなたに」としてお
り、その後関係が絶えていたことを強調している。

　万葉集において、「古りにし」の詞は12例あるが、「古りたる」の例
はない。

　また、「古りにし」の表記にすべて「古」「故」「舊」の正訓字が用いら
れており、「振」などの借訓仮名を用いた表記はない。

　したがって、本歌において「振有」を「古りたる」と訓むことは大い
に疑問がある。

■新訓解の根拠

「振有」を「振りたる」と訓む。

「振る」には「嫌って相手にしない。」の意があり、万葉集の中にその用例を見つけることはできないが、源氏物語に「あやしう人に似ぬ心強さにても振りはなれぬるかな」（夕顔）がある（以上、『新選古語辞典新版』）。

　前記、新潮古典集成および伊藤訳注が指摘しているように、この句は単に「昔なじみ」というのではなく、その後関係が絶えた男のことであり、「振りたる君」は君が歌の作者（女）を振ったこと、すなわち関係を断ったことである。

　この歌の声調から、昔馴染みと久しぶりに会った嬉しさを詠んだような歌ではなく、自分との関係を断って身を隠していた男に、偶然会ったときの男に対する呆れ返った驚きを詠った歌と解される。

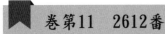

「正述心緒」の部にある歌。

新しい訓

> 　白妙の　**袖触りにてよ**　我が背子に　我が恋ふらくは　止む
> 時もなし

新しい解釈

> 〈白妙の〉**共寝をしてから**、我が背子（夫）に私が逢いたいと
> 思うことは、収まるときもありません。

■これまでの訓解に対する疑問点
　第２句の原文は、広瀬本が「袖觸而」であるほか、諸古写本は「袖觸
而夜」である。
　現代の注釈書の訓は、つぎのように分かれている。

　　「袖触れにしよ」　『日本古典文学全集』、『新日本古典文学大系』、
　　　　　　　　　　　『岩波文庫　万葉集』
　　　　　　　　　　　「而」を「西」の誤字とする。
　　「袖を触れてよ」　澤瀉久孝『萬葉集注釋』、『新潮日本古典集成』、
　　　　　　　　　　　伊藤博訳注『新版万葉集』
　　「袖に触れてよ」　『日本古典文學大系』、『新編日本古典文学全集』
　　「袖に触れてや」　中西進『万葉集全訳注原文付』

■新訓解の根拠
「袖触る」は、1392番歌に「袖のみ触れて寝ずかなりなむ」とあり、
共寝の意で用いられている。

「**而**」を「**にて**」と訓む。

「而」を「にて」と訓む例は、343番歌「成而師鴨」（成りにてしかも）、969番歌「淵者淺而」（淵はあせにて）などにある。

　この歌の場合の「にて」は、完了の助動詞「ぬ」の連用形「に」＋完了の助動詞「つ」の連用形「て」がついたもので、「……てしまって。」の意（以上、『古語大辞典』）である。

　したがって、第2句は原文のまま「**袖触りにてよ**」と訓み、「共寝をしてしまってから」の意。

「夜」は「よ」で、動作の出発点を示す格助詞。「夜」の用字が歌意に対応している。

　誤字説による「袖触れにし」では、回想しており切迫感がないが、新訓「袖触りにてよ」により、「止む時もなし」に繋がる切迫感が生まれる。

「寄物陳思」の部にある歌。

新しい訓

　　梓弓（あづさゆみ）　末の原野に　鳥狩（とが）りする　**君が弓壻（ゆは）めの**　絶えむと
思へや

新しい解釈

　〈梓弓〉山の奥の方の原野で鷹狩りをしている、**君が矢を弓に
番えることを止めてしまおうと思うだろうか、思わないよう
に**、私のあなたへの恋心は絶えるだろうと思うか、思わない。

■これまでの訓解に対する疑問点
　現代の注釈書は、第４句の「**君之弓食之**」の「弓食」を「弓弦（ゆづる）」と訓
んでいるが、その理由は明らかではない。
「原文『食』を古来ツルとよむ。」とするのは中西進『万葉集全訳注原
文付』だけで、『日本古典文學大系』、『日本古典文学全集』、澤瀉久孝
『萬葉集注釋』、『新日本古典文学大系』は、「食」をツルと訓む理由は不
明とする。
　他の注釈書は、何ら説明をしていない。
「末の原野」の「する」を地名と解している注釈書があるが、山奥にあ
る原野であることを表現しているにすぎないものである。

■新訓解の根拠
「弓食」の「**食**」は「**はむ**」と訓み、この歌の場合「はむ」の「食」は
「壻む」の借訓仮名である。
「壻む」は、「矢をつがえること」（『古語大辞典』）。

「食」を「はむ」と訓む例は、1106番歌「見乍偲食」（みつつしのはむ）にある。

　本歌においては「塡む」の連用形「塡め」で名詞「弓塡め」として用いている。

　一首の歌意は、山の奥の原野で鷹狩りをするあなたが、弓に矢を番えることを止めようと思うだろうか、思わないでしょう（そのように、私のあなたを恋する気持ちも絶えるだろうと思うことがあろうか、ないと思う）、の意である。

　鷹狩りに夢中になる男性の姿に擬えて、女性がその恋心を男性に向けて詠んだ歌である。

「弓弦」と訓む説によると、「末の原や野で鷹狩りをするあなたの弓弦のように、私とあなたの仲が切れようなどと思いましょうか。」（前掲古典文學大系）である。

　しかし、「弓食」を理由もわからず無理に「弓弦」と訓まなくとも、「弓塡め」を寄物とした歌であると十分訓解できるのである。

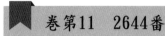

「寄物陳思」の部にある歌。

新しい訓

小墾田（をはりだ）の　板田の橋の　壊れ（こぼ）なば　**異他（けた）より行かむ**　な戀ひ
そ吾妹（わぎも）

新しい解釈

　小墾田の板田の橋が、もし壊れたら、**違う他の方法で行くか**ら、そんなに恋しがらないで、私の妹よ。

■これまでの訓解に対する疑問点
　この歌の第４句の原文は、「**從桁將去**」である。
　現代の注釈書におけるこの歌の解釈は、つぎに示す『岩波文庫　万葉集』のものと、ほぼ同じである。
　「小墾田の板田の橋が壊れたら、橋桁を伝ってでも行こう。そんなに恋しがるなよ。我が妻よ。」
　しかし、橋が壊れるという場合、普通は橋桁も壊れている。橋が壊れても桁だけが残っている状態を想定して、このような歌を詠むのは自然ではない（橋桁も壊れていたら来ないというのか、ということになる）。
　また、当時、桁などがない丸太橋、石橋、吊り橋などが多く、桁などがある本格的な橋は少なかったであろう。
　この歌が「桁より行かむ」と詠んでいるのは、「桁」そのものではなく何かに掛けて詠っていると考える。それゆえ「寄物陳思」の歌とされているのである。

■新訓解の根拠

「**桁**」の「けた」に、「**異他**」の「けた」を掛けている歌である。

「異他」の「異」は万葉集において、2399番歌「心を異には」に「け」と訓まれ、「異」は「常と違っているさま」(『古語大辞典』)と解されている。

「他」の「た」は「ほか」の意。

　したがって、「異他」は「常と違ったほかの方法で」の意である。

　すなわち、男が妹のところに通って行く道にある橋が壊れても、常と違った他の方法で行くつもりだから、妹よ、恋しがらないで、の歌意である。

　この歌は、男が来なくなることをあれこれ心配する妹に対して、男は橋が壊れるという起こりそうもないことを譬えにして、もしそのときでも何か他の方法で妹のところには必ず行く、と誓っているのである。

「異他」は古語辞典にない語であるが、橋の縁語の「桁」と同音の「異他」という語を造語して詠っている点が、この歌の作者の工夫である。

　この工夫に気付かないままでは、この寄物陳思の歌を理解したことにはならない。

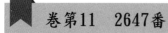
「寄物陳思」の部にある歌。

新しい訓

> **東栲**　空ゆ引き越し　遠みこそ　**目言離**るらめ　絶ゆと隔
> てや

※ あづまたへ / めことか

新しい解釈

> **東**^{あづま}地方の特産の栲を晒すために、男女二人が両端を持って、
> 空中に引き延ばして行くと、だんだん遠く離れるので、**互いの**
> **目の表情で語り合うこともできなくなるでしょう**、しかし、互
> いの関係を絶とうと隔てているだろうか、そうではない。

■これまでの訓解に対する疑問点
　初句の原文「**東細布**」に対するこれまでの訓解に、つぎのものがあ
る。

　　横雲の^{よこぐも}　鎌倉時代の仙覺、『日本古典文学全集』、澤瀉久孝『萬葉集
　　　　注釋』、『新編日本古典文学全集』

　古典文学全集は「夜明けの東の空に横たわる雲を、細い布にたとえた
表記か。」といい、解釈は「横雲が　空を渡って姿を消すように　遠い
からこそ　逢って語ることもさけているのだろう　切れるつもりで離れ
るはずはない」としている。そしてさらに、「『横雲』は、『新古今集』
ごろに初出する語」である、「この歌の寄物は不明。」と疑問も呈してい
る。
　また、新編古典文学全集は、「横雲 ── 横に長くたなびいている雲。

主に夜明け方の雲をいう。原文の『東細布』はそれを東国産の良質の布に見立てた義訓表記であろう。」としている。

手作りを　『新潮日本古典集成』、伊藤博訳注『新版万葉集』

　上４句の解釈は、いずれも手作りの布を空高く引き渡して長々と晒すように、長い道のりを隔てていればこそ、逢うことも語らう折もないだろうというものである。

あさぬのの　中西進『万葉集全訳注原文付』

　原文「雲」の字を略したかとし、原文を「東細布雲」とした上で、朝のヌノグモを略してアサヌノと訓むものである。「東雲（しののめ）」のことかとも言っている。解釈は、前記「横雲」説と略同じである。

　（訓を付さず）　『日本古典文學大系』、『新日本古典文学大系』、『岩
　　　　　　　　波文庫　万葉集』

　新古典文学大系は、「アヅマタへと訓む案も提出された（井手至『東細布空ゆ引き越し』考〈『万葉』175号〉）」と紹介している。
　これまでの訓解は、本歌が「寄物陳思」の歌であることから、離れている。

■新訓解の根拠
1　2644番から2648番までの５首のうち、本歌を除く４首は、つぎのように地名と、そこにあることがよく知られている物に寄せて、男女の愛を詠んだ歌として、訓解されている。

2644番	小治田の板田の橋の	「小治田」は奈良県明日香村
2645番	宮材引く泉の杣に	「泉」は京都府木津川市
2646番	住吉の津守網引の泛子の緒の	「住吉の津守」は大阪市
2648番	飛騨人の打つ墨縄の	「飛騨」は岐阜県

それゆえに、これらの歌の間にある2647番の本難訓歌も、地名とそこにあることがよく知られている物が詠まれていると推測できる。

2　万葉集において本歌を除き、「細布」を「栲(たへ)」と訓んでいる例が15首もある。

　　　「白栲(しろたへ)」　2411番、2518番、2612番、2688番、2690番、2812番、
　　　　　　　　2846番、2854番、2937番、2952番、3324番
　　　「敷栲(しきたへ)」　2516番　2844番
　　　「布栲(しきたへ)」　2515番
　　　「和栲(にきたへ)」　　443番

　これだけ多く「細布」を「栲(たへ)」と訓んでいるのであるから、2647番においてだけ他の訓み方をするために「細布」と表記したとは考えられず、2647番においても「栲(たへ)」と訓むと考える。
　「東」は「あづま」と訓み、おおよそ今の関東地方のことである。
　万葉の時代、東の地方で布が作られていたことは、つぎの歌でも明らかである。

　　521　庭に立つ麻手(あさで)刈り干し布曝す東女(あづまをみな)を忘れたまふな
　　3373　多摩川に曝す手作りさらさらになにぞこの子のここだ愛しき

　また、今の東京都調布市の地名は、昔この地方で布が生産され、租庸調の調として都に献上されていたことに由来するといわれている。

3　さて、歌の解釈であるが、東の国で作られる栲(布)を生産する作業に従事している男女が布を曝(さら)すために、両端を持って空中に長く引き延ばしてゆくと、二人の間はだんだん遠く離れてしまうので、互いに目の表情を見て相手の気持ちを判断することができなくなる（10m以上だろう）。
　それを、互いの関係を絶とうとして遠くに隔たってゆくのでしょうか、そうではない、それを「空ゆ引き越し　遠みこそ　**目言(めこと)離(か)るらめ**　絶ゆと隔てや」と詠っているものである。

　第２句の「從空」の空は、天空の意の「空」でなく、天と地の間を意味する「空中」の意である。「從」の「ゆ」は、移動・経過する場所を表す格助詞（『新選古語辞典新版』）で、宙に渡しての意である。

　布を生産する作業の過程で、水に晒した布を乾かすために、長い布の両端を二人が持って、濡れた布が地面に接して汚れないよう、空中に浮かせて強く引っ張り合い離れてゆかなければならない。強く引けば引くほど、両端の二人の間隔が離れてゆく。本歌は、この情景を詠んでいるもので、両端を持つ二人は、愛し合う男女だったのであろう。

　このように本歌も、前後の４首と同様に、東という地方の特産品「栲」を物として、その作業に寄せて男女の愛を「寄物陳思」した歌である。

「寄物陳思」の部にある歌。

新しい訓（旧訓）

> あしひきの　**山田守る男の**　置く蚊火の　下焦がれのみ　我が戀ひ居らく

新しい解釈

> 〈あしひきの〉**山田を見張る男が置いている**、蚊遣り火のように、下にくすぶってばかりで、私は恋をして居ることよ。

■これまでの訓解に対する疑問点

　第2句の原文「山田守翁」の「翁」を、定訓は「をぢ」と訓み、第2句は「やまだもるをぢが」と8字になるが、『岩波文庫　万葉集』は、字余りが許される場合（佐竹昭広「万葉集短歌字余考」）としている。

　しかし、「をぢ」と訓む理由として、『日本古典文學大系』は「日本書紀に老翁を鳥臘（ヲヂ）と注している。」といい、あるいは澤瀉久孝『萬葉集注釋』は4014番歌の「佐夜麻太乃　乎治我」（さやまだの　をぢが）の例を掲げているが、前者は「老翁」であり「翁」ではなく、後者は「をぢ」の表記が一字一音表記であり、「翁」を「をぢ」と訓む訓例にはならない。

　これに対して、古写本は、すべて「ヲ」と訓んでいる。

■新訓解の根拠

「翁」の音は「ヲウ」であるから「ヲ」、すなわち男の「を」と訓む。
「等」の音は「トウ」であり、「ト」の万葉仮名として訓むのと同じである。

「男」を「を」と訓んでいる例は1753番歌「男神毛」（をのかみも）にある。

　また、2156番歌に「山田守らす児」とあり、山田を守るのは、老人ばかりではなく、また本歌において老人であることが歌趣に特別の関係もないので、「老」の表記もないのに「をぢ」と訓み、8字にする何の合理性もない。

　諸古写本の訓に従い、「を」と訓み、男の意に解すべきである。

　なお、「山田守翁」に「が」を訓添しているが、「の」を訓添すべきである。

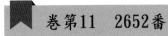
「寄物陳思」の部にある歌。

新しい訓

> 妹が髪　**上げ篠葉野の**　放ち駒　荒びにけらし　逢はなく思
> へば

新しい解釈

> 妹が髪を**逆上げして、篠の葉の野にいる**放ち馬のように、気
> が荒れているようだ。妹が逢わなくなったことを思えば。

■これまでの訓解に対する疑問点

　上2句の原文「**妹之髪　上小竹葉野之**」の第2句を「上げ竹葉野の」
と訓む定訓を採る注釈書は、「竹葉野」を所在不明の地名としている。

　そして、その前の「髪を上げ」を「タカを起こす序。タクに、（髪を）
束ね結う意があるのでかけた。」（『日本古典文学全集』）と注釈してい
る。

　しかし、この訓解には様々な疑問がある。

　①　第2句の「小」を衍字として訓まないのは、恣意的である。
　②　「竹葉」は「たけは」と訓むべきで、「たかは」ではない。まし
　　　て「たく」を掛けることはできない。
　③　「竹葉野」を地名とする根拠はない。訓解ができないと、地名
　　　とする通弊であろう。

■新訓解の根拠

　第2句の「**小竹**」は、「**しの（篠）**」と訓む。

130

　1236番歌「小竹嶋」、2774番歌「淺小竹原」の「小竹」を、いずれも「篠島」、「浅篠原」と訓んでいる。

　したがって、上３句の「妹が髪　上げ篠葉野の　放ち駒」は、「妹が髪　上げしの葉野の」の「しの」を、上半分の「髪を上げし」（「し」は過去の助動詞「き」の連体形）の「髪を上げた」意に導き、下半分の「篠葉野の　放ち駒」の「篠葉野」に続けているのである。

　つまり、「妹が髪　上げ篠葉野の」と、「しの」の「し」を「上げし」の「し」と共に、「篠」の「し」としても訓ませているのである。
「篠を乱す」という詞があり「はげしい雨に風が加わって荒れるさまをいう。」（『旺文社古語辞典新版』）ものである。

　したがって、「小竹」を「篠」と訓むことは、第４句の「荒びにけらし」にも繋がる。

　一首の歌意は、妹が髪を逆上げして、篠の葉の茂る野に放たれている馬のように、気が荒れているようだ、私と逢わなくなったことを思えば、である。

　この歌は、逢ってくれない妹の状態を詠っているが、妹が髪を逆上げした状態、それをまた篠の葉の茂る野の状態、さらに篠の葉の野にいる荒ぶる放ち駒の状態へと導き、これらに妹の気持ちを譬喩しているのである。

　なお、澤瀉久孝『萬葉集注釋』は「（小）竹葉」を「タカハ」と訓んで解釈しているが、その左側に「シノバ」の訓も付しており、中西進『万葉集全訳注原文付』も「たかば」と訓んでいるが、「原文『小竹』は普通シノに使用。」と注釈し、いずれも定訓に対する揺らぎを見せている。

　この歌の「小竹」も「しの」と訓むべきで、逢えない妹を偲んでいる歌である。

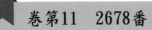

「寄物陳思」の部にある歌。

新しい訓

> **為成しやし**　吹かぬ風ゆゑ　玉櫛笥（たまくしげ）　開けてさ寝にし　我れ
> ぞ悔しき

新しい解釈

> **とんでもないことをしてしまったよ。** 吹いて来ない風（訪れ
> て来ない人）のために、〈玉櫛笥〉戸を開けて寝たのが、私と
> しては悔しいことです。

■ これまでの訓解に対する疑問点

　定訓が、初句の原文「**級子八師**」の「級子」を「はし」と訓み、「愛
し」の意に解することは、不審である。

　まず、「級子」を「はし」と訓む理由を説明している注釈書は少ない
ものの、下記の注釈書はつぎのように説明している。

『日本古典文學大系』	級子はハシ（階梯）の意。愛シにあてた。
『日本古典文学全集』	「級」は、階級・階段の意で借りた字。（中略）「階、ハシ」（名義抄）。「子」は「寸」の誤りとする『万葉考』の説によって改める。
『新編日本古典文学全集』	「子」は「寸」の誤りとする『万葉考』の説による。「級」は階段の意。借訓。

　このように、上記説明は、「級」―「階」―「愛」と二段階の借字を主張するもので、認め難い。「愛」の「はし」の借字を考えるのなら「階」の表記であるべきで、「級」の借字まで考えないからである。また、「子」を「寸」の誤字とすることも、不審。

■新訓解の根拠

「級子」の**「級」**は、**「しな」**と訓む。「級」を「しな」と訓むことは、古語辞典の「しな」の項目に「品・級・科」（『古語大辞典』）、「品・級」（『新選古語辞典新版』）と「級」の文字が出ている。

　また、万葉集においても、1742番歌「級照」は「しなてる」と訓まれている。

　したがって、「級子」は「しなし」と訓み、**「為成し」**のことで、「振る舞い」である（『古語大辞典』）。

「やし」は、間投助詞であるから、「為成しやし」は、とんでもないことをしてしまったよ、の意である。とんでもないこととは、吹いても来ない風のために、すなわち訪れても来ない男のために、戸を開けたまま寝たことである。その悔しさを、初句で「為成しやし」と、嘆息しているのである。

　なお、「為<ruby>為<rt>し</rt></ruby>」の付く詞は、1番歌「為<ruby>為<rt>し</rt></ruby>付けなべて」があった。

この歌も「寄物陳思」の部にある一首。

新しい訓

行きて見て　来ては恋しき　**朝が方**　山越に置きて　いねか
てぬかも

新しい解釈

行って逢い、帰って来ては恋しい**朝の別れをした女である**
「朝が方」と語呂の似ている「あさか潟」、そのあさか潟も女
も、山を隔てているのでよく眠れないことよ。

■これまでの訓解に対する疑問点

注釈書は、第３句の原文「朝香方」を「浅香潟」と訓んで、固有名詞
であるが、所在不明としている。

そして、美しい浅香潟を女に譬えた寄物陳思の歌と解するものが多い
が、私は後朝の女を「あさか潟」という潟に寄せた歌であると思う。

■新訓解の根拠

「朝香方」を「朝が方」と訓む。

「朝が方」は、朝、後朝の別れをしてきた女性を表している。

「香」を「が」と訓む例は624番歌「消者消香二」（けなばけぬがに）に
あり、「が」に「香」を用いたのは、別れてきた女性の香りを匂わせて
いるからである。

「方」は、「人を呼ぶ敬称」（『古語大辞典』）である。

この「あさが方」から「あさか潟」の語呂合わせをした歌であり、こ
の歌は物に寄せた歌であるが、「あさか潟」は実在の潟ではない可能性

もある。

「あさか山」ではなく、「あさか潟」と詠んでいるのは、朝潮が引いた後の潟の余波りの香りに、朝別れて来た女性の残り香を連想しているからである。

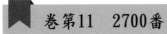

「寄物陳思」の部にある歌。

新しい訓

> 玉かぎる　岩垣淵の　隠(こも)り庭　**伏しもて死なむ**　汝(な)が名は告らじ

新しい解釈

> 〈玉かぎる〉岩が垣のようにとり囲んでいて、外から見えない淵の水面に**うつ伏せになって死に**ましょう、あなたの名前は人に告げることはないようにしよう。

■これまでの訓解に対する疑問点

　第4句の原文は、嘉暦伝承本が「伏死」である以外は、諸古写本において「**伏以死**」である。

　現代の注釈書は、「雖」の草体を「以」と誤字したものとして（『日本古典文學大系』）、あるいは「トモ」を訓添して（澤瀉久孝『萬葉集注釋』）、「伏して死ぬとも」と訓んでいる。

　しかし、これらの見解にはつぎの疑問がある。

①「とも」は、逆接の仮定条件であるが、本歌において第4句までと結句とを、逆接に解することは整合しない。

「岩垣淵の隠庭」は、岩が垣のようにとり囲んでいて、外から見えない淵の水面のことである。

　そのような場所で、しかも仰向けでなく、言葉が発せられない状態の、うつ伏して死ぬというのであるから、「汝が名は告らじ」とは順接である。

　すなわち、この歌の作者は、相手の名前が人に知られないように、自

分が死ぬときは人に見られない聞こえない場所で、しかも自分が言葉を
発しないように伏して死のうと詠っているのであるから、逆接ではあり
得ない。
②　この歌の一首前の2699番歌に「意者雖念」との表記があり、正確
に「雖」が筆写されているのであるから、本歌の「雖」が「以」と誤写
されたとは考えられない。また、「ど」の訓添はあるが、「とも」の訓添
はありえない。

■新訓解の根拠
「隠庭」を多くの論者は、「隠りには」と、格助詞「に」と係助詞「は」
の「には」と訓んでいるが、「庭」であり、水面の意。388番「庭も静
けし」に例がある。
「伏以死」は「伏しもて死なむ」と訓み、うつ伏せになって死のう、の
意である。
「以」は「もて」と訓み、「〔動詞の上について〕対象を大切に扱う意を
付け加えたり、意味を強めたり、語調をととのえたりする語。」(『古語
林』)。
「死」を「死なむ」と訓む例は、2498番「死死」(死なば死なむよ)、
2592番「戀死」(恋ひ死なむ)にある。

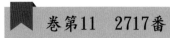

「寄物陳思」の部にある歌。

新しい訓

> 朝東風に 井堤越す波の **瀬垣にも 遇はぬものゆゑ** 瀧も
> とどろに
>
> （あさこち）（ゐで）（あ）

新しい解釈

> 　朝に吹く東風にあおられ、堰を越えている川の波は、本流に
> ある**瀬垣にも遇わないので**、滝のように轟く音をたてて流れて
> いる。

■これまでの訓解に対する疑問点

　定訓は、第３句の原文「**世蝶似裳**」の「蝶」を「染」の誤字として、「染」を「そめ」と訓んで、「よそ目にも」とする賀茂真淵『萬葉考』の訓に従っているものである。

　しかし、「蝶」と「染」の字形は全く異なり、誤字の可能性が客観的にない。

■新訓解の根拠

「蝶」の原字は「堞」であると考える。

「堞」の土偏を、より馴染みのある文字の虫偏の「蝶」に書き誤ったものと推測する。意味は、「分厚くない土壁のこと。」（『学研漢和大字典』）とされている。

「堞」を「かき」と訓むことは、『類聚名義抄』にあり、「世」は「せ」で「瀬」の音借仮名。

　したがって、「世蝶似裳」は「瀬垣にも」で、川の瀬に築かれた土垣

にも、の意である。

　澤瀉久孝『萬葉集注釋』によれば、武田祐吉『萬葉集全註釋』におい
て、「セガキニモ」との訓があることを紹介した上で、「下三字を訓仮名
とし、上の『世』だけをセと音讀するのもをかしく、又『セガキに逢は
ぬ』といふ言葉もおちつかない。『逢ふ』のは人であり、」と批判してい
る。

　しかし、音仮名・訓仮名まじりの訓例は多く、この歌の場合、「世」
は後述のように「世間」の意を意識した用字であり、「逢はぬ」は「遇
はぬ」と訓むべきであるから、上記批判は当たらない。

　一首の歌意は、朝のこちの風に堰を越える波は、川の瀬に築かれた土
垣にも遇わないので、奔放に瀧のように音を立てて流れている、であ
る。

　それは、恋の激しさのあまり世間の仕切りを越えて、障害がないかの
ように、恋人と逢っている故に、噂がひどくなっていることを、風にあ
おられ、堰を越えて本流の外を流れている川波の情景に寄せて詠んでい
るものである。

「寄物陳思」の部にある歌。

新しい訓

> 　玉藻刈る　井堤のしがらみ　**動くかも**　恋の淀める　我が心
> かも

新しい解釈

> 　玉藻を刈っている井堤のしがらみが、**壊れて水の流れが順調**
> **に動き出すかも知れないなあ、いや、**そんなことを思うのは、
> 恋が淀んでいる自分の心が思うことであろうなあ。

■これまでの訓解に対する疑問点

　第3句の原文は、類聚古集は「蕩可毛」であるが、他の古写本は「薄可毛」である。

　付訓は、他の古写本は「ウスキカモ」であり、類聚古集は「うすき○も」（○の字は不明確）である。

　現代の各注釈書は「薄可毛」の原文により、次のように訳している。

『日本古典文學大系』	私の恋がすらすらと進まないのは、相手の情（じょう）が薄いからだろうか。それとも私の心柄によるのだろうか。
『日本古典文学全集』	（玉藻刈る）堰のしがらみが　薄いからか　恋しさも滞りがち　それともわたしの心のせいか
澤瀉久孝『萬葉集注釋』	井堰をつくる 箇(しがらみ) が粗末なので、

却って水が激流にならないように、私達の仲もじゃまがない為に却って停滞してゐるのではないか、それとも私の心のせゐなのであらうかナア。

『新潮日本古典集成』
玉藻を刈る井堰のしがらみが薄手なように、恋のしがらみが少ないために、かえって私の恋が燃えあがらないのであろうか、それとも私の心のせいなのであろうか。

『新編日本古典文学全集』
（玉藻刈る）堰のしがらみが　薄いからか　恋しさも近頃中だるみ　それともわたしの心のせいかしら

『新日本古典文学大系』
玉藻を刈る川の井堰のしがらみが薄いからか、あなたの恋心が停滞しているのだろう。それとも私の心のせいなのか。

中西進『万葉集全訳注原文付』
美しい藻を刈る柵が水をせきとめるように、恋をせきとめるものが薄いから心がかえって燃えないで恋しさが淀んでしまった私の心か。

伊藤博訳注『新版万葉集』
玉藻を刈る井堰（いせき）のしがらみが薄手であるように、恋のしがらみが少ないために、恋しさも滞りがちなのであろうか、それとも私の心が薄いからなのであろうか。

『岩波文庫　万葉集』
玉藻を刈る川の堰（せき）のしがらみが薄いから、あなたの恋心がゆるむのだろうか。それとも私の心のせいなのか。

以上、いずれの訳文も、「しがらみが薄いので、恋が淀んでいる」と

いう歌意であるが、「しがらみが薄い」は水の流れが滞らない原因になっても、「しがらみが薄い」ことから「淀む」ことを導き、恋が淀むことの原因にすることは不自然である。

■新訓解の根拠

　私は、本歌の第3句の原文は、類聚古集の「**蕩可毛**」が正しいと考える。

　類聚古集の付訓者が、「蕩」の文字を訓めなかったため「うすき○も」と付訓したことが、後の写筆者がこれを見て「薄可毛」と写筆することとなり、類聚古集以降の古写本はすべて「薄可毛」となった、と推定する。

　ところで、「蕩可毛」の「**蕩**」は「**動く**」と訓み、「ゆれうごいてこわれ崩れる。」（『学研漢和大字典』）の意である。

　したがって、本歌の歌意は「私が美しい藻を刈っている井堰のしがらみが、ゆれ動いて壊れ崩れて順調に水が流れるかも知れないなあ、いや、そのように思うのは、私の淀んだ恋ゆえに、私の心が思うことであることよ」である。

　第3句の「かも」は反語の、結句の「かも」は詠嘆の、それぞれ終助詞。

　歌の作者は、自分の恋が淀んでいることを、井堰のしがらみに寄せて、このしがらみが壊れて動けば水の流れが良くなるように、自分の淀んだ恋も順調になるとの心を詠んでいるものである。

巻第11　2734番

「寄物陳思」の部にある歌。

定訓

> **潮満てば**　水泡に浮かぶ　真砂にも　我はなりてしか　**恋は死なずて**

新しい解釈

> **恋が苦しく沈みそうな時期になったら、**私は水泡に浮かぶ小さい砂になりたいものだ、（体が軽くなれば、心も軽く）**恋は死ななくて続くだろう。**

■これまでの解釈に対する疑問点

まず、この歌の第4句の原文「吾者生鹿」をどう訓むか、上掲の訓を定訓としたが、「我は生けるか」あるいは「我はなれるか」の訓もある。「なりてしか」と訓んだ場合は、「潮が満ちて来ると水泡に浮かぶ細かい砂にでも私はなりたい、苦しい恋に死なないで。」（『岩波文庫　万葉集』）の訳となり、「生けるか」と訓んだ場合、「潮が満ちると　沫に浮かんで　小砂のように揺れて　わたしは生きていることか　恋死もしないで」（『日本古典文学全集』）の訳である。

いずれも、この歌において、初句「潮満てば」はどういう状況か説明不足で、不明である。

■新解釈の根拠

「恋は死なずて」の解釈として、「戀ひ死ぬやうな苦しい思ひをしないで。」（澤瀉久孝『萬葉集注釋』）、「苦しい恋に死なないで。」（『新日本古典文学大系』）など、ほとんどの注釈書は、「恋は死な」を「恋が苦しい

ので、恋をしている人が死ぬ」の意に解釈している。

　しかし、「恋死にせずて」あるいは「恋に死なずて」であればそのよ
うな解釈も成立するが、原文は「戀者不死而」で「恋は」「死なずて」
と「恋」と「死」の間に、主題の係助詞「は」が入っているのであるか
ら、「恋死」とは訓めないのである。「恋」が主題で、「恋死」が主題で
はない。

　初句の「潮満てば」の「**潮**」は、「**ある事をするのに適当な機会**」
(『古語大辞典』) の意である。

　この歌においては、歌の作者が恋に苦しく沈みそうになった機会に、
水泡に浮かぶ真砂になりたい、そうすれば恋も死ななくていられる、と
詠んでいるものである。

　「しか」は「実現のむずかしい自分の願望を表す」終助詞。

　この歌の作者は、恋心が体にいっぱいになり、苦しく、沈んでしまい
そうな時期になったら、自分を真砂のような軽いものに転身させて、軽
い存在で沈まないでいることにより恋を失いたくはない、との実現の難
しい願望を夢みているのである。

　初句の「潮満てば」の句の解釈が肝要であるが、これまでの注釈書は
不十分である。

「寄物陳思」の部にある歌。原文は、つぎのとおり。

　　吾妹兒乎　間都賀野邊能　靡合歡木　吾者隱不得　間無念者

新しい訓

> 　我妹子を　聞き都賀野辺の　**靡く合歓木**　我は籠りえず　間
> なくし思へば
>
> （わぎもこ／なびく／ねぶ／あ／こも）

新しい解釈

> 　わが妹のことを聞いて告ぐという都賀野の野辺にある、**心惹
> かれる合歓の木よ、合歓の木は夜は寝籠るというが**、私は絶え
> ず妹のことを思っているので、夜も籠れない。

■これまでの訓解に対する疑問点

　古写本では第３句の「靡」は「なびき」と訓まれているが、現代の注
釈書はこぞって「しなひ」と訓んでいる。

　しかし、『岩波文庫　万葉集』が上三句は、「しなひ」の類音によって
「忍び」を導く序詞、「忍び」の原文は「隱」と説明しているだけで、ど
の注釈書も「靡」を「しなひ」と訓む理由を説明していない。

　第４句の「隱」を「忍び」と訓むために、第３句の「靡合歡木」を類
音の「しなひねぶ」と強引に訓んでいるようであるが、「靡」を「しな
ひ」、「隱」を「しのび」と訓む根拠に、問題がある。

■新訓解の根拠

「吾妹子を　聞き都賀野辺の」は、「自分の妹のことを聞き告ぐという
名の都賀野の野辺の」という意味で、続く「靡合歡木」は、そこに靡い

ている合歓の木を指してる。

「靡く」は「心を寄せる。」(『古語大辞典』)の意。

135番歌「靡寐之兒乎」(なびき寝し子を)、2242番歌「生靡　心妹」(おひなびき　こころはいもに)など、多数の訓例がある。

男である歌の作者は、その合歓の木に自分の妹を連想して、心を寄せているのである。

その合歓の木は、夜になると葉を閉じて、思いを包み込み、籠ったような姿になる。

しかし、歌の作者は、下2句で、自分は昼も夜も間なく妹のことを思っているので、合歓の木のように寝籠ってはいられない、と詠っているものである。「隠」を「こもり」と訓むことは249番歌ほか多数ある。

岩波文庫は「撓<ruby>撓<rt>しな</rt></ruby>っている合歓の木」と解釈しているが、撓っていることが、「隠」を「忍び」と訓んで、「恋心をこらえ隠すこと」と、どう結びつくのか、不審である。

「しなひ」と「しのび」は、音も同一ではなく、語義も全く違うし、「靡」「隠」がそのように訓みうる前例も示されていない。

「寄物陳思」の部にある歌。

新しい訓（旧訓）

> 菅の根の　ねもころ妹に　**恋せまし　占して心**　思ほえぬか
> も

新しい解釈

> 〈菅の根の〉**親密な関係で妹に恋ができたらいいのになあ、と
> 占いをしている自分の心は**、思いがけないことよ。

■これまでの訓解に対する疑問点

　類聚古集、嘉暦伝承本、西本願寺本、紀州本、神宮文庫本、陽明本、京都大学本、寛永版本、広瀬本の原文は、いずれもつぎのとおりである（ただし、類聚古集と神宮文庫本は「卜」が「下」と表記されている）。

　菅根之　懃妹尓　**戀西益　卜思而心**　不所念鳬

　また、訓において、紀州本が第4句を「ウラオモヒテココロ」と訓んでいる以外は、全て上掲のとおりである。

　ところが、現代のほとんど全ての注釈書は、第3句・第4句の原文を、つぎ（下線部分）のように変更して、下記のように訓んでいる。

　（変更を加えた原文）菅根之　懃妹尓　<u>戀西　益卜男心</u>　不所念鳬
　（菅の根の　ねもころ妹に　**恋ふるにし　ますらを心**　思ほえぬか
　も）

それは、江戸時代の加藤千蔭『萬葉集略解』に「『宣長云、思而二字は男の誤にて、三の句こふるにし、四の句ますらをごころと訓むと言へり、これ穏かなり』とあるに諸注従ふに至った」と記載されていることに依る。

　なぜ本居宣長は「思而」を「男」の誤字であるとして、直前の二字「益卜」と合わせて「益卜思而心」を「益荒男心」と訓んだのかが問題であり、解明されなければならない。

　宣長が師事したという賀茂真淵は、万葉集の歌を「益荒男ぶり」の歌と喧伝したことは、つとに知られている。その影響を受けていた宣長らが、「思而」を「男」の誤字であると何の根拠も示さず判断したのは、2758番歌を真淵の喧伝に追従して、何としても「益荒男心」を詠んだ歌としたかったからと推察する。万葉集に「益荒男心」の歌があることを証明したかったのである。

　一文字に対する訓でも、誤字説を唱えることは慎重であるべきであるのに、二文字の表記を一文字の表記の誤記とすることは、よほどの理由が必要である。

　仮に、「田」「力」と連続する二文字の表記が、一文字の「男」の表記の誤字だというのであればともかくも、「田」の下に「心」がある「思」という字と、「力」より字画数が著しく多い「而」の字、この別個の二文字を「男」の一文字の誤字であるというのであれば、当然その誤った理由を合理的に説明できなければならない。

　すなわち、当初の原文が「男」の一字であったものが、「男」一字の上半分の「田」に「心」をつけ「思」の一字と誤写し、下半分の「力」を別の一字「而」と書き誤ったとする経過、痕跡、理由を説明する必要がある。

　しかし、各古写本はいずれも「思而」と明確に表記されており、元の字が「男」であったと窺わせるような形跡等は写本上全くない。

　何らの理由を示さず、結論ありきの論法で万葉集の歌を訓みうるというのであれば、原文を恣意的に変更して何とでも訓み、解釈できることになる。

　「これ穏かなり」とまで評釈している江戸時代中期の一部の万葉集の訓解には、科学としての客観性はなく、思想としての主観性があるだけで

ある。

■新訓解の根拠

　第2句「ねもころ」は副詞で「親密に」の意。「菅の根の」は枕詞。

　第3句「恋せまし」は反実仮想で、「もし、親密な恋の関係になったらいいのに」の意。

　第4句「卜思而心」の「卜」は「占い」の「うら」、「思」は音で「し」と訓み「占して心」と訓む。

　結句の「思ほえぬかも」は、「思いがけないことよ」の意。

　一首は、恋しい妹と、親密な関係になれるかどうか、恋占いをしている自分に気づいて、驚いている男の歌である。

　宣長の訓によれば「ねんごろに妹を恋しているので、男子たるしっかりした心持もなくしてしまった」（『日本古典文學大系』の訳）となり、恋と男子たるべき心を対置して、恋を否定的に解している歌となってしまう。

　本歌は、本来「ますらをごころ」を意識したような歌ではない。

　万葉集には「ますらを」を詠んだ歌が約60首あるが、「ますらをごころ」と詠んだ歌は一首もない。古語辞典にも「ますらをごころ」の登載はない。

　「ますらを」の心を詠った歌はつぎのようにあり、「ますらをのこころ」あるいは「をごころ」と詠まれているが、「ますらをごころ」とは詠まれていない。

　　2122　大夫之　心者無而　秋芽子之　戀耳八方　奈積而有南
　　　　　（大夫の　心はなしに　秋萩の　恋のみにやも　なづみてありなむ）
　　2875　天地尒　小不至　大夫跡　思之吾耶　雄心毛無寸
　　　　　（天地に　少し至らぬ　ますらをと　思ひし吾や　をごころもなき）

　すなわち、万葉の時代、「丈夫（ますらを）」「健男（ますらを）」あるいは「手弱女（たおやめ）」などの詞と観念はあったが、真淵が喧伝す

るような「ますらをごころ」の詞も観念も存在しないので、歌に詠まれ
ることはない。

　この一首の訓解が、江戸時代の研究者による万葉集訓解のレベルを物
語っていると言っても過言ではない。これに、追随しているかぎり、訓
解研究の名に値しない。

「寄物陳思」の部にある歌。

新しい訓

　　吾がやどの　穂蓼震（ほたでふ）るがに　詰（つ）め生（は）えし　實になるまでに
君をし待たむ

新しい解釈

　　私の家の**蓼の穂が、あなたの心が揺れているように揺れて群
生している**、蓼が実をつけるように、あなたとの恋が実を結ぶ
まであなたを待とう。

■これまでの訓解に対する疑問点
　蓼は種類が多いが、尾状の穂先に紅あるいは白の粒状の花をつけ、
「ヤナギタデ」と呼ばれているものがあるように穂先が垂れているもの
があり、かつ群生する野草である。
　定訓は、第2句**「穂蓼古幹」**を「ほ（穂）　たで（蓼）　ふるから（古
幹）」と名詞を三つも連ねたままで訓んでいるが、全く助詞を入れない
訓み方で不自然である。
　解釈として、『新日本古典文学大系』は「我が家の庭の穂蓼の古い茎、
その実を摘んで、種を蒔いて育て、」とするが、「古い茎、その実を摘ん
で」と訳すること、および蓼は野生草であるので「種を蒔いて育て」と
いうことに違和感がある。
　また、『新編日本古典文学全集』は「穂蓼の古い茎が　摘んでも伸び
て」と訳しているが、これも蓼は一年草であるから、違和感がある。
　ほとんどの注釈書は、蓼の古い茎を摘んで実になるまで育てるよう
に、恋の実るのを待つ歌趣に解釈している。

■新訓解の根拠

「古幹」の「古」は「ふる」であるが、「**震る**」の借訓仮名、「**幹**」の音は「かん」であるので、二音節仮名として「**かに**」と訓むことができる（1番歌参照）。

　したがって、「古幹」は「**震るがに**」と訓んで、蓼の垂れた穂が揺れるように、の意である。

「かに」を「がに」と濁音で訓む例は、3243番「光蟹」（てるがに）にある。

「採」の「つむ」は、「詰む」の借訓仮名。

「**採生**」は「**詰め生え**」と訓んで、**群生している**の意で、「之」は「し」で強調の助詞。

　この歌の作者は、自分の家の空き地に群生している蓼の穂が揺れる姿を見て、恋しい人の心も蓼の穂のように揺れているが、私は蓼が実をつけるように恋が実るまで待っていよう、と詠っているのである。

　これは、蓼の紅色の揺れる穂花を、恋しい女性に寄せて詠った歌である。

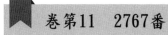

「寄物陳思」の部にある歌。

新しい訓

> あしひきの　山橘の　色に出でて　我<ruby>は恋ひなむを<rt>あ</rt></ruby>　**傍目難<ruby>すな<rt>をかめなん</rt></ruby>**

新しい解釈

> 〈あしひきの〉山橘（<ruby>藪柑子<rt>やぶこうじ</rt></ruby>）の実の真っ赤な色のように、はっきりと人に分かってしまうように私は恋をするでしょうが、**傍にいる人は恋の行方について、ああだこうだと非難してくれるな。**

■これまでの訓解に対する疑問点

第4句までは、「あしひきの山橘の色に出でて我<ruby>は恋ひなむを<rt>あ</rt></ruby>」と訓まれ、ほぼ定訓となっている。

しかし、結句の原文「**八目難為名**」、とくに「八目」について古来難訓とされている。

各古写本では「やめむかたしな」「やめむかたなし」「ヤメカタクスナ」と訓が付されているが、澤瀉久孝『萬葉集注釋』によれば、賀茂真淵の『萬葉考』が「八は人の字也」との誤字説により「<ruby>人目難為名<rt>ひとめかたみすな</rt></ruby>」と訓み、「今よりわが顕れて戀んからは、そこにも人めをはゞかることなくあらはれて相思ひてよといふ也」の意と解し、多くがそれに従ったと注解している。

澤瀉注釋は「人目難み」という言葉が少しおちつきかねるように思うことと、字余り例の例外になるので、後考を俟つとしている。

注釈書の解釈は、「人目を憚る」「人目を気にしない」が比較的多い

が、様々で、確定を見ない。

■新訓解の根拠

「八目」は「傍目八目」の「八目」で、「傍目八目」は「他人の囲碁を
そばで見ていると、対局者より冷静で、八目先まで手が読める意から第
三者のほうが、物事の是非得失を当事者以上に判断できるということ」
(『大辞泉』)である。

　したがって、本歌においては、作者の恋を傍で見ている人のことを
「八目」と戯書しているもので、「傍目」と訓む。

　隠すべき恋を隠せないぐらいのぼせ上がり恋に夢中になっている歌の
作者の姿を、傍の人が冷静に見ていて、その恋の将来を予想して色々云
うでしょうが、という意味である。

「難ず」という詞は『古語大辞典』に登載されている。その用例として
は源氏物語のもので、万葉集のものの引用はないが、万葉の時代から
「難」という漢字は「非難」「難詰」の「人の非を責める。そしる。」意
のあることは知られていたので、「難」に「する」の「為」をつけて、
他人を非難する詞として「難為」すなわち「なんす」と用いられたもの
と考える。

　名詞に「為」を付けて、動詞化する表記は、万葉集に多数ある。

　最後の「な」は、強い禁止を表す終助詞。

「寄物陳思」の部にある歌。

新しい訓

> 葦鶴（あしたづ）の　騒く入江の　白菅（しらすげ）の　知るる仕業（しわざ）と　言痛（こちた）かるかも

新しい解釈

> 葦鶴（あしたづ）の雄雌が愛の交歓をして騒がしく鳴くのを知っている入江の白菅のように、**他人のことをよく知っている者の仕業で、** 人の噂がひどくなるかもよ。

■ これまでの訓解に対する疑問点

　定訓は、第4句の「**知為等**」を「知らせむためと」と訓んでいるが、「為」を「ため」と訓めば、「せむ」に当たる表記がないことになる。すなわち、「為」を「せむ」「ため」と二重訓みしていることになる。

　澤瀉久孝『萬葉集注釋』は、「表記が不十分で考（筆者注：『萬葉考』のこと）には『將』の字が落ちたかと云ひ、（中略）疑問が残るやうであるが、今は考の説によつた。」として、「知られむ為と」と訓んでいる。

　定訓による訳は「葦鶴の鳴き騒ぐ入江の白菅のように、あなたに知らせようと人の噂がうるさいことだなあ。」（『岩波文庫　万葉集』）である。

■ 新訓解の根拠

　鶴の雄は雌を呼び、雌はこれに応えて、愛の交歓をして騒がしく鳴く鳥である。

『白菅』（しらすげ）は白い色の菅の意味のほかに、「しら」は「知ら」

であり、「すげ」は「好け」で、「白菅」を「知ることが好きな存在」として用いている。

　鶴が愛の交歓をしている場所にある白菅を、他人の秘事を知ることが好きな存在として詠んでいるのである。

「**知為等**」を「**知るる仕業と**」と訓む。「爲」を「シワサ」と訓むことは、『類聚名義抄』に載っている。

「言痛し」は「人の噂がうるさい」(『古語大辞典』) である。

　したがって、葦鶴の雌雄の騒がしい愛の交歓を、よく知っている白菅のように、他の秘事をよく知っている者の仕業によって、人に噂を立てられ、煩わしいことになるかもよ、の意である。

　すなわち、自分たちの交際も、誰か他人のことを知ることが好きな者の仕業で知られて、やがて噂がひどくなるだろう、と詠っている歌である。

「寄物陳思」の部にある歌。

新しい訓

さ沼蟹は（ぬがに）　誰とも寝めど　沖つ藻の　靡きし（なび）君が　言待つ我れを

新しい解釈

沼の蟹は誰とでも共寝するが、沼の奥の藻のように心を寄せてくれる君の誘いの言葉を待っている私です。

■これまでの訓解に対する疑問点

定訓は、初句の原文「**左宿蟹齒**」の「蟹」をすべて助詞の「がに」と訓んでいる。

しかし、「ガニ」について、『新日本古典文学大系』は未詳とし、『日本古典文学全集』は、「〜せんばかりに、の意で、この歌にはぴったりしない。」、および『新編日本古典文学全集』も同旨により「この歌のそれは適合しない。」と注釈している。

ちなみに、『日本古典文學大系』の訳文は、「一緒に寝るということだけなら誰とでも寝ましょうが、沖の藻のように靡き寄ったあなたのお言葉をお待ちしている私なのです。」

これによれば、歌の作者の女性が「一緒に寝るということだけなら誰とでも寝ましょう」と詠っていることになり、大いに不審である。

また、第3句の「沖つ藻」を第4句の「靡きし」にかかる枕詞と解している注釈書が多いが、本歌の直前に登載されている4首は「藻」に寄せた歌で、この歌も「藻」に寄せた「寄物陳思」の歌と解すべきである。

■ 新訓解の根拠

原文 **「蟹」** を **生物の** 「かに」の「蟹」と訓む。

そして、「寐」は「寝る」の意の「ぬ」ではなく、「沼」の「ぬ」と訓む。「左」は接頭語の「さ」。

したがって、**「左寐蟹」** は **「さ沼蟹」** と訓み、沼にいる蟹のことである。

他の軽薄な女を「沼の蟹」と卑しんでいる蔑称表現である。

第3句の「沖つ藻」は沼の奥にある藻のこと。

この歌は、「言待つ我れを」と詠っている女性が、沼の蟹は誰とでも寝るが、自分は沼の沖の藻のように靡いてくれる君の言葉を待っている、そうでなければ共寝をしない、と詠っているものである。

当然のことながら、多くの注釈書のように、この歌の作者の女性が「一緒に寝るということだけなら誰とでも寝ましょう」などと詠んでいるのではない。

誰とでも寝る女性を「沼の蟹」と蔑称し、「沼の蟹」のような女性は「誰とも」相手してすぐ寝るが、自分は「沼の沖の藻」のような「奥座に居る人」（地位のある人）の契りの言葉があって初めて寝ると、「蟹」と「自分」の違いを対比している歌である。

「沼蟹」「奥つ藻」の物に寄せた「寄物陳思」の歌であることを顧みない注釈書の訓解は、たいへんな誤解である。

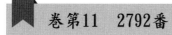

「寄物陳思」の部にある歌。

新しい訓

> 　玉の緒の　**鳴る心かな**　年月の　行きかわるまで　妹に逢は
> ずあらむ

新しい解釈

> 　**玉の緒の玉響（たまゆら）が鳴るような少しの間で、心も慣れるだろう、**
> 年月が行き代わるまで、妹に逢わないでいよう。

■これまでの訓解に対する疑問点

　第2句の諸古写本の原文は、「**嶋意哉**」（寛永版本は「島」）。

　訓はすべて「シマココロニヤ」と付されているが、そのほか西本願寺本、京都大学本、陽明本には「タエコ丶ロヲヤ」の訓、神宮文庫本には「ウケルコ丶ロヤ」の訓が併記されている。

　従来の定訓である「現し心や」は、加藤千蔭『萬葉集略解』に「宣長云、島は寫の誤也と言へり。うつしご丶ろは顯心也」とあり、これに従っているものである。

■新訓解の根拠

　私は、「嶋」と訓まれている文字は、「鳴」の字であると考える。「嶋」の偏の「山」の行書体が、「鳴」の偏の「口」の行書体に似ているので、「鳴」と見える古写本がある。嘉暦伝承本、類聚古集、紀州本、京都大学本の原文は「口」と見えるので、原文（字）は「鳴」であった可能性がある。

　本歌の前後の2787番から2793番までの6首に連続して「玉の緒」

「玉」が詠われているが、「絶えじ」「絶えて」「絶えたる」「くくり寄せ」「貫きたる」「間も置かず」と、玉の緒の状態に関した詞を引き出して詠われている。

したがって、「玉緒之　鳴意哉」を「玉の緒の　鳴る心かな」と訓み、玉の緒の鳴る状態に、玉が触れ合って微かな音を出す「玉響」（たまゆら）を導き、「しばらく、少しの間」の意を引き出している。

歌意は、少しの間の気持ちだろう、年月が過ぎて代わるまで、妹に逢わないでいよう、というものである。

もっとも、「なる」の同音の詞に「慣る」もある。「逢わないでいることに慣れて」の意となり、「慣るる心や」を掛けていることとなる。

なお、定訓による解釈は「（玉の緒の）正気のままで　年月が　改まるまであの娘に逢わずにいられようか」（『新編日本古典文学全集』）である。

「寄物陳思」の部にある歌。

新しい訓

> 伊勢の海ゆ　鳴き来る鶴の　音（こゑ）とろも　君が聞こさば　われ
> 恋めやも

新しい解釈

> 伊勢の海の方から鳴き渡って来る鶴のように、せめて、私と
> **調子を合わせるように**、あなたがお声を掛けて下さいましたな
> らば、私は恋をしてしまうでしょう。

■これまでの訓解に対する疑問点

　これまで、第3句の原文「**音杼侶毛**」を、多くの先訓は「音どろも」
と訓むことは一致していたが、意味は未詳とされ、「音とどろ」の約音、
あるいは「音づれ」の音転かと言われていた（以上、『岩波文庫　万葉
集』）。

　近年の注釈書における解釈も、ほとんど「未詳」とした上で、『日本
古典文學大系』（音の乱れひびく意か）、澤瀉久孝『萬葉集注釋』（音づれ
の意か）、『新潮日本古典集成』（高い音などの意か）、『新編日本古典文
学全集』（遠く聞える音響の意か）、中西進『万葉集全訳注原文付』（オト
ヅレに同じか）、伊藤博訳注『新版万葉集』（音沙汰だけでも）など、と
している。

■新訓解の根拠

　私は、「音」は鶴の鳴き声で、訓は「おと」「こゑ」「ね」を想定した。
1064番「白鶴乃（しらたづの）　妻呼音者（つまよぶこゑは）」、1164番「鳴鶴之（なくたづの）　音遠放（こゑとほざかる）」のように、

鶴の鳴き声は、「音」と表記され、「声」と訓まれている。

　そして、この難解句の解読のカギは「杼侶」の「とろ」が何を意味するかにあると考え、前記「おと」「こゑ」「ね」と「とろ」の組み合わせでできる語で、かつ本歌の歌趣に相応しい語を古語辞典において探索した。

　そして、ついに「音取り」「音取る」の語を発見したのである。

　動詞「音取る」の意味は「雅楽などで、演奏前に楽器の調子を合せる。音程を聞き取って調える。」（『古語大辞典』）である。

　このように、楽器の音を合わせるときは名詞で「音取り」と「ね」であるが、本歌の場合、鶴や人が相手に呼び掛けて、相手の「こゑ」がそれに合わせる場合であるので、「こゑ取り」と訓む。

　また、「取り」を「取ろ」と詠っているのは、「り」を親愛の情をこめた音である「ろ」音に音転させたものと考える。

　「聞こさば」の「聞こす」は、「言ふ」の尊敬語で、本歌の場合は「声を掛けて下さる」の意である。

　なお、「杼」を「と」と訓む例は、4124番歌「許登安氣世受杼母」にある。

　したがって、「**音杼侶毛**」は「**音とろも**」と訓み、鶴の雄は、雌の妻に呼び掛けるように鳴き、雌も声を合わせて鳴くことで知られているが、その鶴の雄が呼び掛けて鳴く声のように、あなたもお声をかけて下さったら、そうすれば、私もあなたに恋をして声を合わせることでしょう、という意の女性の歌である。

　この歌は、私の解訓作業の中でも最も難しいものの一つであったが、音楽の知識を兼ね備えておれば、容易に「音取る」と訓み得たかも知れない。

　万葉歌の訓解には、多くの分野の知識が必要であることを痛感する。

「問答」の部にある歌。

新しい訓

> 音のみを　聞きてや恋ひむ　まそ鏡　目に直（ただ）逢ひて　恋ひまくもおほく

新しい解釈

> あなたの噂のみを聞いて恋していましょう、まそ鏡で**顔を見るように直にお逢いすると、恋しい気持ちがはっきりとすることが多くなってしまいます。**

■これまでの訓解に対する疑問点

　まず第4句の「**目直相面**」を古写本では多く「目に直に見て」と訓んでいるが、現代の注釈書は、「目直相面」を「直目相面」の誤字として、「直目に逢ひて」と訓んでいる。

　つぎに、現代の注釈書の多くは、結句の「**太口**」を「いたく」と訓んで、甚しい、心苦しい、つらい、の意に解している。

　澤瀉久孝『萬葉集注釋』は「『極太（ココダ）』（2400、2494）といふやうに、『太（イタ）口』と訓む事も出來る。」というだけで、その理由は明らかでない。

　多くの古写本における旧訓は「おほく」である。つぎの歌においても、例がある。

　1394　塩満者　入流礒之　草有哉　見良久少　戀良久乃太寸
　　　　（潮満てば　入りゆく礒の　草なれや　見らく少く　恋ふらくの多（おほ）き）
　　　　　　　　　　　　　　　　　　　〈「入流」の定訓は「いりぬる」〉

この歌においては、「太寸」を「多き」と訓むのは自然であり、他にも2851番歌において「戀日太」の「太」は「多き」と訓まれている。

　現代の注釈書も上２例においては、「太」を「多き」と訓んでいるのに、本歌の「太口」を「多く」と訓まないのは不可解である。

■新訓解の根拠

「目直相而」は、原文により「目に直逢ひて」と訓む。

「太口」は、旧訓のように「おほく」、すなわち「多く」と訓む。

　奈良時代は、「おほし」には「大し」と「多し」の両方の用法があった（『古語大辞典』 語誌 ）。

「恋ひまく」の「く」はク語法の「ク」で、恋することがはっきりするの意である（2355番歌参照）。

　一首の歌意は、あなたの噂のみを聞いて恋していましょう、まそ鏡で顔を見るように直にお逢いすると、恋する気持ちがはっきりすることが多くなってしまいます、である。

　この歌は問答歌の「問」の歌で、相手と逢うことに躊躇していると伝えているもので、「答」の歌である2811番歌では、相手はそのような言葉は「照れる月夜も　闇のみに見つ」である、と答えて嘆いている。

前掲の歌（2810番）の答歌。

新しい訓

> 　この言を　**聞こすを留むに**　まそ鏡　照れる月夜も　闇のみ
> に見つ

新しい解釈

> 　このお言葉を**おっしゃることが心に引っ掛かり**〈まそ鏡〉月
> の照る明るい夜も、私は闇のような暗い気持ちで見ています。

■これまでの訓解に対する疑問点
　第2句の原文は嘉暦伝承本、類聚古集は「聞跡牟」、広瀬本、紀州本、神宮文庫本、西本願寺本、京都大学本、陽明本、寛永版本は「聞跡乎」である。
　定訓は、「牟」あるいは「乎」のいずれも「平」の誤字として「ならし」と訓み、「聞かむとならし」とするものである。
　しかし、万葉集において「ならし」と訓む例は、本歌および固有名詞を除き17例あるが、「平」を用いている6例はすべて「平らにする」（表記もすべて「平之」）の意であり、推量的に断定する意の場合はすべて「奈良之」「奈良志」「奈良思」「有之」であり、「平」の文字を用いた例は全くない。
　「平」の誤字とする誤字説は、あり得ないといえる。

■新訓解の根拠
　より古い古写本にある「牟」を原文と考える。
　「跡牟」は「とむ」で「留む」と訓む。「（『心をとむ』『目をとむ』の形

で）関心をもつ。注目する。」（『古語大辞典』）の意とされている。

「聞跡牟」は「聞こすをとむに」と訓み、「おっしゃることを心に留めて」の意である。

　すなわち、おっしゃることとは「この言」であり、「問」の歌の「直にお逢いすると、恋しい気持ちがはっきりとすることが多くなってしまう」とのことを指し、相手が直接逢うことを躊躇していることが、心に引っかかって、の意である。

　それゆえに、「答」の歌の作者は、下句で「月の照る明るい夜も、私は闇のような暗い気持ちで見ている」と嘆いているものである。

「聞こすを」に「を」、「とむに」に「に」を訓添しているが、2821番歌「影惜」（かげををしみ）、2810番歌「目直相而」（めにただあひて）に訓添の例がある。

「譬喩」の部にある歌。

新しい訓

梓弓（あずさゆみ）　弓束（ゆづか）巻き替え　的見止し（まとみさ）　更に引くとも　君がまにまに

新しい解釈

〈梓弓〉弓束の皮を新しく取り替えて、新しい女性を射とめようと、新しい的を見たものの、途中で思い止まって、改めて私に弓を引こうとしても、それはあなたの自由ですよ。

■これまでの訓解に対する疑問点

　第3句の原文「中見刺」は、多くの注釈書は「中見さし（なか）」と訓んで、その意味については、ほとんどが未詳とした上で、「目印」「目星」をつけることとか、途中で中止することとか、あいまいで意味あり気な視線をおくることとかなど、それぞれ異なる想定をしている。

　ただし、『新編日本古典文学全集』は、原文を「中見判」として、「中見わき」と訓み、相手の心をよく見確かめたからは、の意としている。『新日本古典文学大系』、『岩波文庫　万葉集』は、訓を付していない。

■新訓解の根拠

　本歌は、「弓に寄せて思ひを喩ふ」との左注があるので、歌に用いられている詞が、弓あるいは弓道で用いられている詞と関係があることは十分推測できる。

　弓道において、矢が的に的中する意味の詞として、一般的な漢字である「当たる」は用いず「中る（あた）」と書く。弓道について全く知識がなく、

「中る」を「当たる」と思っている限り、「中」が弓に関係のある詞として用いられていることに気づかない。

　本難訓歌も、その訓解に特別な分野の知識が必要な歌である（弓の用語は、万葉時代においては一般的な知識であったろう）。

　第３句の**「中見刺」**の３番目の文字の表記は、多くの古写本において、「刺」の偏が「束」ではなく、「夾」あるいは「半」であるかのような字形が偏として用いられているが、169番歌、955番歌、2382番歌等の古写本の表記においても同様の字形であるものがあり、それぞれ「茜刺」、「刺竹之」、「打日刺」等と、「刺」の字として訓まれているので、本歌においても「刺」の字と判定する。

　そこで、「中見刺」は、「中」は「あたる」の意から「的」と義訓で訓み、「見さし」は「見さす」で、見かけて中途で止める意（『古語大辞典』）である。

「的」に女性を譬喩しており、新しい女性を射止めようとしていたことを中途で止めることである。

　つぎに、第２句の「弓束」も当然、弓に関する語で、弓の中ほどの左手で握る部分のことであり、そこに皮が巻かれているが、その皮のことをも指す。

　この歌は「弓束巻き替え」と詠っているので、その皮を新しく巻き替えたことを意味している。

　そして、この歌は弓に寄せて、「思ひ」すなわち男女の思いを譬えて詠っているので、弓束の皮を新しく巻き替えるということは、男が新しい女を得ようとしている譬えである。

　他の新しい女性に心変わりしようとしている男性に対して、元の女性が男性が再び戻ってきてくれることを期待して詠んでいる歌である。

「譬喩」の部にある歌。

新しい訓

> 山川に　筌を隠して　漏りあへず　歳の八歳を　わが窃まひ
> し

新しい解釈

> 山川に筌を隠して魚を獲っていたことを、人に決して知られ
> なかったように、8年間の歳月も、人に漏れることなく、私は
> 人妻と密会してきた。

■これまでの訓解に対する疑問点
　原文は、つぎのとおり。

　　山河尓　筌乎伏而　不肯盛　年之八歳乎　吾窃舞師

　注釈書は、「上三句は妻（魚）を守って守りきれなかった夫、下二句
はその人妻を盗んだ作者の男と主格が代わる。」（『岩波文庫　万葉集』）
と注釈しているが、疑問である。
　第2句の「筌乎伏而」を「筌を伏せて」と訓むことは6字の字足らず
（「筌を伏せ置きて」と訓む説もあるが、「置く」に当たる表記がない）
である。
　つぎに、第3句「不肯盛」の「盛」を「守る」と訓んで、夫が妻を守
り切れなかったと解釈しているが、自分の妻を山川の筌の中にいる魚に
譬えて守る、という解釈は不自然である。

■新訓解の根拠

　第2句の「**伏**」は、前掲岩波文庫も言及しているが、『類聚名義抄』に「**かくす**」の訓がある。

　したがって、魚（他人の妻）を人に知られない場所におびき寄せることを「山川に　筌を隠して」と詠んでいるものである。

　第3句の「盛」は「守り」ではなく、「漏り」と訓んで「魚（他人の妻）をおびき寄せる筌の仕掛け」から、決して漏れることなく、の意。「不肯盛」は「漏りあへず」であり、「あへ」は「漏らず」の打消の語を伴って、「決して」「全く」「少しも」の意である。

　筌は、魚を捕えるために竹で作った筒状の物で、魚が筒の隙間から漏れることがあるが、魚である他人の妻は歌の作者が設けた筌に常に入って来て漏れ逃げることがなかったこと、そしてその秘事が他人に漏れることがなく、8年間密会ができたと「漏る」を「筌」の縁語として、二重の意に用いているのである。

　したがって、この歌の主格は「人妻を盗んだ作者の男」一人だけである。

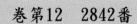

後掲の2861番歌まで、柿本人麻呂歌集出の略体歌である。この歌は、「正述心緒」の部にある歌。

新しい訓

> **使遣り　思ひて居れば**　新た夜の　一夜も落ちず　夢に見えてよ

新しい解釈

> **私の気持ちを伝える使者も遣り、あなたのことをずっと思い続けているので、**今夜から毎夜、あなたの夢に私が現れてくれ。

■ これまでの訓解に対する疑問点

　この歌の第3句以下の原文は「新夜　一夜不落　夢見与」であるが、初句、第2句の原文については、つぎのように異伝がある。

「使　念」	元暦校本
「我心　不望使念」	古葉略類聚鈔
「我心　木望使念」	広瀬本
「我心　等望使念」	紀州本、西本願寺本、神宮文庫本、陽明本、京都大学本、寛永版本

何故このように異伝が生じたか、その原因は明らかでない。
注釈書は、原文として、

　「我心　等望使念」を採用するものは、

わが心　乏しみ思へば　　　　『日本古典文學大系』
　　　我が心　ともしみ思ふ　　　　『日本古典文学全集』、『新潮日本
　　　　　　　　　　　　　　　　　　　古典集成』、『新編日本古典文学全
　　　　　　　　　　　　　　　　　　　集』
　　「我心　不望使念」を採用するものは、
　　　わが心　見ぬ使思ふ　　　　中西進『万葉集全訳注原文付』
　　さらに誤字説により「我心（等）無便念」とするものは、
　　　我が心　すべ無く思へば　　澤瀉久孝『萬葉集注釋』
　　選択した原字は不明であるが、
　　　我が心　為む術もなし　　　伊藤博訳注『新版万葉集』

と、それぞれ訓が分かれている。
『新日本古典文学大系』および『岩波文庫　万葉集』は、「等望使念」
に訓を付していない。
　ところで、前掲古典文学全集は、その頭注において「ただし、なるべ
く字数を少なくしようとするこの前後の『人麻呂歌集』の表記の実態か
らみると、このようにトモシを仮名書きにすることは不釣合い。また、
元暦校本に『我心等望』の４字がないことや、ミの補読などにも疑いが
ある。」と自ら指摘している。
　同様に、前掲古典文學大系も、頭注において「この第一・第二句、古
来難訓。十数種の訓がある。今、誤字・顛倒等のない説による。ただ
し、使をシの仮名に使う例は、これ以外にない点が疑問。」と、自訓に
疑問を呈している。
　このように「我心　等望使念」の原文には、看過できない疑問があ
る。

■ 新訓解の根拠
1　万葉集では「ともし」は「乏」の字を用いることが多く、『日本古
　典文学全集』も指摘するように字数の少ない人麻呂歌集の歌に、あえ
　て「等望使」の一字一音表記であるのは不自然であること、および
　「我心　等望使念」とあるいずれの古写本よりも、「使　念」とある元
　暦校本の方が、時代的に古いことから、「使　念」が2842番歌の原文

であったと考えられるのである。

　そうすると、2842番歌の初句は「使」の一字となる。

　万葉集の歌には、初句の５音を漢字一字で表記している例は、2371番歌「心（こころには）」、2418番歌「何（いかならむ）」、2492番歌「念（おもふにし）」などがある。

　そして、第２句の「念」も一字であるが、７音の第２句を漢字一字で表記している例は2845番歌「語（ものがたりして）」に、第４句の例であるが2447番歌「念（おもひしことは）」にそれぞれある。

2　2842番歌の歌においては、「使」と「夢」が主題である。

　人麻呂歌集の歌ではないが、同じ「正述心緒」の歌につぎの歌がある。

　　2874　　慥（たしかなる）　使乎無跡（つかひをなみと）　情乎曾（こころをぞ）　使尓遣之（つかひにやりし）　夢所見哉（ゆめにみえきや）

　この歌も「使」と「夢」が主題になっており、頼りになる使者がいないので、自分の気持ちを使者として遣ったが、あなたの夢に私が現れたか、との意とされている。ちなみに、万葉の時代、相手を思っていると、その人の夢に自分が現れると信じられていた。

　この歌は、本難訓歌の訓と解釈に参考になる。

　よって、本歌の初句、第２句の原文を「使　念」として、「**使（つかひ）遣（や）り思ひて居（を）れば**」と訓む。

　元暦校本の原文により、訓解したものである。

3　また、結句の原文「夢見与」を、定訓は「夢に見えこそ」と「与」を「こそ」と訓んでいるが、この歌は柿本人麻呂歌集の略体歌で、助詞、助動詞の表記が省略されており、1248番歌と同様に結句の「見」の後に完了の助動詞「つ」が省略されており、完了の助動詞「つ」の命令形「て」を添えて「夢に見えてよ」と訓むものである。

　「てよ」は、他への依頼・懇願などの気持ちを表す。

　前掲の2874番歌は、自分の気持ちを伝えてくれる確かな使者がいないので、自分の気持ちそのものを使者としたが、あなたの夢に私が現れましたかというものであるのに対し、本歌は、自分の気持ちを伝える使者も遣わした上に、あなたのことをずっと思っているので、今日から一夜も欠かさず私の夢を見てもらいたいというものである。

補注

「使 念」を原文とした場合、なぜ「使 念」が、後の写本において「我心 等望使念」等と表記されるようになったか、を検討する必要がある。

　元暦校本によれば、巻第12の歌は2841番歌から一首ごとに、先に原文の漢字表記、つぎに仮名による訓表記の二通りの表記がされている。

　しかるに、本難訓歌の2842番歌と続く2843番歌は、漢字による原文の表記は二首分が続き、下記のように一首の如くに表記され、かつ仮名による訓の表記は全くなされていない。

「使念新夜一夜不落夢見与愛我念妹人皆如去見耶手不纏爲」

　このことより、元暦校本が作製された11世紀、それは万葉集の編纂から300年が経過した頃であるが、既に「使 念」の訓み方が分からなくなっており、2842番歌は11文字と極端に字数が少ないため、つぎの2843番歌と合わせて25文字で一首と誤解されて表記されたものと考えられる。

　そして、その後の時代において、2842番歌と2843番歌の二首であることが判明したときに、字数の少ない2842番歌に脱字があってのことと考えられ、下3句の歌句の意味を斟酌して、初句および第2句に「我心 等望」などと4字を追加補足して筆写されたものと推定する。

「正述心緒」の部の歌。

　　現　直不相　夢谷　相見與　我戀國

新しい訓

　　現には　直には逢はず　夢にだに　**逢ひて見ゆるか**　我が恋
ふらくに

新しい解釈

　　現実には、直接にお逢いすることはありません、せめて夢の
中ででも逢ってお姿が見れるであろうか、私がこんなに恋しく
していることだから。

■これまでの訓解に対する疑問点
　諸古写本は、第4句の「**相見與**」の「見與」を、「見ゆ」の命令形
「見えよ」と訓んでいる。
　その結果、第4句は字足らずになるため、「とは」の2字を訓添して
「逢ふとは見えよ」と訓んでいる。
　これに対して、定訓は「與」を希望の補助動詞の「こそ」と訓み、
「と」を訓添して「相見與」を「逢ふと見えこそ」と訓んでいるもので
ある。

■新訓解の根拠
「相見與」の「相」の後に「て」を添えて、「**逢ひて見ゆるか**」と訓む。
　第2句の「逢はず」に対応するものである。
「相見與」の「與」は、後述の2958番歌、2959番歌と同様に、**疑問や**

自問の気持ちを表す助辞の「か」と訓み、「相見與」を「逢ひて見ゆるか」と訓む。

巻第12　2958番

「正述心緒」の部にある歌。

新しい訓

> 人の見て　言とがめせぬ　夢にだに　**止まず見ゆるか**　我が
> 恋やまむ

新しい解釈

> 他人が見て咎めることがない夢の中だけでも、**絶えることな
> く常に姿を見れるだろうか**、そうでなければ、私の恋は終わっ
> てしまうだろう。

■これまでの訓解に対する疑問点

　この歌においても、諸古写本は第4句の原文**「不止見與」**の「見與」を、「見ゆ」の命令形「見えよ」と訓み、「不止見與」は「を」を訓添して「止まずを見えよ」と訓んでいる。

　定訓は「與」を希望の補助動詞「こそ」と訓んで、「止まず見えこそ」である。

■新訓解の根拠

　本歌においても、2850番歌と同様に、「見與」の**「與」は、疑問や自問の気持ちを表す助辞の「か」と訓み**、「不止見與」を「止まず見ゆるか」と訓む。

巻第12　2959番

「正述心緒」の部にある歌。

新しい訓

現^{うつつ}には　言絶ゆるなり　夢にだに　**継ぎて見ゆるか**　直^{ただ}に逢
ふまでに

新しい解釈

現実には音信が絶えている、せめて直接お逢いするときまで
は、夢にだけでも**継続してあなたを見れるだろうか**。

■これまでの訓解に対する疑問点

諸古写本の第４句の原文「**嗣而所見與**」の訓は、「つぎて見えこよ」
と「つぎても見えよ」に分かれている。

定訓は、上掲２首と同様に、「與」を希望の補助動詞「こそ」と訓ん
で「つぎて見えこそ」である。

また、第２句の原文「**言絶有**」を、諸古写本は「コトタエタリヤ」、
定訓は「ことたえにたり」と、いずれも７字に訓むため、「ヤ」あるい
は「に」を訓添しているが、疑問である。

■新訓解の根拠

本歌においても、上掲２首と同様、「見與」の「與」は、疑問や自問
の気持ちを表す助辞の「か」と訓み、「嗣而所見與」を「**継ぎて見ゆる
か**」と訓む。この歌には、上掲２首と異なり、「所」の記載がある。

第２句の原文「言絶有」は「ことたゆるなり」と訓み、これは「絶
ゆ」の連体形「絶ゆる」に断定の助動詞「なり」が接続している例であ
る。

なお、「與」以外の文字で希望の意の「こそ」と表記されている歌は、

ほとんどが結句に「こそ」の句がある。それは、自分の希望を述べた後に、さらに釈明は不要であるからである。

　それに対し、上掲3首の「與」は、いずれも第4句にあり、結句に、「我が恋ふらくに」、「我が恋やまむ」、「直に逢ふまでに」とそれぞれ釈明の句があって、「こそ」の上記使用例と異なるものである。

　この点も、上掲3首を「こそ」と訓まないことの傍証である。

「寄物陳思」の部にある歌。

　　眞珠　眼遠兼　念　一重衣　一人服寢

新しい訓

> 　　白玉を　　間遠しかねて　思へれば　一重の衣　ひとり着て寝
> る

新しい解釈

> 　　白玉のようなあの娘子とは、まだ心に距離があると、自分は
> あらかじめ思っているので、一重の衣をひとり着て寝ることに
> する。

■これまでの訓解に対する疑問点

　定訓は、第2句の原文のうち「**眼**」を「服」の誤字として、初句の
末尾に付け、「眞珠服」を「真玉つく」と訓んでいる。「真玉つく」は
「遠」の枕詞としている。

　しかし、「眼」は古写本では「メ」と訓まれており、その字体も「服」
と断定できるものはない。

　また、「服」を「つく」と訓んだ例は、他にないことを澤瀉久孝『萬
葉集注釋』も認めている。

　674番歌「眞玉付」あるいは2973番歌「眞玉就」を「眞玉つく」とあ
ることに、無理に合わせようとしているものである。

　定訓によれば、第2句を「遠をしかねて」と訓んで、その意は、「将
来遠くの事をあらかじめ」とし、歌の作者は将来のことを思って一人寝
した歌と解している。

■ 新訓解の根拠

「眞珠」を「白玉」と訓む例は、3814番歌、4169番歌にある。

　この歌では、「白玉」は歌の作者が思いを掛けている娘子のことである。

「白玉」は、「愛人や愛児にたとえる」(『古語大辞典』) とある。

　第2句の原文「眼遠」の「眼」は、「眼 (ま) の前」の詞があるように、「ま」と訓み、「眼遠」は「間遠し」と訓む。

「《空間的に》距離が大きい。」(前同) の意である。

　この歌の場合、歌の作者と娘子の間にまだ共寝できないほど、心の隔たりがあるという意である。

「間」に「まなこ」の「眼」を「ま」の略訓として当てているのは、白玉すなわち娘子が眼に浮かぶからである。

「かねて　思へれば」は、前もって思っているので、の意。

「寄物陳思」の部にある歌。

山代　石田社　心鈍　手向爲在　妹相難

新しい訓（旧訓）

山背の　石田の社に　心鈍く　**手向したれば**　妹に逢ひ難
き

新しい解釈

山背の石田の神社に、気持ちを籠めずいい加減に**手向けをし
たので**、妹に逢うのが難しい。

■これまでの訓解に対する疑問点
　第４句の原文「手向爲在」を、諸古写本では一致して「タムケシタレ
ハ」と訓んでいる。
　ところが、江戸時代の加藤千蔭『萬葉集略解』が「手向シタレヤ」と
改訓したことに、現代の注釈書は従っているものである。
　下記のように、「**在**」は「**たれば**」と訓むことができるのに、これを
おそらく知らなかったので、疑問や反語の意を加え、歌意を大きく左右
することになる助詞「や」を、表記がないのに安易に訓添しており、不
当である。

■新訓解の根拠
　2494番歌「年在如何」は「年にあらばいかに」、2591番歌「不相在」
は「あはずあらば」とそれぞれ訓まれ、いずれも「在」の後に「ば」に
当たる文字がないが、「在」は「あらば」と訓まれている。

本歌においても、これらの歌と同様に、旧訓の「手向したれば」と訓むべきである。

　「心鈍」は「心おそく」と訓み、「心がこもっていない。」の意（『岩波古語辞典』）。

「寄物陳思」の部にある歌。

　飛鳥河　高以避紫　越來　信今夜　不明行哉

新しい訓

> 　　飛鳥川　**高きい避かし**　越え來しに　まこと今夜も　明けず
> 行くかな

新しい解釈

> 　飛鳥川の**水嵩が高いときを、わざわざ避けて**越えていらっ
> しゃったのに、そんな今夜も夜明け前に本気でお帰りになるこ
> とよ。

■これまでの訓解に対する疑問点

　諸古写本における、第2句の原文は、つぎのように若干異なるが、付
されている訓は「たかかはとほし」である。

　　類聚古集は「高以避紫」
　　広瀬本、紀州本、西本願寺本、京都大学本、陽明本は「高川避紫」
　　神宮文庫本は「高河避柴」
　　寛永版本は「高河避紫」

　注釈書においては、つぎのように第2句の原文の採用が異なり、した
がって訓も異なっている。

　　「高川避紫」（高川避かし）　　　　『日本古典文學大系』、澤瀉久孝

	『萬葉集注釋』、中西進『万葉集全訳注原文付』、『新編日本古典文学全集』（但し、訓を付さず）
「奈川柴避越」（なづさひ渡り）	『日本古典文学全集』、『新日本古典文学大系』、『岩波文庫　万葉集』
「（原文記載なし）」（高川避きて）	『新潮日本古典集成』
「高川避　此云越」（高川避きて来しものを）	伊藤博訳注『新版万葉集』

■ 新訓解の根拠

　上掲古写本のうち最も古い類聚古集の原文「高以避紫」を、採用する。

　初句に「飛鳥河」とあるため、「以」の文字の表記を「川」と誤解し、その後の諸古写本は「川」「河」と誤記したものと推定する。

　ちなみに、類聚古集の原文「以」は、最終画の筆跡は縦の直線でなく右に曲げて止めており「川」の表記と明らかに異なる。

　したがって、「以」は「い」であり、動詞に冠して、語調を整えたり、意味を強めたりする接頭語（『古語大辞典』）であり、「高きい避かし」と訓む。用例として、1520番歌「伊可伎渡」（い掻き渡り）がある。

「高き」は、水嵩が高いことで、普段、飛鳥川は水嵩が高く越えて行くのに時間を要するが、この歌は水嵩が高いときを避けて来たのだから、の意である。

「飛鳥川　高川避かし」では「川」が重複し、かつ「高川」あるいは「高河」の存在にも疑問があり、「なづさひ渡り」は原文を全く無視した誤字説であり、相当ではない。

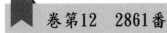

「寄物陳思」の部にある歌。

礒上　生小松　名惜　人不知　戀渡鴨

新しい訓

> **礒の上に　生ふる小松の**　名を惜しみ　人に知らえず　恋わ
> たるかも

新しい解釈

> **人目に曝され永く生えている礒の小松のように、**私の名を長
> く人の噂に曝されることはしのびないので、人に知られないよ
> う恋を続けてきたことよ。

■ これまでの訓解に対する疑問点
　澤瀉久孝『萬葉集注釋』は「『小松の』までが『名』にかかる序である事は明らかだが、なぜ『名』にかかるか明らかでない。」といい、『日本古典文學大系』は「ここまで序。ナにかかる。小松の根（ネ）と名（ナ）とをかけている。」、中西進『万葉集全訳注原文付』は「根を類似のナの音に続ける。小松にわが女の像がある。」と注釈しているが、いずれも不審である。
　ちなみに、『岩波文庫　万葉集』の訳は「水辺の岩の上に生えている松の、その名が惜しいので、人知れず恋い続けています。」であり、寄物陳思の歌であることの歌意が不明である。

■ 新訓解の根拠
　上代の人が、「礒の松」にどのようなイメージをもっていたか調べる

必要がある。つぎの万葉集の歌と古今和歌集の歌が参考になる。

　　4498　はしきよし今日の主人は磯松の常にいまさね今も見るごと
　　907　梓弓いそべのこ松たが世にかよろず世かねてたねをまきけむ
（巻第17　雑歌上）

　これらの歌の「常にいまさね」「今も見るごと」「よろず世かねて」の
歌句により、上代人は「磯の松」に長く生きて存在するもの、目立って
見えるものとのイメージをもっていたこと、そしてそれがこの歌では
「寄物」として詠まれていることが分かるのである。
　すなわち、**「磯の上に　生ふる小松の」** と詠むことにより、本歌の作
者が自分の恋が人に知られ、自分の名が長く人に知られ人の目に曝され
ることを惜しんでいる意であること、すなわち「磯の松」を「寄物」と
する歌であることが、当時の読者には十分理解できたのである。
　上掲注釈書が言うような、上2句が第3句の「名」の「ナ」を引き出
す序詞などではなく、また、そのような解釈では何が「寄物」であるか
の解釈が全くできなくなるのである。

「正述心緒」の部にある歌。

新しい訓

人妻に　言ふは誰が言　**素衣の**（すごろも）　この紐解けと　言ふは誰が言

新しい解釈

人妻に対して、そんなことを言うのは誰が言った言葉ですか、**下着の**この紐を解けと言うのは、誰が言った言葉ですか。

■これまでの訓解に対する疑問点

第３句の原文「酢衣乃」は「さ衣の」と訓むことが、ほぼ定訓となっている。

そして、その理由について、主な注釈書の解説はつぎのとおりである。

『日本古典文學大系』

さ衣 —— 衣に同じ。サは接頭語というが、袖（衣手）・襲（オスヒ）などの SO, OSU などと同源の語か。酢は万葉集中さと訓む例が他になく、すべてスと訓むので、ここもスゴロモと訓むか。スはオスヒのスと同じか。朝鮮語 OS（衣）と関係あるか。

『日本古典文学全集』

さ衣 —— サは接頭語。ただし、原文「酢」は、呉音ザク、漢音サクで、サの音仮名としてやや不適当なため、スコロモと読む説もある。

澤瀉久孝『萬葉集注釋』

略解に「酢は音を借りてさの假字とせり。又作か佐の誤にても
有べし」とある。「酢」の字はス（7・1121、11・2786）の訓假
名にのみ用いられ、サの音假名に用ゐられたのはこれ一つであ
る。ここは「作夜」（7・1143）と同じくサと訓んで接頭語と思
はれる。

　　（筆者注：上の「略解」は加藤千蔭『萬葉集略解』、また「7・
1121」の原文は「細竹為酢寸（しのすすき）」、同じく「11・2786」は「翼酢色乃（はねずいろの）」である。）

『新日本古典文学大系』
　　「さごろも」は東歌に後出（3394）。「すごろも」と訓む説もあ
る。
　　（筆者注：3394番の原文は、「左其呂毛能（さごろもの）」である。）
『新編日本古典文学全集』
　　す衣── 染めないままに織り縫った下着の意か。
中西進『万葉集全訳注原文付』
　　「さ」は接頭語（さ夜→1143）。原文「酢」はふつうス。
　　（筆者注：1143番の原文は、「作夜深而（さよふけて）」である。）
『岩波文庫　万葉集』
　　「さ衣」のサは接頭語。原文は「酢衣」。→3394。「すごろも」と
訓む説もある未詳の表記。
『新潮日本古典集成』および伊藤博訳注『新版万葉集』
　　いずれも「さ衣」と訓んでいるが、その注釈はない。

　以上総じて、「さごろも」と訓む論者は、「酢」を「さ」と訓むことに
疑問を呈しながら、しかも「すごろも」と訓むことにも言及しながら、
新編古典文学全集以外は結局「さごろも」と訓んでいる。
　その理由を全く理解しかねるが、自己の見解よりも、江戸時代の研究
者の訓（前述の「略解」の訓など）や、教えられた先例を尊重する、芸
事習い風万葉研究というべきものであって、人文科学研究に値しない。

■ 新訓解の根拠
「酢」は万葉集において、本歌を除き18首に用いられているが、全て

「す」と訓まれている。

　したがって、私は、「酢衣乃」を「すごろもの」と訓み、「素衣の」の意に解する。

　素（す）は、素顔、素肌、素手、素足の素である。「素」の意味は、「（名詞に冠して）他の物を付けていない、つくらず飾らない、それだけのありのままの、意を表す。」とされている（『古語大辞典』）。

「素衣」は、漢語読みでは「そい」と読まれ、「白い着物」の意（『学研漢和大字典』）である。

「素」は元の状態という意味であるので、衣の場合は色を付ける前の「白」である。

　したがって、この歌の場合、白い衣はすなわち白い下着を指しているもので、「素衣のこの紐解け」は「下着のこの紐解け」の意味である。

　この歌は、「民謡的な内容の歌」（前掲古典文学全集）、「謡い物風の歌」（同新潮古典集成）、「集団歌謡が短歌化したもの」（同中西全訳注）などと評価されている。

　そのような民間歌謡で、「衣のこの紐解け」と男と女の掛け合いの中で誘っている詞であるから、男が女の衣に冠する接頭語として、詩的な表現になるという「さ」（『古語大辞典』）を用いるより、直接的な表現である「す」（素）の方が相応しいことは明らかである。

「正述心緒」の部にある歌。

定訓

外目^{よそめ}にも　君が姿を　**見てばこそ　我が恋やまめ**　命死なず
は

新しい解釈

　遠くからでも、あなたの姿を**見たとすれば、私の恋は収まる
だろうが、**それも私の命が亡くならなければのことである。

■これまでの解釈に対する疑問点
　現代の注釈書は、この歌を、すべて下記のような歌意に解釈してい
る。
「遠くからでもあなたの姿を見たら、私の恋は止むでしょう、命がそれ
までに死ななかったら」。「見てばこそ」は「見ば」の強調表現（以上、
『岩波文庫　万葉集』）。
　しかし、「見たら恋は止む」といっているのに、「命がそれまでに死な
なかったら」と、わざわざ条件をつけるのはどういう意味か、釈然とし
ない。
　それは、「〜こそ〜（已然形）」の構文の解釈をしていないからと考え
る。
『古語大辞典』によれば、「『……こそ……已然形』の形で結ばれた文
が、後続の文に対して逆接の確定条件を表わすもの。」であるという。

■新解釈の根拠
　上記解説に従えば、本歌の「見てばこそ　我が恋やまめ」の後続に

「命死なずは」とあるので、逆接の関係にある場合である。

　すなわち、「……こそ……已然形」の文で表現された「よそながら、あなたの姿を見たとすれば、私の恋は収まるだろう」の気持ちは、この歌の作者にとっては本意ではなく次善の思いを詠んでいるにすぎなく、本来の気持ちは後続文から解される、あなたの姿を間近く見られなくては死んでしまいそうだが、「死ななければ、」というものである。

　したがって、「……こそ……已然形」の文で表現された次善の気持ちと、その後続文に表現された本来の気持ちは、完全に一致するものではなく、逆接の関係になるのである。

　そして、歌の作者がこの歌で詠みたかった気持ちは、むしろ後続文の中にあり、「……こそ……已然形」の文の表現は、次善の気持ちを表現することによって、後続文の本来の気持ちを言外に強調・鮮明にするための技法であることを知るべきである。

　なお、この歌の下句の「一云」は「命に向ふ　我が恋やまめ」とあり、已然形「やまめ」の後に後続文がない場合である。

　また、この一云歌と上2句だけが異なるつぎの歌がある。

　2979　まそ鏡ただ目に君を見てばこそ命に向かふ我が恋やまめ

　この歌も「……こそ……已然形」の構文であるが、後続文がないので、「〈まそ鏡〉直接君にお逢いしたら、命をかけた私の恋は止むでしょう」の意に解される。

「正述心緒」の部にある歌。

新しい訓

> 　**泡沫^{うたかた}も**　言ひつつもあるか　我れならば　地には落ちず　空
> に消なまし

新しい解釈

> 　**はかない関係にある恋人も**、ずっとこのように言っているの
> か、「私ならば、恋が実らず人の噂になり面目を失うようなこ
> とにならないで、恋を諦め姿を消してしまうだろう」と。

■これまでの訓解に対する疑問点

　初句の原文「**歌方毛**」をほとんどの注釈書は、副詞の「うたがた」と
訓み「きっと」「必ず」「間違いなく」の意に解している。『新日本古典文
学大系』は「未詳」としている。

　『岩波文庫　万葉集』は「きっと言っているに違いない。私ならば地面
には落ちず、空に消えてしまいたい。」と訳文を付しているが、誰が何
を言うのか、また全体の歌意も未詳としている。

　他の注釈書の訳文についても、ほぼ同様である。

■新訓解の根拠

　初句の「歌方」を「**泡沫**」の「うたかた」と訓み、水面に浮かんでい
る泡のことである。

　また、「泡沫人」は「泡沫」のように「はかない関係の恋人」(『古語
大辞典』)のことである。第2句の「言ひつつもあるか」の主語である。

「地に落ちる」は、面目を失うことの意、「空に消える」は、姿が無く

なることの意である。

　この歌の作者は、はかない関係にある自分の恋人を「うたかた」とい
い、そんな恋人も、「自分なら失恋して人の噂になって面目を失うよう
なことはせず、恋を諦めて姿を消してしまうだろう」と、言っているこ
とであろうか、と詠っているものである。

　第3句以下は、恋人の言っている内容であるが、「泡沫も」と詠って
いるように、歌の作者は恋の成就が難しいことを予感して、自分もそう
思うが、恋人もそう言っているであろう、と認めているのである。

　なお、恋人を「泡沫人」に譬えて詠んでいるが、歌は「寄物陳思」で
はなく、「正述心緒」の歌である。

「正述心緒」の部にある歌。

新しい訓

> うらぶれて　離れにし袖を　**また巻けば**　過ぎにし恋ゆゑ
> **乱る今かも**

新しい解釈

> 落ち込んだ気持ちで、別れた人の袖を**また巻いて寝ている**と、過ぎ去った恋なのに**思い出し、乱れる今である**ことよ。

■ これまでの訓解に対する疑問点

定訓は、第3句の原文「又巻者」を「また巻かば」と順接の仮定条件に訓んで、結句の「亂今可聞」の「今」を「来む」と「む」を推定の助動詞に訓んでいる。

しかし、「今」の音は「コン」であり、推定の助動詞の終止形・連体形「む」が「ん」と発音されるようになったのは、平安時代中ごろとされている（『古語大辞典』）。

万葉集の歌として、「今」を「来む」と訓むことには疑問がある。

■ 新訓解の根拠

第3句「又巻者」を「また巻けば」と順接の確定条件に訓んで、結句の「今」を文字どおり「いま」と訓むべきである。

「亂今可聞」は「乱る今かも」で、「かも」は詠嘆の助詞。

第4句の原文「戀以」の「以」は「ゆゑ」と訓む。

定訓の仮定条件よりも、確定条件として訓む方がこの歌に相応しいと考える。

「正述心緒」の部にある歌。

新しい訓

> 生ける世に　恋といふものを　相見ねば　**恋にあたるにも**
> 我ぞ苦しき

新しい解釈

> 生まれてからこの世で恋というものを経験したことがないの
> で、**これから恋に出会うにしても**、ほんとうに私には苦しいこ
> とだ。

■ これまでの訓解に対する疑問点

　この歌の上３句は、作者が「生まれてから　恋というものに　逢った
ことがないので」（『日本古典文学全集』）と詠んでいる、と解釈される。

　問題は下２句の原文「**戀中尓毛　吾曾苦寸**」を「恋のうちにも　我ぞ
苦しき」と訓んで、つぎのように解釈されていることである。

『日本古典文學大系』	恋のただ中にいて私は苦しい。
『日本古典文学全集』	恋の中でも　特にわたしの恋は苦しい
澤瀉久孝『萬葉集注釋』	この世の戀の中でも自分は殊に戀しい。
『新潮日本古典集成』	世のさまざまな恋の中でも、私の恋ほど苦しいものはあるまい。
『新編日本古典文学全集』	世間の恋の中でも特にわたしの恋は苦しい。

『新日本古典文学大系』	恋のうちにありながら私は苦しい。
中西進『万葉集全訳注原文付』	恋の中の恋に私は苦しむことだ。
伊藤博訳注『新版万葉集』	恋しく思いつづける中にも、ちょっとやそっとのものではなく私としたことがなんとも苦しくて仕方がありません。
『岩波文庫　万葉集』	恋をしながらも辛くてたまらない。

　これらの解釈は、これまで恋の経験がなかった作者が、現に恋をしていて苦しんでいると解釈しているが、「も」の解釈に腐心していることが窺える。

■新訓解の根拠
　第４句の「中」を「うち」と訓まずに、動詞「**あたる**」と訓む。「中」を「あたる」と訓みうることは『学研漢和大字典』にあり、「中たる」に「（こと）**に出くわす。出会う。**」の意があることは『古語大辞典』に掲記されている。
　すなわち、第４句を「恋にあたるにも」と訓み、恋に出会うことにも、と解釈する。
　多くの注釈書の訓解は「中」を「うち」と訓んだために、下２句で、この歌の作者が現に恋をしていて苦しいと詠っているもの、と誤解したのである。
　しかし、現に恋をしているのであれば、「恋のうちなり　我ぞ苦しき」と詠むだろうが、「恋にあたるにも」と詠んでいる。
　この「も」は、「同例の暗示」の係助詞で「ある事柄をひとつとりあげて、それだけでなく他にもまだ同類のものがあることをほのめかす」（『古語林』）ものである。
　この歌の作者は、これまで恋に出会わなかったことが苦しいが、将来恋に出会うことも苦しい、と詠んでいるものである。
　なお、私の新訓は８字であるが、「あ」の単独母音が含まれているので、字余りが許容される。

巻第12　2941番（類例：2892番　3261番）

「正述心緒」の部にある歌。

新しい訓

> **思ひ遣る　名残りも我れは　今はなし　妹に逢はずて　年の**
> 経ぬれば

新しい解釈

> **思いを馳せる名残りも今の私にはない、妹に逢わなくて何年**
> も経ったので。

■これまでの訓解に対する疑問点

　定訓は、第2句の「跡状毛我者」の「跡状」を「たどき」と訓んでいるが、万葉集において、定訓により「たどき」と訓まれている歌は、本歌以外に16首あり、その表記はつぎのとおり。

　　「田時」　　1792番　2881番　2887番　2892番　3186番
　　「多度伎」　3777番　3898番
　　「多騰伎」　3962番　4011番
　　「多登伎」　3696番　　　　　　「田度伎」　3329番
　　「多時」　　3812番　　　　　　「多土伎」　2092番
　　「多杼伎」　　904番　　　　　　「多騰吉」　3969番
　　「跡状」　　2481番

　これらの例より、「跡状」以外の15例は、音訓あるいは借訓により明らかに「たどき」と訓める表記である。
　しかし、「跡状」について、定訓は「手立て」あるいは「方法」の意

に解し、義訓により「跡状」を「たどき」と訓んでいるが、「跡」や「状」に「手立て」「方法」の義はないので、義訓で「たどき」とは訓めない。

　また、多くの注釈書は2481番歌において「たどき」と訓まれているとして、本歌の「跡状」を「たどき」と訓むとするものであるが、すでに述べたように2481番歌の「跡状」は「跡形<ruby>あとかた</ruby>」と訓むべきであるから、本歌において「たどき」と訓む理由にはならない。

■ 新訓解の根拠
　初句の原文「念八流」を「思ひ遣る」と訓み、「（遠くへ）気持ちを馳せる」（『岩波古語辞典』）の意に解する。

「跡状」は、「名残り」と義訓で訓む。名残りは「物事の過ぎ去ったのち、なおそのけはいや、影響が残っていること。余韻。余情。」（『古語大辞典』）のこと。

　したがって、一首の歌意は、妹に逢わなくなって何年も過ぎたので、妹に心をめぐらす昔の名残りさえ今の私にはない、というものである。「たどき」と訓む論者は、「思ひ遣る」を「憂いを晴らす」「気を紛らわす」の意と解し、「憂いを晴らす手だても私にはもうない。妹に逢わずに年が過ぎてゆくので。」（『新日本古典文学大系』）と解釈している。

　この歌は、ずっと憂いをもっていた人が、それを晴らさずに年月を過ごしてきたので、もう憂いを晴らす手だてもないと悔やんでいる歌ではなく、もう何年も妹に逢っていないので、妹に思いをめぐらす余韻さえ今の自分には残っていない、と詠んでいるものである。

　なお、注釈書はつぎの2首の初句の原文「思遣」をも「憂いを晴らす」の意に解し、本歌と同趣の歌としているが、私はこれらの歌も本歌と同じように「心を馳せる」の意の歌と解する。「思遣」は、思いを向けること、思いをめぐらすことで、憂いのある気持ちを晴らすことではないと考える。

　もっとも、つぎの2首の第2句の原文がそれぞれ「為便之田時毛」「為便乃田付毛」とあり、「方法・手段」である「すべ」と「たどき」「たづき」の同義の語を重ねて強調しているので、これらの歌においては「方法・手段」の意である。

2892　思ひ遣る（思遣）すべのたどきも我れはなし逢はずてまねく
　　　　月の経ぬれば

3261　思ひ遣る（思遣）すべのたづきも今はなし君に逢はずて年の
　　　　経ぬれば

「正述心緒」の部にある歌。

新しい訓

> 我が命の　長く欲しけく　偽りを　よくする人を　執<ruby>す<rt>しふ</rt></ruby>ばか
> りを

新しい解釈

> 私の命を長くと欲するのは、嘘を上手につく人なのに**執着し
> てばかりいるものよね**。

■ これまでの訓解に対する疑問点

　定訓が結句の原文「執許乎」の「執」を「捕ふ」と訓んでいるのは、
「偽りをよくする人」の身柄を逮捕する意と解しているものである。

　定訓を採る『新日本古典文学大系』は、つぎのように注釈している。

　――「捕ふ」の原文「執」は罪人を捕える意。「変わった趣向を立
てている歌で、才気のある女の作であることが推量される」(『全註
釈』)。――(筆者注：武田祐吉『萬葉集全註釋』)

　女性が男性を罪人として逮捕することを趣向したと考えるのは、あま
りにも「執」の用字を考えないことによる訓解である。

■ 新訓解の根拠

「執」を「しふす」と訓む。「執す」は、「深く心に掛ける。執着する。」
(『古語大辞典』)の意。

　したがって、一首の歌意は、私が命を長く欲しいと思うのは、上手に
嘘ばかり言っている人なのに、深く心に掛けて、執着ばかりしていれば
こそです、である。

「よくする人を」の「を」が「に」でないのは、「人を恋ふ」と「人に恋ふ」は、ほぼ同じ意であるが、「人を恋ふ」の場合は「主観的に、自分の意志で動作の対象を選択する。」に対し、「人に恋ふ」の場合は「動作の原因を自分の意志ではなく、相手のせいにする。」とされている（『古語林』）からである。この歌の場合「を」が相応しいので「を」が用いられており、口語訳は「なのに」となる。

「執す」は漢語「執」を動詞化した詞で、「しふす」か、「しっす」か判定できないとされている（『古語大辞典』 語誌 森野宗明）。

　なお、定訓のように「とらふばかりを」と訓んだとしても、「執」の意味は「執着」の意で、自分の心が相手をとらえるの意に解すべきで、相手の身柄をとらえるの意でないことは明らかである。

「正述心緒」の部にある歌。

新しい訓

> 思ひにし　余りにしかば　門に出でて　**我が彷徨ふを**　人見<ruby>彷徨<rt>さまよ</rt></ruby>
> けむかも

新しい解釈

> 恋人のことを思い余るばかりなので、恋人の家の門のところ
> **まで来て、家に入ろうか、入るまいかと、彷徨っているところ**
> **を人が見たかもしれないな。**

■ これまでの訓解に対する疑問点
　この歌の原文と定訓は、つぎのとおり。

　念西　餘西鹿齒　門出而　**吾反側乎**　人見監可毛
　（思ひにし　余りにしかば　<ruby>門<rt>かど</rt></ruby>に出でて　**我が<ruby>臥<rt>こ</rt></ruby>い伏すを**　人見け
　むかも）

　第3句以下は、「或本歌曰」の歌句である。
　注釈書は、第4句の「**反側**」を1740番の「反側」を「こいまろび」、
886番の「許伊布志提」を「こいふして」などとあることにより「臥い
伏す」と訓み、「悶えるさま」（『日本古典文学全集』）、「ころび倒れる」
（中西進『万葉集全訳注原文付』）、「つっぷす」（『岩波文庫　万葉集』）
などと解釈している。
　しかし、1740番の「反側」の解釈は「転げまわる」であり、「反側」
に「伏す」の意は含まれていない。

■ 新訓解の根拠

『学研漢和大字典』によれば、「反側」には、「思い悩んで眠れず寝返りをうつこと。」のほか、「あっちへいったりこっちへいったり落ち着かない。」の意がある。

　私は、本歌は、恋人と逢いたいばかりの歌の作者が、恋人の家の門のところまで来て、家に入ろうか、入るまいかと、行ったり戻ったり落ち着かない行動をしていたことを、他人が見たかも知れない、と詠んでいるものと解する。

　したがって、「反側」は、家の門で彷徨っている状態で、「**彷徨ふ**」と訓むのが相当である。

　歌の作者が、いくら思い悩んでも、恋人の家の前まで来て、他人に見られる家の門で、伏し寝転んで悶えている状況と解することは、「誇張的表現」（前掲古典文学全集）としても不自然である。

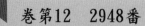

「正述心緒」の部にある歌。

新しい訓

> 　明日の日は　その門行かむ　出でて見よ　**恋ふる有り様**　し
> くしく知るがね

新しい解釈

> 　明日にはあなたの家の門に行きましょう、家から出てきて見
> てください。私があなたに恋している有り様が、絶え間なくわ
> かるだろうから。

■これまでの訓解に対する疑問点

　定訓は、第４句の原文「**戀有容儀**」の「有」を「たる」と訓んでお
り、定訓を採る注釈書の多くは「戀ひたる姿」を「恋にやつれた姿」な
どと解釈している。

　しかし、『新日本古典文学大系』は「恋い慕う姿」、中西進『万葉集全
訳注原文付』は「どんなに恋しているか、その姿は」と解釈している。

　私は、後者が穏当であり、「戀ひたる姿」を「恋にやつれた姿」など
と解釈するのは何の根拠もないことと考える。

　また、定訓は、結句の原文「知兼」を「しるけむ」と訓み、はっきり
の意の形容詞「著し」の未然形「しるけ」に、推量の助動詞「む」がつ
いたものと訓んでいるが、疑問である。

■新訓解の根拠

　第４句「**戀有容儀**」は、「恋ふる有り様」と訓む。

　定訓は「容儀」を「姿」と訓んでいるが、この歌は相手に呼び掛けて

いる口語調の歌であるから、自分のことを「姿」というのは表現が固く、「有り様」が相応しい。また、「有り様」は「姿」より、もっと広い状態を意味していることも、この歌に相応しい。

　結句の原文「**數知兼**」の「知兼」は「知るがね」と訓む。「がね」は多く「金」と表記され、濁音で「がね」と訓まれているので、「兼」も濁音で「がね」と訓む。

　終助詞「がね」は動詞の連体形に付き、「意志や命令などの表現に関連して、その目的や理由を表す。……だろうから。」（『古語大辞典』）の意。「出でてみよ」の命令の表現に対し、「知るだろうから」と、その理由を述べているものである。

　定訓の「しるけむ」の訓解では、相手に対し、「出でてみよ」と命令しておきながら、自分がはっきり恋しているという姿を推量形で表現しているもので不自然。命令しているのであるから、自分の恋をしている姿を断定的に表現しなければ、相手が納得する筈もないのである。

　また、「數」は「あまた」と訓まれているが、この歌の近くの2955番歌「月數多」（つきまねく）には「數多」と「多」がある。同様に、「あまた」と訓むには「多」が必要である。

　それゆえ、「しくしく」（3026番）と訓み、絶え間なく分かるだろうの意が相応しいと思う。8字の字余りになるが、同音の繰り返しの語であるので字余りが気にならない。

「正述心緒」の部にある歌。

新しい訓

> わが齢《とし》の　衰へぬれば　白栲の　袖のなれにし　**君をも急《せ》き
> 思《も》ふ**

新しい解釈

> 自分も年齢になり衰えてくるようになったので、〈白栲の〉
> 袖を交して馴れ親しんだ、**あなたのことも思いがこみ上げてく
> る。**

■これまでの訓解に対する疑問点

　初句の原文「吾齢之」に対し、注釈書の訓は、「我が命し」、「我が命
の」、「わが齢《とし》の」の３つに分かれている。
「わが齢の」と訓めば、句中に単独母音のない６字の字余りになるため
であろう。

　また、結句の原文「君乎母准其念」は、紀州本、神宮文庫本、西本願
寺本、京都大学本、陽明本、寛永版本はすべて「母准」と表記されてお
り、広瀬本は「女唯」である。

　江戸時代の鹿持雅澄『萬葉集古義』が上記原文の中の「**母**」を衍字と
し、「キミヲシソモフ」と訓み、現在の多くの注釈書もそのように訓ん
でいる。

　しかし、『日本古典文学全集』が「『准』(『準』の俗字)の音はシュン
で、シの音から遠い。」と注釈しているように、「准」を「し」と訓むこ
とに疑問がある。

■ 新訓解の根拠

　初句「吾齢之」を「わが齢の」と訓む。

「准」は「準」の略字であり、「準」は呉音で「セチ」、漢音で「セツ」である（『学研漢和大字典』）ので、略音仮名として「セ」と訓み、「其」は漢音で「キ」であるから、「キ」と訓む。

「准其」は「セキ」、すなわち「急き」と訓み、「胸へせき上げる。」（『古語大辞典』）の意である。

「君乎母准其念」の「母」を衍字ではなく、「も」と訓んで「君をも急き思ふ」と訓む。

　結句が８字の字余りであるが、歌の作者は自分の老いだけでなく、昔馴染みの女のそれをも思い、胸に込み上げてくる気持ちを詠んでいるものであるから、字余りになっても、「も」は必要である。

巻第12　2955番

「正述心緒」の部にある歌。

新しい訓

夢かと　**心まだらぶ**　月久に　離(か)れにし君が　言の通へば

新しい解釈

何カ月も離れていた君から久しぶりに連絡があったので、夢かと思う心と本当かと思う**心が入り混じっている状態です**。

■これまでの訓解に対する疑問点

第2句の原文「情斑」の「斑」を定訓は「まとふ」と訓んでいるが、その理由について、『日本古典文學大系』は「斑雑の意でまざる意から、とまどう意。」、『日本古典文学全集』は「心迷ひぬ――マトフは、心が乱れる意。」と注釈している。

両著とも、原文は「班」であり、「斑」の通用と解説しているが、「斑」の中央の部分が、「リ」ではなく、「タ」である古写本が多い。

また、「班」は分ける意、「斑」は「まだら」の意で、どちらも「まとふ」と訓める理由はない。

また、同じ「まとふ」であっても、「惑ふ」(『新潮日本古典集成』、伊藤博訳注『新版万葉集』)と、「迷ふ」(『日本古典文学全集』、澤瀉久孝『萬葉集注釋』、『新編日本古典文学全集』、『新日本古典文学大系』、中西進『万葉集全訳注原文付』、『岩波文庫　万葉集』)に分かれている。

私は、「惑ふ」でも、「迷ふ」でもないと考える。

また、多くの古写本の第3句の原文は「月數多二」であり、「つきひさに」と訓んでいるが、定訓は「二」を衍字として「つきまねく」と訓んでいる。

■新訓解の根拠

「斑」を、そのまま「**まだら**」と訓む。

「斑」を「まだら」と訓む例は、1260番「斑衣服」（まだらのころも）にある。

　この歌は2句切れであるから、「心まだら」では言葉足らず、「心まだらなり」では字余りとなる。

　そこで、「心まだらぶ」と訓む。「ぶ」は接尾語で「（体言・形容詞の語幹などに付いて）そのような状態になる、そのような状態で振る舞うの意を表す。」もので、名詞に「ぶ」が付く例として「翁ぶ」「大人ぶ」「鄙ぶ」などがある（『古語大辞典』）。

「斑」は「種々の色がさまざまに混じっているさま。」（前同）であるから、本歌の「心まだらぶ」は「夢と思う心と、夢でないと思う心が、入り混じっている状態である」という意味である。

　なお、「ぶ」を補うことになるが、第2句の原文は「情斑」と字数が少ない表記であるので、定訓の「心まとひぬ」も「ぬ」を補って訓んでいる。

「正述心緒」の部にある歌。

新しい訓

> うつせみの　常のことばと　思へども　継ぎてし聞けば　**心に障^{さは}る**

（ルビ：障＝さは）

新しい解釈

> 世間での通常の言葉と思うけれど、何度も続けて聞けば、**心に引っかかります。**

■ これまでの訓解に対する疑問点

結句の原文「**心遮焉**」の「遮」は、つぎの歌でも用いられている。

　　638　ただ一夜　隔てしからに　あらたまの　月か経ぬると　**心遮**

　この歌においても、定訓は結句「心遮」を「心惑ひぬ」と訓んでおり、本歌においても同様に「心惑ひぬ」と訓んでいるものである。

　しかし、本シリーズⅡの638番歌において述べたように、『類聚名義抄』によれば「遮」に対して「サイキル」「サマタク」「サハル」などの訓があるが、「マトフ」の訓はない。

　『日本古典文学全集』に、「マトフは、思い乱れる。原文『遮』は、さえぎる意。ここは、心の動きが遮断されて動転する意で用いた。」と注釈しているが、心の動きの遮断が常に心の動転に結びつくわけではないので、「遮」を「惑ふ」と訓む理由としては、義訓としても無理がある。

　また、定訓は2955番歌の「斑」をも、「まとひぬ」と訓んでいるが不当であることは既述したとおりである。

■新訓解の根拠

「**遮**」を『類聚名義抄』の訓例により「サハル」、すなわち「**障る**」と訓む。

「心に障る」の「障る」は「さしつかえる」の意であるが、ここでは「心に引っかかる」の意で、ちょっと気になる、心にすっと落ちないほどの意味である。

「心惑ひぬ」と解するほど、重く受け止めた歌ではないと、考える。

　なお、結句の「焉」は助辞で、訓む必要はないが、強調の働きをしている。

「正述心緒」の部にある歌。

新しい訓

> 　白たへの　**袖敷かずして**　ぬば玉の　今夜は早も　**明くれば**
> **明けむ**

新しい解釈

> 　恋しい人の〈白たへの〉**袖を敷かずに一人寝をする**〈ぬば玉
> の〉今夜は、夜が**明けるのなら、せめて早く明けて欲しい。**

■ これまでの訓解に対する疑問点
原文および定訓は、つぎのとおり。

　白細之　袖不數而**宿**　烏玉之　今夜者早毛　明者將開
　（白たへの　袖<ruby>離<rt>か</rt></ruby>れてぬる　ぬば玉の　今夜<rt>こよひ</rt>は早も　明けば明けな
む）

　しかし、第2句の原文は、元暦校本は「袖不數而當」、広瀬本、紀州
本、西本願寺本、京都大学本は「袖不數而」、神宮文庫本、寛永版本は
「袖不數而宿」、そして陽明本は「袖不數」と、錯綜している。
　江戸時代から難訓とされ、鹿持雅澄が男女が袖を相並べず宿る意であ
るとして「ソテカレテヌル」と訓んだことに、定訓は従っているもので
ある。
　しかし、「不數」を「離る」と訓むことについて、4番歌では「數」
を数えるために並べるから「並む」と訓むとしながら、本歌ではその否
定の「数えないこと」がどうして「離る」と訓むことができるのか、不

212

審である。

「並べないから離れている」との勝手な２段階の推論を重ねているだけである。

「不數」が「袖を相並べず」の意であるというなら、４番歌において「數」を「敷く」と訓み、本歌の「不數」を「袖を敷かず」と訓めばよいのである。

　結句の「明者將開」についても、「な」の表記がないのに、「明けば明けなむ」と訓むことに疑問がある。

■新訓解の根拠

　第２句は、諸古写本に原文不一致の部分があるが、訓はほとんどが「ソテカヘスシテ」であるので、原文を「袖不數而」と推定する。

「數」は、「敷」の借訓仮名で「しく」と訓む。

　４番歌「馬數而」で述べたように、「しくしく」を「敷々」（2437番）と表記している例と、「數々」（3256番）と表記している例があり、「數」は「敷」の借字あるいは通用字として用いられていることは明らかである。

　上の例は、頻繁にという「しくしく」の表記であるが、本歌の場合、「敷く」の「しく」に「數」を借字としているもので、**不數**は袖を**敷かず**と訓む。

　定訓は、「袖離れて」と訓んでいるため、字足らずを補うため「宿」を「ぬる」と「ぬ」（寝）の連体形で訓んでいるが、「袖敷かずして」と訓むと７字であり、「宿」を補う必要はない。

　下句の「今夜は早も　明くれば明けむ」の「早も」の「も」の意味は、せめて早くという最小限の願望であり、歌の作者は「もう夜明けが始まったのならいっそ早く明けて欲しい」という気持ちであるので、「明者」を已然形の「明くれば」と訓み、「明けむ」の「む」は願望の意の推定の助動詞「む」である。

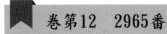
「寄物陳思」の部にある歌。

定訓

> 橡の　袷の衣　裏にせば　我れ強ひめやも　君が来まさぬ
> （つるばみ）（あはせ）

新しい解釈

> 橡の袷の衣を裏にして着るように、あなたが気が進まない
> （つるばみ）（あはせ）
> 状態なら、私はそれを無理強いするでしょうか、いや、そんな
> ことをしていないのに、君はいらっしゃらない。

■これまでの解釈に対する疑問点

　橡は、櫟（くぬぎ）あるいはその実のドングリのことで、橡の衣と
は、そのドングリを煎じた汁で染めた衣である。色は、濃いねずみ色
で、上代では家人や奴婢などが着用した色とされている。

　この歌では「橡の　袷の衣　裏にせば」は、第4句の「我れ強ひめや
も」を導く序詞と解されているが、「橡の　袷の衣　裏にせば」はどう
いう状態の譬喩として使用されているのか、「裏にせば」の行為者は歌
の作者か、相手か、各注釈書の解釈が分かれている。

1　歌の作者が相手を軽んじるとするもの
　　澤瀉久孝『萬葉集注釋』　　　　橡染の袷の着物の裏ではないが、
　　　　　　　　　　　　　　　　　あなたを裏にして、よいかげんに
　　　　　　　　　　　　　　　　　考へるのだったら私はあなたにた
　　　　　　　　　　　　　　　　　つてと申しませうか。

　　『日本古典文学全集』　　　　　橡染めの　袷の衣を　裏返して着
　　　　　　　　　　　　　　　　　るように軽んじる気なら　わたし

	は無理強いしようか
『新日本古典文学大系』	橡の袙の衣のように裏にするなら、私は無理強いなどいたしましょうか。
『岩波文庫　万葉集』	同上

2　相手が歌の作者に対して気が向かないとするもの

『日本古典文學大系』	ツルバミで染めた袙の着物を裏返しに着るように、あなたの気持がこちらに向かないなら、無理にとは申しませんけれど、
『新潮日本古典集成』	橡色の袙を裏返すように、馴れ親しんだこの私にそっぽを向く気なら、私がそれでもたってと願うものか。
『新編日本古典文学全集』	橡染めの　袙の衣を　裏返すように格下げする気なら　私は無理強いしようか
中西進『万葉集全訳注原文付』	橡の袙の衣を裏返しにするような態度なら、たって来てほしいと私はどうしていおう。
伊藤博訳注『新版万葉集』	橡色の袙の着物、その着物を裏返すように、私にはもう用がないというのなら、私としたことが無理強いしたりするものか。

■新解釈の根拠

　私は「橡の　袙の衣　裏に」を、つぎのように解釈する。

　橡の衣は、もともと粗末な衣であるのに、さらに裏返しにしてもっと粗末な裏地の衣を着ることは、まして気が進まない、すなわち「橡の袙の衣　裏にする」は気が進まないことの譬喩であり、これに寄せて詠んでいる歌である。

　あなたにとって気が進まない状態になるのであったら、どうして私は

無理強いしましょうか、そんな無理強いをしていないのに、あなたはお越しにならないことよ、の歌意である。

　この解釈は、結句の「君が来まさぬ」の句と整合するが、相手が歌の作者に対して気が向かないとする前掲2の解釈では、歌の作者が自分に気が向かない相手には無理強いしないと詠いながら、結句で「君が来まさぬ」と詠むことは不自然で、整合性に欠ける。

　すなわち、相手も来る気がなく、歌の作者も無理強いしないと言うのであるから、「君が来まさぬ」のは当然すぎて言うまでもないことで、この句を付すことの理由が全くないのである。

　また、前掲1は上3句「橡の　袷の衣　裏にせば」を、歌の作者が相手に対してする行為と解釈しているが、そうではなく、相手自身が気が進まない状態になる意である。

　「せば」（原文は「爲者」）は、自動詞「す」の未然形「せ」に順接の仮定条件の「ば」がついたもので、「す」は「動作・作用・状態が起こる。」（『古語大辞典』）の意である。

「寄物陳思」の部にある歌。

新しい訓

> 逢ふ由の　いでくるまでは　畳薦_{たたみこも}　**重ね編み及き**　夢にし
> 見らむ

新しい解釈

> あの娘と逢う口実がでてくるまでは、**畳薦を何度も編むのに
> 匹敵するほど**、あの娘を何度も夢の中に見ることだろう。

■これまでの訓解に対する疑問点

　定訓は第4句の原文「重編数」を「隔て編む数」と訓んでいるが、そ
れは、2777番歌「隔編數」を「隔て編む数」と訓んでいるからである。

　しかし、「重」には「へだつ」の訓例も、「隔つ」の意味もなく、無理
な訓である。

　また、この歌の「數」は「かず（数）」と訓むのも、疑問である。

■新訓解の根拠

「**重編數**」の「重」は、「**重ね**」と訓む。『日本古典文學大系』、澤瀉久
孝『萬葉集注釋』、伊藤博訳注『新版万葉集』は「重ね」と訓んでいる。

　すべての注釈書は「數」を「かず」と訓んでいるが、「數」は「しく」
と訓むべきである。「及く」であり、「匹敵する」の意味。

「及く」の用例は、803番歌「子に及かめやも」、4109番歌「なほ及か
めやも」にある。

「數」を「しく」と訓む例は、3256番「數々丹」（しくしくに）、3026番
「數和備思」（しくしくわびし）にある。

本歌においては「及く」の連用形「及き」と訓む。

畳薦は「敷く」もので、その「しく」を「及く」と「頻く」に響かせているのである。

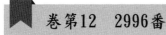

「寄物陳思」の部にある歌。

新しい訓

> 　しらかづく　木綿^{ゆ ふ}は花もの　**事こそば　いつの眞枝^{さ ね え}も**　常忘
> らえね

新しい解釈

> 　〈しらかつく〉木綿は飾り物の花で華やかであるけれども、**大
> 事なものは、いつでもその陰にある本物の枝であることを、**常
> 忘れることができない。

■これまでの訓解に対する疑問点

「木綿」は、楮（こうぞ）の樹皮をはぎ、裂いて糸としたもの。おもに
幣（ぬさ）として、祭りのとき榊（さかき）などにかける（『古語大辞
典』）。

「しらかづく」の「しら」は、楮を裂いた糸の白いこと、「かづく」は
白い糸を榊の枝の先に被せる意である。

　379番歌に「賢木の枝に　しらかづく　木綿取り付けて」とある。

　定訓は、第3句の原文「事社者」の「事」を、「言」と訓んでいる。

　また、第4句の原文「何時之眞枝毛」の「眞枝」を、賀茂真淵『萬葉
考』に従い、「眞坂」の誤記として「まさか」と訓み、現在の意に解し
ている。

　いずれも、疑問である。

　定訓の解釈は、『岩波文庫　万葉集』によれば、「（しらかつく）木綿
は見かけだけの花。お言葉こそは、いついかなる時でも忘れることはで
きませんが。」である。

「木綿の花」と「言葉」を対比した歌と解釈している。

■ 新訓解の根拠

　第3句の「**事**」を文字通り「事」と訓んで、「事こそは」の意を「**大事なことは**」と解する。「事」を「言」と訓み、言葉の意に解することもあるが、本歌においては、「しなくてはならない事柄」（前同）のことで、人工物の「木綿の花」と対比しているものと考える。

「**眞枝**」は「眞坂」の誤字ではなく「**さねえ**」と訓む。古写本の多くがこのように訓んでいる。「本物の枝」の意。

　したがって、一首の歌意は、榊の枝の先に白く被さっている「木綿」は飾り物の花で華やかであるけれども、大事なものは、いつでもその陰にある本物の枝であることを、常忘れてはなりません、である。

　すなわち、華やかな見せ掛けの花と、地味な本物の枝とを対比して、人の心を譬喩的に詠っている歌である。

「ね」は打消の助動詞「ず」の已然形。

「寄物陳思」の部にある歌。

新しい訓

> 暁（あかとき）の　朝霧隠（こも）り　**帰らうに**　何しか恋の　色に出でにける

新しい解釈

> 暁の白い朝霧の中に籠るようにして、人に知られず**帰ろうとしているのに**、どうして恋をしていることが色にでて人に分かってしまうのだろう。

■これまでの訓解に対する疑問点

　第3句の原文「反羽二」を「かへらばに」と訓んで、「逆に」「かえって」と解釈している多くの注釈書は、2823番歌の「加敝良末尓」（かへらまに）と同じと注釈しているものである。しかし、なぜ同じといえるのか、その理由を明らかにしたものはない。

　「かへらばに」について、『岩波古語辞典』は「《カヘラは反リの名詞形。バはマ（間）の子音交替形。反対の所での意》」とあるが、用例として掲げられているのは本歌のみである。

　「かへらまに」は「副詞『かへ（却）りて』を構成する動詞『かへる』の未然形『かへら』に、情態な意味の体言をつくる接尾語『ま』が付いたもの。」（『古語大辞典』）といわれており、「かへらまに」の「ま」は「間」ではなく、所の意ではないと考える。

　『日本古典文学全集』の訳文は、「暁の　朝霧に隠れているように心の中を隠していて　あべこべに　どうして恋が　顔色に出てしまったのだろうか」である。

　この解釈では、初句を「暁の」と詠む必然性はない。

■新訓解の根拠

「**反羽二**」の「羽」を「う」と訓んで、「**かへらうに**」すなわち「帰らうに」である。

3817番「可流羽須波」（かるうすは）に、「羽」を「う」と訓む例がある。

この「う」は、前掲『古語大辞典』によれば、「《『む（助動マ四型）』の転。活用語の未然形に付く》」とされ、「話し手の意志や決意を表す」とされている。

「人に知られず帰ろうとしている」ことが、それである。

その用例は平安初期まで遡るとされているが、私は少し前である奈良時代からあったと考える。

なお、神宮文庫本には「カヘラウニ」の訓が、「カヘルサ」の訓と共に併記されている。

後朝の別れ時である暁の朝霧を、寄物としている歌である。

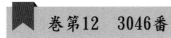

「寄物陳思」の部にある歌。

新しい訓

> さざ波の　波越す**あざさ**　降る小雨　狭間（はざま）もおきて　我れ思（も）
> はなくに

新しい解釈

> 水面に浮いている「**あざさ**」の葉が小さい波を越してゆくよ
> うに、また小雨が時々降るように、間を置いて私はあなたを
> 思っているのではない（常に思っているのです）。

■これまでの訓解に対する疑問点

　第2句の原文「波越安齔仁」の「**安齔仁**」の訓解に対する、各注釈書
の解説はつぎのとおりである。

『日本古典文學大系』	あざ —— 未詳。アゼと訓むのは正しくあるまい。地勢上の特殊な穴や窪みなどを指したのかもしれない。
『日本古典文学全集』	「安齔」は難訓。「齔」は「暫」と同字で、ザミ・ザムなどと読むことは可能だが、ザ・ゼなどとは読めない。後考を待つ。
澤瀉久孝『萬葉集注釋』	「『齔』の字、音假名に用いた例は無く、或いは誤字かとも考へられ、これもなほ今後に残される問題だ

	と思ふ。」
『新潮日本古典集成』	安覩　訓義未詳。地名とも田の畔の意ともいう。
『新編日本古典文学全集』	第二句訓義未詳。「覩」の字をゼに当てたとみるべき可能性は低い。
『新日本古典文学大系』	訓み方不明。今は仮にアザと訓む説に拠るが、意味不明。
中西進『万葉集全訳注原文付』	未詳。田のあぜ、崖（あず）、洞穴ら諸説。浅瀬のことか。
伊藤博訳注『新版万葉集』	訓義未詳。仕切りあるいは畔か。
『岩波文庫　万葉集』	仮にアザと訓んでおくが、未詳。

　このように、「アザ」と訓む説はあるが、「安覩仁」を何かに特定して解説しているものはない。

■ 新訓解の根拠

1　この歌を訓解するに際しては、この歌が「寄物陳思」の部の中にある歌であることを認識する必要がある。なぜなら、同じ物に寄せた歌は纏って掲載されているので、訓解したい歌の前後の歌が何に寄せて詠まれているかを調べれば、訓解したい歌が詠んでいる物の見当がつくからである。

　3046番歌についていえば、3038番歌から3045番歌までは「露」あるいは「霜」、3047番歌から3075番歌までは「植物」である。

　それゆえ、3046番歌は「露」あるいは「霜」か、「植物」かということになるが、一首の他の歌句を観察すれば、「露」あるいは「霜」ではなく、植物に寄せて詠まれた歌であり、「安覩仁」は植物名であると見当がつく。

2　「安覩仁（あざさ）」すなわち「あざさ」と訓む。

　「あざさ」は、現代名は「アサザ」で、ミツガシワ科の水生植物。小さい円形の葉が水面を覆うように浮かぶ。夏に、五弁の黄色い花を咲かせる。

　水面に小波が立つと、水面を覆うように浮かんでいるあざさの葉

224

が、広がってゆく波の上を越えて行くように見える。注意すべきは、波が何かを越して行くのではなく、何かが波を越して行くと詠っていることである。それは、舟や浮き草のようなもの以外考えられない。

　穏やかに（安）、少しの間（蹔＝暫）を置いて起こるこの情景を3046番歌は、「安蹔」の文字を用いて「あざさ」の植物名の一部を表記しようとしたものである。

　万葉集には、他に一首「あざさ」が詠われている。

　　3295　（長歌の一部分）　蜷の腸　か黒き髪に　真木綿もち　阿邪左
　　　　結ひ垂れ

3　3046番歌の「仁」は、人名として「さと」「さね」と訓読みされている（『学研漢和大字典』）ので「あざさ」の「さ」に当てられたものか、あるいは「左」あるいは「佐」であったものが誤写されて「仁」と表記されたものと考える。上掲3295番の歌では「左」が用いられている。

　平安時代の古写本にすでに「あさに　ふるこさめ」と訓が付されており、「安蹔左」あるいは「安蹔佐」が訓めないままに、「左」あるいは「佐」がつぎの句の「降る」に続く格助詞「に」であると解されて、「仁」と誤写された可能性がある。

4　第3句の「降る小雨」も、降ったり、止んだり、やさしく間隔を置いて時々降る雨のことである。

　「波越すあざさ」と「降る小雨」は、共にゆったりと、やさしく間隔をあけて発生する事象であるから、どちらも第4句の「間も置きて」を引き出す序詞として用いられている。

　「波越すあざさ」と「降る小雨」は、並列的に序詞となっている。

　したがって、この間に「に」を入れて、「波越すあざさに降る小雨」と訓むべきではなく、それでは序詞の意味が不明確になる。

　すなわち、「波越すあざさに降る小雨」と事象を限定して訓むと、「間も置きて」に対する序詞として理解することが難しくなるのである。

　なお、第4句の原文の「間文置而」の「間」を多くの注釈書では

「あひだ」と訓んでいるが、初句に「さざ波」、第2句に「あざさ」、第3句に「こさめ」と「さ」音が続くので、第4句の「間」をも「はざま」と訓んで「さ」音を4句まで重ねた方が、一首の声調が優れていると考える。

　このように、各句に同音を繰り返す趣向は、3432番歌などにもある。

補注

　この歌に詠われている「あざさ」は、絶滅危惧種でほとんど見られないが、蓼科の白樺湖畔にある人工湖「ミニレマン湖」で、6月末ごろ、「浮葉植物アサザの花」として、湖面を覆うように黄色い花を咲かせている姿を今でも見ることができる。

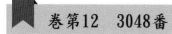

「寄物陳思」の部にある歌。

新しい訓

> み獵する　狩場の小野の　**櫟柴の**　慣れはまさらず　恋こそ
> まされ

（かり／ならしば）

新しい解釈

> 天皇がみ狩りをする狩場の野にある**良質の櫟柴を採ること
> にこれ以上慣れるのではなく、**（私のあの娘との）恋はもっと
> もっと馴れて親しくなってくれ。

■これまでの訓解に対する疑問点

　多くの注釈書は、第２句の原文「鴈羽之小野之」の「鴈羽」を「雁
羽」（かりは）と訓んで、地名と解し、所在不明としているが、疑問で
ある。もっとも、『日本古典文学全集』は「狩り場をかけたか。」と注釈
している。

　また、多くの注釈書は「櫟柴の」の「なら」が「なれ」（馴れ・慣れ）
を導いているとしている点は共通するが、「慣れは増さらず」について、
相手が自分に対してまだ十分に打ち解けないことをいう。」（前同）、「馴
れて次第に感動がなくなるどころか。」（中西進『万葉集全訳注原文付』）
と、解釈は大きく乖離している。

　その原因は、「櫟柴の」までの上３句を単に「なれ」を導く序詞と解
釈し、寄物陳思の歌の「寄物」であることへの認識が欠けていることに
ある。

■新訓解の根拠

　第4句の「なれ」を導くためであれば、「小野の　櫟柴の」だけで十分であるのに、なぜ「み獵する　狩場の小野の　櫟柴の」と詠んでいるか、それは単なる「小野の　櫟柴の」でなく、「み獵する　狩場」の「小野の　櫟柴の」であるからである。

「み獵する　狩場の小野」は天皇が狩猟をする野であるから、そこには良質の櫟柴があるので、人々は畏れを懷きながらもしばしば立ち入って採ることに慣れているのである。

『古語大辭典』によれば、「なる」は「たびたび経験して、普通のことになる。」の意の「慣る」と、「親しむ。うちとける。」の意の「馴る」がある。

　本歌においては、天皇がみ狩りする野にある上質の櫟柴を人々が採ることに慣れることの「慣れ」に、歌の作者が恋人と親しくなる「馴れ」を導いているのである。

　すなわち、単なる櫟柴の名称である「なら」に「なれ」を導いたのではなく、天皇がみ狩りする野にある櫟柴を人々が採ることの「慣れ」に寄せて詠んでいるものである。

　ちなみに、動詞「慣る」にも「馴る」にも、その活用形に「なら」の音はないので、「櫟柴」の「なら」は序詞にはならないのである。

「寄物陳思」の部にある歌。

定訓

> 　　櫻麻の　麻生の下草　早く生ひば　妹が下紐　解かざらましを

新しい解釈

> 〈櫻麻の〉麻畑の下草が、早く伸びておれば（逢瀬の場にできず）、妹が下紐を解くこともなかっただろうに。

■ これまでの解釈に対する疑問点

各注釈書は、「早く生ひば」をつぎのように解釈している。

（妹の生長とする説）

『日本古典文學大系』	「早く生長したら。他人が早く言い寄るたとえ。」
『日本古典文学全集』	「早く育っていたら、人に紐を解かれて、自分はそれができなかったであろう」
『新編日本古典文学全集』	「相手の女が早く育っていたら他人に紐を解かれて、自分が解く機会はなかったろうに、遅く育ってくれたので運よく会えた、と言うような歌意か。」
中西進『万葉集全訳注原文付』	「妻が、桜麻の麻原の下草のように早く育っていたなら」

（歌の作者の生長とする説）
　　澤瀉久孝『萬葉集注釋』　　　　「早く生長してゐたならば、あの子の下紐を解かなかったであらうに。丁度よい時に生れ合はせて。」

　　『新潮日本古典集成』　　　　　「私がもっと早く大きくなっていたら」

　　『新日本古典文学大系』　　　　「早く生まれていたら、妹の下紐を解かないでいたものを。」

　　伊藤博訳注『新版万葉集』　　　「私があなたよりもっと早く大きくなっていたら。」

　　『岩波文庫　万葉集』　　　　　「もっと早く生まれていたらあなたと逢うこともなく」

■新解釈の根拠

　私は「麻生の下草　早く生ひば」は文字どおり、「麻畑の下草がもっと早く繁っていれば」の意に解する。

　麻畑の中に隠れて（麦畑に隠れるのと同じように）男女が逢瀬を楽しんでいたが、麻畑の下草が繁く生えるようになると、逢瀬の場所を作ることが困難になる。

　この歌では作者が、麻畑に下草が茂る前に、麻畑の中に逢瀬の場所を見つけ、妹を誘い込んで紐を解いたものであるが、下草がもっと早く繁っていれば、そのようなこともしなかったのに、と自分のしたことを下草の所為にしているものである。

　しかも、「早く生ひば」の「下草」を「寄物」の「物」として、「初々しい下草」を「妹の初々しさ」に寄せて、初々しい下草ゆえに紐を解いたと詠んでいるのである。

　前述の注釈書の解釈は、いずれも「櫻麻の　麻生の下草　早く生ひば」の句を、妹あるいは作者自身の生育が早かったらとの譬喩と理解しているが、寄物陳思の歌の解釈として不十分である。

「寄物陳思」の部にある歌。

新しい訓

> かきつはた　**咲く沢に生ふる**　菅の根の　絶ゆとや君が　見えぬこのころ

新しい解釈

> カキツバタが**咲く沢に生えている**菅の根のように、もう絶えてしまおうというのか、君が来ないこのころであることよ。

■これまでの訓解に対する疑問点

　ほとんどの注釈書は、第２句の原文「**開澤生**」を「佐紀沢に生ふる」と訓み、「佐紀沢」を地名と考え、初句「かきつばた」をそれに掛かる枕詞と解している。

　そして、上３句は「根」から「絶ゆ」を導く序詞とし、「（かきつばた）佐紀沢に生える菅の根の、絶えようとてか、あなたはこの頃お見えにならない。」（『岩波文庫　万葉集』）と訳している。

　これに対して、『日本古典文學大系』および中西進『万葉集全訳注原文付』は「咲く沢に生ふる」と訓んでいるが、同様に、前者は「菅の根の ── 絶ユにかかる序。」、後者は「根が絶えることで下に接続。」としている。

　しかし、これらの注釈書には、上３句あるいは「菅の根」が、どうして「絶ゆ」の序になるのか、の説明が全くない。

　本歌に続く２首に「山菅の根の　ねもころに」（3053番歌）、「菅の根の　ねもころごろに　吾が思へるらむ」（3054番歌）と、菅の根は「ねもころに」と結び付けて詠われており、菅の根は「絶ゆ」を導くものと

本歌において解することと正反対である。

　したがって、菅の根は「絶ゆ」を導く序ではない、と考える。

■新訓解の根拠

　カキツバタ（杜若）は、その花の姿からは優雅に見えるが、密生して群落をなし、他の植物を排除して生えていることが多い。

　このことは、昔から観察されており、『枕草子』（88段）に「むらさきの花の中には、かきつばたぞすこしにくき」あるいは『風俗文選』の「百花譜」に「杜若はのぶとき花なり。うつくしき女の盗みして恥をしらぬに似たり」（以上、鳥居正博『古今短歌歳時記』）などと評されている。

　すなわち、この歌も、カキツバタが咲いている沢にある菅は、カキツバタが密生してくるので菅の根は絶えさせられるだろう、との観察に基づいて詠われているものである。

　上2句は、このことを詠っているもので、このことを抜きにして菅の根が絶えることを導く序詞とは言えないのである。

　カキツバタの植生を知らないで、この歌は訓解できない。

「寄物陳思」の部にある歌。

定訓

> 淺茅原（あさちはら）　茅生（ちふ）に足踏み　**心ぐみ**　わが思ふ子らが　家のあたり見つ

新しい解釈

> 淺茅原の茅の生えているところに足を踏み入れると、**私の心は、思う娘のことが茅花のように甘くふくらみ、**その娘の家の方を見つめていたことよ。

■これまでの解釈に対する疑問点

　ほとんどの注釈書は、第3句の原文「意具美」を「心ぐみ」と訓み、心が痛い意の「心ぐし」のミ語法と解している。

　そして、茅生に足を踏み入れて、茅の切り株で足を傷つけたように、心痛く私が思う娘の家の方を見た、と解釈している。

　しかし、万葉集には「あさぢ」「つばな」「ちばな」として、茅は本歌以外に26首詠まれているが、茅で怪我をしたことを詠っているものはない。

　また、「心が痛い」ことを導くために、茅で「足を怪我」したことを序詞とすることも相応しくない。

■新解釈の根拠

　万葉集において浅茅原は、子どものころ甘味のする茅花を求めて遊んだ思い出、あるいは、つぎの歌にあるように、白い優美な茅花を女性に見立てて詠まれることが多いものである。

1347　君に似る草と見しよりわが標めし野山の浅茅人な刈りそね

　3050　春日野に浅茅標結ひ絶えめやとわが思ふ人はいや遠長に

　本歌は、浅茅原の茅生に足を踏みいれた歌の作者が、茅の花を見ていると思う娘のことが心にふくらんで、その娘の家の方向を見た、と詠っているものである。

　すなわち、「心ぐみ」の「ぐみ」は接尾語で「その状態や様子になりはじめる。」の意（『古語大辞典』）である。「（茅や根が）ふくらみ、延びる。」の意（『岩波古語辞典』）でもある。「茅や根」がふくらむことに、「心がふくらむ」ことを掛けて「ぐみ」と詠んでいるもので、茅や根の切り株で足を傷つけることと、何の関係もない歌である。

　それは、「心ぐみ」の用字「意具美」を見れば分かることで、「ぐみ」に「美」の好字を用いており、「意に美が具わる」と解することができても、足の傷を思わせるような用字ではない。

　定訓の解釈では、作者は浮かばれず、「沈思」しているだろう。

「寄物陳思」の部にある歌。

定訓

> 　　水茎の　岡の葛葉を　**吹き返し**　面知る児らが　見えぬころかも

新しい解釈

> 　〈水茎の〉岡に生えている葛の葉を、**裏返しにする逆方向の風が吹いてきて、葛の葉の表面が見えなくなったように、**顔見知りの児が見えなくなったこのごろであることよ。

■これまでの解釈に対する疑問点

　第3句の原文「吹變」は、「吹き返す」の意であることに異論はない。

　ところが、『岩波文庫　万葉集』の訳は、「(水茎の) 岡の葛の葉を風が翻すようにはっきりと、顔を見知ったあの娘が見られぬこの頃だ。」であり、他の注釈書もほぼ同じ内容である。

　すなわち、「葛葉を　吹き返し」は「葛の葉は風に吹かれると白い葉裏をみせて目立つので、『面知る』を導く。」(前同) と解釈するものである。

　しかし、私は「葛葉を　吹き返し」は児の顔をはっきり知っていることを導いているものではなく、児らが顔の「見えぬ」ことを導くものと考える。

■新解釈の根拠

　葛の葉に、逆の方向からの風が吹いてきて、葉が裏返しとなり、今まで見えていた表面 (顔) が見えなくなったことを「寄物」として、今ま

で顔を見せていた児に、逆の思いあるいは状況の風が吹いたためか、この頃は顔が見えなくなったと詠んでいるものである。

「吹變」（吹き返し）は、状況が正反対になることを意味しており、「葛葉を　吹き返し」と詠まれているのは、吹き返された葛の葉の裏は白く、表の色と全く変わる状況になるからである。

　つぎの歌を含め、風に返る葛の葉裏を見る「うらみ」に「恨み」をかけて詠んだ歌は、古今和歌集以降多い。

　　823　秋風の吹き裏返す葛の葉のうらみてもなほ恨めしきかな
　　　　　　　　　　　　　　　　（古今和歌集　恋歌5　平貞文）
　　417　秋風に吹きかへされて葛の葉のいかにうらみし物とかはしる
　　　　　　　　　　　　　　　　（金葉集　恋歌上　藤原正家）

　本歌は「葛の葉裏」とも、「恨み」とも詠まれていないが、これまで顔を見せていた児が来なくなったことの恨めしい気持ちを詠んでいるもので、来なくなった児の「姿がありありと見える意」（『日本古典文学全集』）を詠んでいるわけではない。

「寄物陳思」の部にある歌。

新しい訓

　　鴨すらも　おのが妻どち　あさりして　**残さるる間に**　恋ふ
といふものを

新しい解釈

　　鴨であっても、自分の妻と共に餌をとっていて、**自分だけが水面に残されている間に**妻を恋しがるというものを（人間の夫のあなたは）。

■これまでの訓解に対する疑問点

　第4句の原文「**所遺間尓**」の「遺」には、「忘れる」「残す」「残る」「送る」「贈る」の意（『学研漢和大字典』）があるが、「後れる」の意はない。

　これについて、澤瀉久孝『萬葉集注釋』は「『遺』は『類聚名義抄』（佛上）にオクルとあるが、それは『送』の意であり、ここは『離』の意で、『後る』に借りたものである。」としている。

　定訓も、「後（おく）るるほどに」と訓んでいるが、「後る」の連体形は「後る」であるから「所」を訓んでいないことになる。

　また、この前の第3句の原文は「求食為而」（あさりして）と餌をとるためと明らかにしているのであるから、妻の鴨が水中に潜っている間で、夫の鴨が水面に残されている場合のことを言っており、泳ぎに後れることではない。

■新訓解の根拠

前述のように、妻の鴨が水中に潜っている間、夫の鴨が水面に遺され
ている状態であるから、「所遺」の「**所**」を受身の助動詞「**る**」の連体
形「るる」と訓んで、「所遺間尔」は「残さるる間に」と訓む。

「間」を「ま」と訓む例は、709番歌「其間尔母将見」（その間にも見
む）にある。

水鳥の鴨は、水中あるいは水底の餌をあさるときに水中に潜るから、
姿が見えなくなる。夫婦仲がよいといわれる鴨でさえも、夫が妻と共に
あさりをしているときに、妻が潜って、夫が水面に残されているそんな
僅かな間でも、潜った妻の姿が見えないと、水面にいる夫は自分が妻に
残されたと思い、恋しくなるというものを（人間の夫のあなたは）、と
詠っているものである。

定訓による訓解は、鴨の習性を考えないものである。

なお、鴨は、全身を水中に潜らせて餌をとるものと、逆立ちをして口
部分の前半身を水中に潜らせて餌をとるものがある。

類　例

巻第12　3140番

「羈旅發思」の部の歌。

新しい訓

> はしきやし　然る恋にも　ありしかも　**君遺させて**　恋しき
> 思へば
>
> しか　のこ

新しい解釈

> ああ、こんなにも恋しい恋であったのだなあ、**あなたが私を
> 残して行って**、逢いたいと思うので。

■これまでの訓解に対する疑問点

　定訓は、第4句の原文「**君所遺而**」を「君におくれて」と訓み、多く
の注釈書は、旅に出た男を家にいる女が詠んだ歌と解している。

　定訓は、3185番歌「君尓所贈而」（君に後れて）、3196番歌「後居而」
（おくれゐて）など、「後れ」と訓まれている例があるので、この歌の
「遺」も「おくれ」と訓んでいるものであるが、「遺」には「おくる」の
訓はなく、「後れる」の意もない。前掲2首は「悲別歌」であり、歌の
作者が死に「後れた」と詠んでいるもので、状況が異なる。

■新訓解の根拠

「遺」には「のこす」の訓、および「あとにのこす」の意があるので、
第4句「君所遺而」は「君遺させて」と訓み、「君が残るようにさせて」
と解すべきである。「所」は「せ」と訓み、使役の助動詞「す」の連用
形。

「所」を「せ」と訓む例は、564番歌「吾尓所依」（われによせ）にあ
る。

　歌の作者の男は、賦役のため徴用され、夫は妻を**公務のために家に残
させている**のである。男が自分の都合で妻を家に残してきたのではな
く、また、妻が男について行くのに後れたわけでもない。

　しかし、夫について行きたかった気持ちを、夫が妻を残させたと詠ん
でいるのである。

「寄物陳思」の部にある歌。

定訓

小竹の上に　来居て鳴く鳥　目を安み　人妻ゆゑに　我れ恋ひにけり

新しい解釈

篠の上に飛んできて鳴く鳥のように、私を慕い来て泣く**妹を見て、心が安められるので、**人妻であるが、恋をしてしまったよ。

■これまでの解釈に対する疑問点

「小竹の上に　来居て鳴く鳥」の上2句は、第3句「目を安み」を導く序と考えられている。

すなわち、篠の上に来て止まり鳴く鳥の姿を、目に麗しい例に用いて、そのように目に麗しい人妻なのでと、第4句に続けていると解釈されている。

それは、そのとおりであるが、「小竹の上に　来居て鳴く鳥」は、序だけの歌詞ではなく、人妻の状態を表現した歌詞でもあると考える。

この歌の上3句は、二層に解釈できるように構成されている。

■新解釈の根拠

「小竹」の「しの」は「偲ぶ」の意に用いられることが多いが、本歌においては、歌の作者を「慕い」かつ人目につかない意の「忍ふ」の二つの意を掛けている。

「来居て鳴く鳥」は、作者のところに来て鳴いて涙することで、鳥は人

妻のことである。

　したがって、「小竹の上に　来居て鳴く鳥」は、歌の作者を慕い人目を忍んでやって来て涙する人妻の意である。

「目を安み」の「め」は、「目」と「妹」を指している。「妹」を「め」と訓む例は、『日本書紀』（神代下）に「阿妹奈屢夜」（あめなるや）とある。もっとも、「目」を「女」の「め」と訓むことも考えられるが、「女」は甲類の仮名、「目」は乙類の仮名であるので、乙類の仮名の「妹」と訓む。

　よって、「目を安み」は、「妹を安み」のことでもあり、上２句で表現した人妻が可愛いことと、心が安らぐことを意味している。

「人妻ゆえに」の「ゆえに」は、この歌においては逆接である。

　すなわち、上２句を第３句を導く序と解するときは、この歌の意は「篠の上に来て止まり鳴く鳥の姿のように目に麗しいので、人妻であるが私は恋をしてしまった」であり、これが表の層をなす歌である。

　そして、もう一つの裏の層をなす歌の意は「私を慕い人目を忍んで私のところにやって来て泣く人妻、そんな妹に心が安らぎ可愛くて、人妻であるが私は恋をしてしまった」の意である。

　この両層の意味を解して、初めてこの歌を解釈したことになる。

「問答歌」の部にある答歌。問歌はつぎのとおり。

> 3105　人目多み直に逢わずてけだしくも我が恋死なば誰が名ならむ
> も

新しい訓

> 相見るを　欲しけくするは　君よりも　我れぞまさりて　い
> ふかしみすや

新しい解釈

> **お逢いするのを欲していることは、君よりも私の方が優って
> いるので、君がそんなことを言うわけを知りたいと思うよ。**

■ これまでの訓解に対する疑問点
　初句の原文「**相見**」を「相見まく」と訓むことは定訓であるが、第2
句の原文「**欲為者**」の訓はつぎのとおり定まっていない。

欲しきがためは	『日本古典文学全集』、『新潮日本古典集成』、『新編日本古典文学全集』、伊藤博訳注『新版万葉集』
欲りすればこそ	『日本古典文學大系』、中西進『万葉集全訳注原文付』
欲しみしすれば	澤瀉久孝『萬葉集注釋』
欲しけくすれば	『新日本古典文学大系』、『岩波文庫　万葉集』

「欲しきがためは」の訓は、文字からそのように訓むこともできるが、
中西全訳注は、この「訓は目的で理由を示さない。」と指摘している。

　他の３訓については、「こそ」「みし」の訓添に疑問がある。

　初句の「相見まく」の「まく」の訓添についても、疑問がある。

　また、定訓は、結句の原文「伊布可思美為也」を「いふかしみする」と訓んで、「也」を衍字として訓まないのも疑問である。

■新訓解の根拠

「**相見**」を「**相見るを**」と、動作の対象を示す格助詞「を」を訓添して、第２句につなげる。「を」の訓添の例として、1708番歌「春草」（はるくさを）、2028番歌「久時」（ひさしきときを）などがある。

「**欲為者**」は「**ほしけくするは**」と訓む。「ほしけく」は形容詞「欲し」のク語法（前掲岩波文庫）。

「いふかし」は、「わけがしりたい」の意（『岩波古語辞典』）。

　結句を、「いふかしみすや」と、「**也**」を「**や**」と訓む。

「や」に疑問の気持ちを添えた用字であり、衍字ではない。

　この歌は、問答歌で、3105番歌において、直に逢ってくれないから恋い死にしそうだ、わたしが死んだらあなたの名が立つかもと詠んで贈ってきた歌に対し、逢いたいと欲していることは君よりも私の方がもっと思っているのだから、そんなことを言うのはどうしたことでしょう、こちらが訳を知りたいものだと返した歌である。

「問答歌」の問歌。答歌は、つぎのとおり。

　　3114　極まりて吾も逢はむと思へども人の言こそしげき君なれ

新しい訓

　　ありありて　後も逢はむと　言のみを　**固くえうじつつ**　逢ふとは無しに

新しい解釈

　　このようにして、「後も逢いましょう」と、**言葉だけは固く求めていながら**、逢うことはないのに。

■これまでの訓解に対する疑問点
　定訓が、第4句の原文「**堅要管**」の「要」を「いひ」と訓んで、「堅く言いつつ」と訓む理由を、澤瀉久孝『萬葉集注釋』は「『要』には直接『云ふ』の義はないが、『約也』とあって、意味をとってイヒに當てたとみるべきであらう（3116）。」とするほか、他の注釈書は「要」に「契る」の訓があること、「要言」は約束の意があることなどを挙げている。
　しかし、万葉集において「要」の文字は多数用いられているが、すべて「え」の音として訓まれている。
　それゆえ、「いひ」の表記として他に「言」「云」「謂」などの文字があるのに、「要」の字を用いることはあり得ないと考える。

■新訓解の根拠
　「**要**」は「**えうず**」（要ず）と訓み、「必要とする。」「求める。望む。」

（『古語大辞典』）の意である。

　本歌の「要」を「えうず」の連用形「えうじ」と訓み、**「堅要管」**は
「固くえうじつつ」と訓む。

　8字であるが、句中に単独母音「う」音があるので、字余りが許容さ
れる。

　意味は、「固く求めながら」である。

類　例

巻第12　3116番

　これも「問答歌」で答歌。問歌は、つぎのとおり。

　3115　息の緒に我が息づきし妹すらを人妻なりと聞けば悲しも

新しい訓

> 　我が故に　いたくなわびそ　後遂に　**逢はじとえうじし**　事
> もあらなくに

新しい解釈

> 　私のことゆえに、そんなにお気を落とさないでください。こ
> れからは**お逢いしないと望んだ**ことでもありませんのに。

■これまでの訓解に対する疑問点

　多くの注釈書は、第4句の「不相登要之」の「要」を「いひ」と訓
み、その理由を、前掲3113番歌において「要」を「いひ」と訓むとす
る例を挙げている。

　しかし、3113番の「要」を「えうず」と訓むことは、前述のとおり
である。

■新訓解の根拠

　本歌の「**要**」も「えうず」の連用形「えうじ」と訓む。

「之」は「し」で、過去の助動詞「き」の連体形。

「不相登要之」は「逢はじとえうじし」と訓み、逢わないと望んだ、の意である。

　したがって、「逢はじとえうじし　事もあらなくに」は「逢わないと望んだことでもないのに」である。

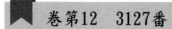

「羈旅發思」の部の歌。柿本人麻呂歌集出の略体歌である。

　度會　大河邊　若歴木　吾久在者　妹戀鴨

新しい訓

> 　度會の　大河の辺に　**別れ来て**　我が久ならば　妹戀ふるか
> も

新しい解釈

> 　度会川の広い河辺で**別れて来てから**、私が逢うことも久しく
> なったので、妹は恋しがっているかなあ。

■これまでの訓解に対する疑問点
　第３句の原文「若歴木」を、諸古写本は「わかくぬぎ」と訓んでいる
が歌意が不明である。
　定訓は、賀茂真淵『萬葉考』の説に従い「わかひさぎ」と訓んでい
る。
「歴木」がどうして「ひさぎ」と訓めるのかも、また、それがキササ
ゲ、あるいはアカメガシワかといい、どちらかを明らかにしていない。
　第４句に「我がひさならば」とあるので、その「ひさ」を導くため
に、「歴木」を「ひさぎ」と訓むというものである。

■新訓解の根拠
「若」は「**わか**」、「歴」は「**れき**」の「**れ**」、「木」は「**き**」と訓み、末
尾に「**て**」を添えて、第３句は「別れ来て」である。訓・音仮名混用の
表記である。

初句の末尾に「の」、第2句の末尾に「に」をそれぞれ添える。

この歌は「羇旅發思」の部の最初の歌で、まさに旅に出るとき別れた場所を詠んでいる。

「若」にそのとき「互いに若かった」こと、「歷」に「そこを通って来た」こと、「木」に「木の下で別れた」ことなどを意味する用字であろう。

「羇旅發思」の部にある歌。

新しい訓

> 　な行きそと　ここにも来やと　かへり見に　**行けども満たず**
> 道の長手を

新しい解釈

> 「行かないで」と、**ここまでも追っかけて来るか**と、振り返り
> 見つつ、長い道のりを**行くけれども、その期待が満たされな
> い**。

■これまでの訓解に対する疑問点

　第2句の最初の原字は、元暦校本は「爰」、類聚古集は「戀」、その他
の古写本はすべて「變」である。

　定訓は、「變」を原字として「變毛來哉常」を「かへりもくやと」と
訓んでいるものである。しかし、私は元暦校本の「爰」が正しく、類聚
古集がこれを「戀」と誤字したため、その後の古写本の筆写者は「戀」
では意が通じなく、「爰」と「戀」の一部を組み合わせた文字「變」を
原字としてきたものと考える。

　また、第4句の最後の原字は、元暦校本および類聚古集は「満」であ
るが、他の古写本はすべて「歸」である。私は、元暦校本および類聚古
集の「満」が正しい原字と考える。

　定訓は、「歸」を原字として訓んでいるものである。

　定訓を採る『日本古典文學大系』は、「いずれにしても動詞の主語が
不明なため全体の歌意のとらえにくい歌である。」、また『新編日本古典
文学全集』は「行ク・カヘルの語を意識的に繰り返した点に趣向がある

が、そのために無理が生じた。」とそれぞれ論評しているが、いずれも「變」「歸」を原字とすることに起因するもので、的外れである。

■新訓解の根拠

「爰」を「ここに」と訓むことは、『類聚名義抄』にある。

　したがって、「莫去跡　爰毛来哉常　顧尓」は「な行きそと　ここにも来やと　かへり見に」と訓み、妹と別れて道を歩む男が、「行かないで」と妹が後を追って、ここにまでも来てくれないかと振り返って見ているが、の意である。

　下2句を「行けども満たず　道の長手を」と訓み、妹が追っかけて来るかと期待して、長い道のりを、振り返り見つつ歩いているが、妹は追っかけて来ず、期待が満たされない、の意である。

「羈旅發思」の部にある歌。

新しい訓

松浦舟《まつらぶね》　**渡る堀江の**　水脈《みを》早み　楫取る間なく　思ほゆるかも

新しい解釈

松浦舟が**渡る堀江の**水の流れが速いので、楫を取るのが絶え間なく忙しいように、絶え間なく妻のことが偲ばれることよ。

■これまでの訓解に対する疑問点

第2句の原文の「**亂穿江之**」の「**亂**」を、定訓は「**さわく**」と訓んでいる。

古写本の訓は「ミタル」であるが、澤瀉久孝『萬葉集注釋』は、「『亂る』は當時下二段活用であるからミダルルとなるべきであり、考にサワクとしたのがよい。」（筆者注：「考」は賀茂真淵『萬葉考』の略）と注釈するのみで、「さわく」と訓むことができる理由、用例など掲げていない。

また、その解釈あるいは訳は、

「音を立てて動く意」（『日本古典文學大系』）
「ざわめく」（『日本古典文学全集』）
「さわいでゐる」（前掲澤瀉注釋）
「多くのものが狭い場所にひしめき合う意。」（『新潮日本古典集成』）
「漕ぎ騒ぐ」（『新編日本古典文学全集』）
「行き交う」（『新日本古典文学大系』）

「波騒ぐ」（中西進『万葉集全訳注原文付』）
「ひしめき合う」（伊藤博訳注『新版万葉集』）
「盛んに漕ぐ」（『岩波文庫　万葉集』）

　それぞれ、その状況は全く異なり、訓に無理があることを露呈している。

■ 新訓解の根拠
「**亂**」は「**わたる**」（**渡る**）と訓む。
『類聚名義抄』に、「亂」に対して「ワタル」の訓例がある。
　また、『旺文社漢和辞典新版』には、「乱」の意味として「わたる。河をまっすぐ横切る。『乱﹅流而渡』（白孔六帖）」の記載がある。
　河を渡ることは河の流れを乱すことになるので、「乱」に「渡る」の意と訓があると考える。
「松浦舟　さわく堀江」だけでは、松浦舟が騒いでいるのか、堀江が騒いでいるか、特定できず、さらに騒ぐ原因も特定できない。
　ここは、「松浦舟　渡る堀江の」と、訓むことにより簡明に理解できる。
「松浦舟」は、肥前の国・松浦地方で造られた舟の名である。

「悲別歌」の部にある歌。

定訓

> よしゑやし　恋ひじとすれど　**木綿間山**（ゆふまやま）　越えにし君が　思
> ほゆらくに

新しい解釈

> どうなっても、もう恋しいと思わないでおこうとするけれ
> ど、**心で結ばれている間柄の**、去ってしまったあの人のことが
> 思い出されることよ。

■ これまでの解釈に対する疑問点

　注釈書は、第３句の「木綿間山」（ゆふまやま）を当然のこととして、山の名称と解
釈している。また、東歌の3475番歌にも「遊布麻夜萬」（ゆふまやま）とあることも
指摘しているが、所在は不明としている。

　私は、どちらも、実在の山でないと考えるが、たとえ実在の山であっ
たとしても、単に山の名称だけに用いているものではないと考える。

■ 新解釈の根拠

　両歌の「ゆふまやま」の前に、「恋ひじとすれど」「恋ひつつも　折る
らむとすれど」と詠われていることに注目すべきである。

「恋」に関係のある名称として、「ゆふまやま」が用いられていること
は明らかである。

　そうすると、「ゆふ」は「結ふ」で、「結ぶ。縛る。」（『古語大辞典』）
の意で用いられていることが分かる。「ま」は「間」の意味で、間柄で
ある。

すなわち、「ゆうま」は二人が「結ばれた間柄」であることの意味であり、「山」はそういう存在であることを示すことと、「ゆうまやま」とすることにより、語呂が良くなるので、「山」をつけているのである。

　同様の用法は、249番歌に、「隠る」に「江」を付けた「隠り江」があることは既述した。

　また、「山　越去」は、実際に山を越えていったことではなく、「木綿間山」の「山」に対して、「去る」の意で「越」を用いているに過ぎない。

類　例

　　巻第14　3475番　　　　　　　　　　　　　　（地名説）

東歌の「相聞」の部にある歌。国名の記載はない。

新しい訓

> 　恋ひつつも　折らむとすれど　遊布麻山に　隠れし君を　　思ひかねつも

新しい解釈

> 　恋しく思いながらも、**逢えないことに耐えようとしてきたが、心で結ばれていた間柄の君が居なくなってしまい、**思いをこらえることができないことよ。

■これまでの訓解に対する疑問点

　第2句の原文「乎良牟等須礼杼」をすべての注釈書は、「居らむとすれど」と訓んでいるが、その訳文については若干の相違がある。

　恋しながらも「堪えて」「耐えて」「辛抱して」「がまんして」いようと訳しているものと、恋しながらも「じっとして」「じっと待って」いようと訳しているものに分かれる。

「居らむとすれど」の訓から、どうして「堪えて」「耐えて」「辛抱して」「がまんして」の訳が出てくるのか不可解である。

■新訓解の根拠

　私は、第2句を「折らむとすれど」と訓む。

「折る」には、「（気持ちを）抑える。弱める。」（『古語大辞典』）の意がある。「折らむとすれど」と訓むと、前記「耐えて」等の訳と整合する。

　第3句の原文「遊布麻夜萬」の「萬」は「まん」であるが、二音節仮名に訓んで、「まに」と訓む。

　したがって、「ゆふまやまに」と、格助詞「に」をつけて訓む。

　このように、「山」ではなく「夜萬」を用いて、二音節仮名で「山に」と表記しており、かつ、東歌であるが地名の国名の記載がない点を併せ考えると「ゆふまやま」は実在の山でないであろう。

「山に　隠れ」は、居なくなることの表現である。

「ゆふまやま」の意味は、前掲3191番と全く同じである。

巻第12　3193番（一云歌）

「悲別歌」の部にある歌。

新しい訓

> たまかつま　島熊山の　夕霧に　**汝が戀ひしつつ**　寝ねかて
> ぬかも

（島熊山：しまくまやま、戀ひ：い）

新しい解釈

> 〈たまかつま〉鳥熊山の夕霧の中で、**あなたは私を恋しく思い
> ながら、**寝られずにいるのだろうか。

■これまでの訓解に対する疑問点

　定訓は、第4句の原文「長戀」をそのまま「長い恋」の意味に訓んで
いる。

　しかし、夕霧は長く存在するものでないので、「夕霧に　長戀しつつ」
には疑問である。

「夕霧」は217番歌に「過ぎにし子らが　朝露のごと　夕霧のごと」と
詠まれており、はかない、短いものの譬えに用いられても、「長い」も
のには用いられない。

　また、他の唯一の例として、864番歌「於久禮爲天　那我古飛世殊
波」（おくれゐて　ながこひせずは）の「那我古飛」を、定訓は「長恋」
と訓んでいるが、これも「汝が恋」である。

「長恋」ではなく、長い間、逢っていないことの「長恋」を言外に響か
せているだけである。

　本来、「長戀」というような端折った詞があったかどうかも、極めて
疑問である。

■新訓解の根拠

「長」の「なが」を「汝が」の借訓と考える。

　本体歌の歌詞では「一人か君が　山路はた越ゆ」と詠っているので、「一云歌」では、「君」を「汝」と言い換えて、夕霧に閉じこめられて、汝が一人で私を恋しく思いながら寝つかれないことでしょう、と詠んでいるものである。

　なお、本体歌の結句の原文「山道将越」を、定訓は「ら」の表記がないのに「山路越ゆらむ」と訓んでいるが、上掲のように「山路はた越ゆ」と訓むべきである。「将」は「はた」であり、「ひょっとすると。」の意である（『古語大辞典』）。

巻第12　3205番
（類例：3206番　2743番　同番或本歌曰）

「悲別歌」の部にある歌。

定訓

> 　　後れ居て　恋ひつつあらずは　田子の浦の　海人ならましを
> **玉藻刈る刈る**

新しい解釈

> 　　家に残されて、恋しいと思いながら逢えないならば、**（思い
> を乱すのではなく、）乱れる玉藻を刈り続けている**田子の浦の
> 海人であるほうがよいのに。

■これまでの解釈に対する疑問点

『岩波文庫　万葉集』は、この歌の訳として「取り残されて恋している
くらいなら、田子の浦の海人だったらよいのに、玉藻を刈りながら。」
と訳し、「夫が駿河国にむけて旅立つ時に、妻が駿河の名勝地の田子の
浦あたりを思いやって詠ったのであろう。」と注釈している。他の注釈
書もほぼ同旨の訳注である。

　しかし、上記注釈では、なぜ結句に「玉藻刈る刈る」と詠っているの
か明らかではない。

■新しい解釈の根拠

　万葉集に「玉藻」は数十首詠われている。

　玉藻は、玉藻を刈り取っているその情景を詠ったものが大部分である
が、玉藻の生態から種々の情況を連想させるものとして詠まれている。
本歌は、前者ではなく、後者に属する歌と考える。

　水中にある玉藻はゆらゆらと横に揺れ動いているので、その玉藻の生態を「靡く」と表現し、「玉藻なす靡き寝し子を」(135番)、「玉藻の靡き寝む」(3079番)、「玉藻のうち靡きひとりや寝らむ」(3562番) 等と詠われている。

　また、長く柔らかい玉藻は波に揺れて乱れるので、その生態を「乱れ」と表現し、つぎの歌に詠われている。

　　1168　今日もかも沖つ玉藻は白波の八重をるが上に乱れてあるらむ
　　1685　川の瀬のたぎつを見れば玉藻かも散り乱れたる川の常かも

　特に、玉藻を刈り取ろうとするときは、玉藻が波に流され絶えず揺れ動き絡み合う姿に、乱れるを意識するので、「海人の刈る藻」の説明として『古語大辞典』は、「歌では、『乱る』を導く序詞に用いられている。」とし、つぎの例歌を掲げている。

　　幾代しもあらじわが身をなどもかく海人の刈る藻に思ひ乱るる
　　　　　　　　　　　　　　　　　　　　　　（古今・雑下・934）

　この歌は、万葉時代のものではないが、万葉の時代から「玉藻を刈る」に「乱れ」が連想されていたと十分推認できる。
「後れ居て恋ひつつあらずは」は、「(旅に出た夫に) 家に残されて、恋しいと思いながら逢えないならば」の意。
「海人ならましを」は、「海人であるほうがいいのになあ」。「まし」は不可能な希望の意の助動詞、「を」は強調の間投助詞。
　一首の歌意は、家に残されて、恋しいと思いながら逢えないならば、思いを乱すのではなく、私は、乱れる玉藻を刈り続けている田子の浦の海人であるほうがいいのになあ、である。

巻第12　3206番

「悲別歌」の部にある歌。

定訓

> 筑紫道の　**荒礒の玉藻　刈るとかも**　君が久しく　待てど来
> まさぬ

新しい解釈

> 　私は、夫のいる筑紫道の**荒礒の乱れる玉藻を刈るように、心
> を乱しているということかも**、あなたが長い間、待っても来な
> いので。

■これまでの解釈に対する疑問点

　この歌についても、『岩波文庫　万葉集』は、「九州から戻るはずの夫
の帰宅があまりに遅いので、まさか玉藻を刈って帰ろうなんて思うはず
もないのにと、じれる。」と注釈している。

　しかし、この「玉藻刈る」の解釈も疑問である。

■新解釈の根拠

「玉藻刈る」人は夫ではなく、妻である。

　妻が夫の帰りが遅いので心乱れている状況を、私は、夫のいる筑紫道
の荒礒の玉藻を刈って、心が乱れているということかなあ、と詠ってい
るものである。

巻第11　2743番

「寄物陳思」の部にある歌。

定訓

> 　　なかなかに　君に戀ずは　比良の浦の　海人ならましを　**玉**
> **藻刈りつつ**

新しい解釈

> 　　なまじ恋をしていても君に逢えないならば、比良の浦の海人
> となりましょうものを、**乱れる玉藻を刈りながら、心を乱して**
> **いましょう。**

■これまでの解釈に対する疑問点

　ほとんどの注釈書は、結句の「**玉藻刈りつつ**」を、字面どおり訳して
おり、君に恋ずは、なぜ海人になりたいのか、なぜ「**玉藻刈りつつ**」の
歌句があるのか、を解説していない。

■新解釈の根拠

　すでに述べたように、「玉藻刈りつつ」は、心を乱している譬喩であ
る。
「戀ずは」は「恋いつつあらずは」の約めた形で、したがって、なまじ
恋をしていても逢えないならば、比良の浦の海人となって、玉藻を刈り
ながら心を乱していましょうものを、の意である。

巻第11　2743番　或本歌曰

　2743番歌の「或本歌曰」とある歌。本体歌と、第３句の「浦」の名
称が異なるほかは、ほぼ同じ。

なかなかに　君に戀ずは　留牛馬の浦の　海人ならましを
玉藻刈る刈る

新しい解釈

　なまじ恋をしていても君に逢えないならば、にほの浦の海人
となりましょうものを、**乱れる玉藻を刈りながら、心を乱して
いましょう。**

■これまでの解釈に対する疑問点および新解釈の根拠
　2743番歌のとおりである。
「にほの海」は琵琶湖の異称で、本歌の「にほの浦」も、本体歌の「比
良の浦」も、そこにある浦である。

「問答歌」の部にある問歌。

新しい訓

玉の緒の　**あだし心や**　八十楫かけ　漕ぎ出む船に　後れて
居らむ

新しい解釈

あなたは〈玉の緒の〉**浮ついた心であることか**、派手に船装
いをして漕ぎ出そうとしている船に、私は後に残されて居るこ
とでしょう。

■これまでの訓解に対する疑問点

　まず、第2句の原文について、元暦校本、類聚古集、紀州本、西本願
寺本、京都大学本、陽明本は「徙心哉」と「徙」であるが、神宮文庫本
は「從心哉」で「從」、大矢本、寛永版本は「徙心哉」で「徙」となっ
ている。

　定訓は、「徙」を原字とし、この文字は「ウツル」と訓むことができ
るので、「徙心」を「うつし心」すなわち「現し心」と訓むとするもの
である。

　また、初句の「玉の緒の」は「現し」にかかる枕詞として、2792番
歌の例を挙げている注釈書が多いが、2792番歌についてすでに述べた
ように、「寫意」は「現し心」と訓むべきではないので、不適切である。

　定訓による歌の解釈の一例は「舟よそいして漕ぎ出る舟から後に残さ
れて正気でいることができるでしょうか。」(『日本古典文學大系』)であ
る。

　私は多数の古写本にある「徒」によって訓解する。

「徒」は「あだ」と訓むので、**「徒心」**は**「あだし心」**と訓み、「頼みに
ならない心。浮ついた心。浮気心。」の意（『古語大辞典』）。

　当然、「あだし心」は相手の男について言っているものであるのに、
定訓の「現し心」では、前掲のように歌の作者の「正気」と解されてい
る。

「玉の緒」は弱くて頼りないので、「徒し」の枕詞として用いられてい
る。

　一首の歌意は、あなたは浮ついた心であることか、派手に船装いをし
てどこかに漕ぎ出そうとしているが、私は後に残されて居るのでしょ
う、と置いてけぼりになりそうな女性が男性に問い掛けている問答歌で
ある。

　もちろん、「派手に船装いをしてどこかに漕ぎ出そうとしている」は、
男が派手にめかして他の女のところに行こうとしている、の譬喩であ
る。

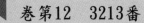
「問答歌」の部にある「問」の歌。

新しい訓

神無月_{かんなづき}　時雨_{しぐれ}の雨に　濡れつつや　**君行き行くか　宿か借_{いら}へか**

新しい解釈

　旅にある君は、10月の時雨にずっと濡れて、**歩き続けて行くのか、それとも雨宿りする場所を借りるか、定めかねていることか。**

■これまでの訓解に対する疑問点
　この歌の原文、および下3句の定訓はつぎのとおりである。

　十月　鍾禮乃雨丹　沾乍哉_{ぬれつつか}　君之行疑_{きみがゆくらむ}　宿可借疑_{やどかかるらむ}

　第4句および第5句の句末の「疑」を、いずれも「らむ」と訓んでいるが、不審である。

　　1　「疑」に「らむ」の訓はなく、「らむ」は推量の意であるが、「疑」には推量の義はない。
　　2　この歌は「問歌」であるから、二つの「疑」を並べ、相手に対し、どちらかと問うているのである。

■新訓解の根拠
　まず、第4句「君之行」の「之」を「ゆき」と訓んで「君行き行く」、

265

結句の「宿可借」の「借」を、「借りる」の意の「いらふ」と訓む。

　そして、これら二つの句の「疑」は、当然、疑問の「か」と訓む。

　二つの「か」を並べる場合、並立の疑問の「か」といわれ、「二つ以上の事柄を並べ立てて、定めかねる意を表す」（『古語林』）とされる。

　したがって、下2句は「君行き行くか　宿かいらへか」と訓み、旅にある君が、時雨に遭って濡れながら歩き続けているか、雨宿りする所を借りるか、を定めかねている、の意である。

　定訓およびこの訓を採る論者は、「之」を「ゆき」、「借」を「いらへ」と訓めなかったので、両句とも6字の字足らずになり、字数合わせのために「疑」を「らむ」と2字に訓まざるを得なかったものである。

　なお、「沾乍哉」の「哉」は、「か」ではなく「や」と訓み、疑念を表す。

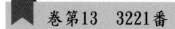

巻第13の巻頭にある「雑歌」の部の長歌である。
原文は、つぎのとおり。

　　冬木成　春去来者　朝尓波　白露置　夕尓波　霞多奈妣久　**汗瑞能**
振　樹奴礼我之多尓　鸎鳴母

新しい訓

　　　冬ごもり　春去り来れば　朝<ruby>に<rt>あした</rt></ruby>は　白露置き　夕<ruby>に<rt>ゆふべ</rt></ruby>は　霞た
　なびく　**梅よく<ruby>震<rt>ふ</rt>る<rt>ぬれ</rt></ruby>　木末が下に**　鶯鳴くも

新しい解釈

　　〈冬ごもり〉春がやって来ると朝には白露が置き、夕べには霞
　がたなびきます。震えている梅の枝先の下の方で鶯も鳴いてい
　ることよ。

■これまでの訓解に対する疑問点
　上掲原文の「**汗瑞能振**」の部分が、古来難訓とされてきた。
　これまでの訓例は、つぎのとおりである。

雨の降る　　江戸時代より前の旧訓
　「汗」の文字とみて「あせ」の「あ」と訓み、「瑞」を「め」と訓
んでいるものである。
　　しかし、「雨の降る」ときに、鳥の声はあまり聞かない。鳥の声
が聞こえ始めると雨が止んでいることが多い。雨の日の鳥を詠って
いるのは、梅雨時に鳴く時鳥の歌だけで、それは万葉集に数首あ
る。

この長歌は、春の代表的な景物を詠っていると考えるので、雨の
ときに鳴く鴬を詠っているとは思われない。

　なお、万葉集において、雨のふるの「ふる」に「零」の字を当て
た歌が64例、「落」の字を当てた歌が11例で、他は「布流」「布良」
「布里」等の音仮名表記が6例、「降」および「被」が各1例で、雨
のふるの「ふる」に「振」の字を当てている例はない。

風の吹く　　　契沖『萬葉代匠記』、『日本古典文學大系』、中西進『万
　　　　　　　　葉集全訳注原文付』および伊藤博訳注『新版万葉集』

　「汗」の文字とみて「かん」の「か」、「瑞」を「湍」の誤字とし
て、「湍」は「瀬」の意であるから「ぜ」と訓むとするものである。

　「風の吹く」についても、やはり風の吹く日に鳥の声を聞くことは
少ないものである。

　万葉集に、風と鳥の鳴き声を詠んだ歌としては、風と鶴の鳴き
声、秋風と雁の鳴き声を詠んだ歌があるが、これらは木末の下にと
まって鳴く鳥ではなく、季節も秋冬である。

　仮に、春風の日に鴬の鳴き声が聞こえても、春の代表的な景物と
して歌に詠まれるかどうか疑問である。

　なお、万葉集において、風のふくの「ふく」に「吹」の字を当て
た歌が70例、「布久」「布伎」等の音仮名を用いた歌が19例あるが、
風のふくの「ふく」に「振」の字を当てている例は全くない。

（その他の訓のいろいろ）

　江戸時代の『萬葉集童蒙抄』には「湍」を「嬬」の誤字とみ
て、朝妻山の「あさづま」と訓み、賀茂真淵『萬葉考』は「湍」を
「微」の誤字とみ、さらに「能」の前に「竝」を挿入して「汗微竝
能」の原字を想定し、神南備の「かみなみの」と訓み、鹿持雅澄
『萬葉集古義』は泊瀬の「はつせのや」と訓んでいる。

　これらは、この長歌に大和近辺の地名が詠われているとの予断に
基づき、誤字説を唱えて、強引に訓んでいるもので、首肯できるも
のではない。

　また近年、小島憲之氏および澤瀉久孝氏は、「瑞能」を誤字とし
て「汗〇〇振」あるいは「汗陳羽振」と訓んでいるが、これも4字
のうち2字までも無視あるいは変更して訓むもので、信じ難いもの

である。しかし、「はぶく」と着想している点は、他の訓とは異なり、私の訓に近いものである。

（訓を付さず）　　『日本古典文学全集』、『新潮日本古典集成』、『新編日本古典文学全集』、『新日本古典文学大系』、『岩波文庫　万葉集』

　　いずれも訓を付さず、原文のまま掲記している。

■ 新訓解の根拠

1　この歌は、春になったときに見られる代表的な景物を詠んでいる。

　　第6句までに、「白露」「霞」が詠われており、第8句には何かの「樹」が、続く末句には「鴬」が詠まれている。

　　万葉の時代から、「鴬と梅」のとり合わせはよく歌に詠まれている。

　　大宰府の大伴旅人邸において催された観梅の宴で詠われた、有名な梅花の歌32首にも、梅と鴬を共に詠んだ歌が7首ある。

　　そのうちの、つぎの歌は本難訓歌の末尾2句の情景とよく似ている。すなわち、「木末」「下枝」「鴬鳴く」の歌詞が用いられているのである。

　　　827　春されば木末隠れてうぐひすぞ鳴きて去ぬなる梅が下枝に
　　　842　我がやどの梅の下枝に遊びつつ鴬鳴くも散らまく惜しみ

　　また、巻第10および第19に、つぎの歌がある。

　　　1854　うぐひすの木伝ふ梅のうつろへば桜の花の時かたまけぬ
　　　1873　いつしかもこの夜の明けむうぐひすの木伝ひ散らす梅の花見む
　　　4277　袖垂れていざわが園にうぐひすの木伝ひ散らす梅の花見に

　　このように鴬が詠まれ、「木末隠れ」「下枝」「木伝ふ」と詠まれていれば、古歌においては、その樹は、梅を詠んでいることが多いのである。

　　したがって、本難訓歌の第7句にも「梅」が詠まれている可能性が

高いと考える。

2　つぎに、原文に基づく訓を検討する。

　諸古写本のうち、類聚古集、広瀬本、寛永版本は「汙」と読めるが、元暦校本、神宮文庫本は明らかに「汙」と書かれており、西本願寺本および京都大学本は「汙」の字に見える。

　本来は「汙」の字であったものが、最終画の収筆を撥ねるべきところを、筆写の際、それを誤って留めてしまった古写本があるので、「汙」の字がいくつかの古写本に残ることになったと考える。

　837番歌の原文は、一字一音でつぎのように表記されている。

　波流能能尓　奈久夜汙隅比須　奈都氣牟得　和何弊能曾能尓　汙<ruby>米<rt>め</rt></ruby>何波奈佐久

（ふりがな：波流能能尓＝はるののに　奈久夜汙隅比須＝なくやうぐひす　奈都氣牟得＝なつけむと　和何弊能曾能尓＝わがへのそのに　汙＝う　米何波奈佐久＝めがはなさく）

　「汙隅比須」および「汙米」に「汙」の文字が用いられているが、どちらも「う」と訓んで「うぐひす（鶯）」「うめ（梅）」と訓読されている。

　この837番歌においても、古写本の一部には「汙」と書かれているものもあるが、「汙」とみて「う」と訓まれているので、本歌においても同様に「汙」とみて「う」と訓まれるべきである。

　「瑞」は「めでたい」ことを意味する文字であるから、略訓で「め」と訓む。「希将見」（1962番）の「希」を「めづらし」の意味から「めづ」と略訓で訓む例と同じである。

　前述のとおり、江戸時代より前の旧訓でも、「瑞」を「め」と訓んでいる。

　したがって、「汙」は「う」であるから、「**汙瑞**」は「うめ」であり、「**梅**」と訓む。

　「能」は「の」と訓まれることが多いが、「よく」とも訓むことは、つぎの歌にその例がある。

　1215　玉津島　能見而伊座　青丹吉　平城有人之　待問者如何

（ふりがな：玉津島＝たまつしま　能見而伊座＝よくみていませ　青丹吉＝あをによし　平城有人之＝ならなるひとの　待問者如何＝まちとはばいかに）

　なお、万葉集において、副詞「よく」は、上の1215番「よく見て

いませ」のほか、976番「よく見てむ」、2841番「朝けの姿　よく見ずて」、3007番「よく見てましを　君が姿を」と用いられており、その意には「注意深く」見る、「何回も」見るの意が含まれている。

　すなわち、「よく」は普通程度以上の状態を指している詞で、本歌の「よく」は、梅の枝先が普通の揺れ以上に震えている状態をいっているものである。

　枝が震えている原因は、梅の下枝にとまっている鴬が鳴くことによって、その振動で枝の細い先端が小刻みに揺れるのである。「振る」と「震る」は同源語。地震の古語は「なゐ」であるが、「なゐ」に「揺る」あるいは「振る」の動詞を伴って地震がする意であったといわれている（『古語大辞典』）。すなわち、地震のような動きが「振る」であったのである。したがって、本歌の場合、「ふる」には「震る」の字を当てる方が歌意に相応しいと考える。

　第4句「白露置き」は6字の字足らずの句であり（なお、「白露置きて」と7字に訓むべきか）、本句「梅よく震る」は6字の字余りであるが、佐竹昭広氏の提唱する「句頭に単独の母音音節、『ウ』の音があり、その次にくる音節の頭音がｍのとき」との字余りの法則（例：3932番「海邊都禰佐良受」）に該当し、長歌の本句においても字余りが許されると考える。

　もっとも、「能」を単に「の」と訓んで「うめのふる」と訓めば、「梅の振る」あるいは「梅の降る」と、5字で訓める。しかし、前者は言葉足らずの感が免れず、後者であれば万葉集においては梅の花の「ふる」には「散」「落」の文字が当てられている。

　また、「下に」は、木末の「裏に」「陰に」の意にも訓めるが、前掲2首に「下枝」と詠まれているので、木末の下の方にという意に訓み、下枝で鴬が鳴いていると解する。

　この長歌の末3句は、鴬の声を聞いていた人が、何処で鴬が鳴いているのか分からずに探していたところ、よく震えている梅の枝先を見つけ、その下の方に隠れて鳴いている鴬を発見したときの悦びを歌にしたものと考えられる。

「雑歌」の部にある歌。

新しい訓

> （前略）百足らず　**み槻の枝に**　瑞枝さす　秋の黄葉　**ま割り
> もつ**　小鈴もゆらに　手弱女に　我れはあれども　引き攀ぢて
> **丈もとををに　集め手折り**　我は持ちて行く　君がかざしに

新しい解釈

> 〈百足らず〉**槻の木の枝に美しく伸びている秋の黄葉、真割り
> のある小鈴をゆり鳴らし、**か弱い私であるけれど、掴んで引き
> 寄せ、**撓むほどの長さに集め手折って、**私は持って行きます、
> あなたのかざしにするために

■これまでの訓解に対する疑問点

　上に掲記の２番目の句の原文である「**丗槻枝丹**」の「**丗**」について、元暦校本は「丗」、広瀬本は「世」、寛永版本は「三十」のほかは、類聚古集、紀州本、神宮文庫本、西本願寺本、陽明本は「丗」である。そして、紀州本、神宮文庫本、西本願寺本、陽明本および寛永版本には「ミソノ」の訓が付されている。

　定訓は、賀茂真淵『萬葉考』が「丗」は「五十」の誤記としたことに従い、「い」と訓んでいるものである。

『日本古典文学全集』は、「古文書では『二十』『三十』『四十』を『廿』『丗』『卌』と書くことは例が多いが、五十を同類の表記にした例がなく、疑いが残る。」としている。私も、同感である。

■ 新訓解の根拠

1　「卅槻枝丹」の直前の句「百不足」（ももたらず）について、『岩波古語辞典』は「〔枕詞〕《百に足りないの意》五十（い）および同音の『い』を含む『筏（いかだ）』『斎槻（いつき）』などにかかる。」としている。

　　そうであれば、「卅」の「三十」は百に足りず、その「みそ」（「三十路」の「みそ」）と同音の「み（御）」と訓むことができると解する。3276番「百足らず」は、「八十」（やそ）とみて「山田」の「や」に掛けている。

　　すなわち「**卅槻**」は、「槻」に美称の「み」を冠した「**み槻**」と訓む。

　　このように、「卅槻」を「御槻」と訓みうるのであるから、何の合理性もないのに「卅」を「五十」と書き誤ったとして「斎槻」と訓む誤字説は誤りである。

2　つぎに、上に掲記の5番目の句の原文「**真割持**」を、つぎの句が「小鈴もゆらに　手弱女に」とあることから、手弱女が小鈴を手に巻いている状況と理解し、定訓は「真割持」の「割」を「き」と訓めるとして「まきもてる」と訓んでいるが、「割」を「き」と訓むことも、「持」を「もてる」と訓むことにも無理がある。

　　鈴には「裂け目を入れた球形のもの」（『古語大辞典』）があるが、その裂け目があることを「割り持つ」小鈴と表現しているものである。「真割持」は、鈴を手に巻き持っている手弱女の意ではない。

　　「真」は「ま」で、96番歌「眞弓」、3885番歌「眞澄の鏡」のように「立派な機能を備えている意。」（『岩波古語辞典』）で、「**真割持**」は「**真割りもつ**」と訓み、「立派な割れ目の有る」小鈴のことである。

3　さらに、上に掲記の中段以降の句の原文「**引攀而　峯文十遠仁　球手折**」の「峯」について、注釈書はつぎのように訓が錯綜している。

すゑ	『日本古典文學大系』
うれ	『日本古典文学全集』
みね	『新編日本古典文学全集』、中西進『万葉集全訳注原文付』、伊藤博訳注『新版万葉集』

枝　　　　　　　『新潮日本古典集成』
「朶」の誤字　　澤瀉久孝『萬葉集注釋』
「条」あるいは「朶」の誤字　『新日本古典文学大系』、『岩波文庫
　　　　　　　　　　　　　万葉集』

　しかし、「峯」には「タケ」の訓（『類聚名義抄』）があるので、
「丈」の借字で**「たけ」**と訓む。
「丈」は、物の長さをいうので、「丈もとををに」は、挿頭（かざし）
にするため、撓むほどの長さに、の意である。
「捄」を定訓は「ふさ」と訓んでいるが、1683番歌で記述のとおり、
「集める」の意の**「集め」**と訓む。
　したがって、この部分の訓は、「引き攀ぢて　丈もとををに　集め
手折り」であり、「つかんで引き寄せ、枝が撓むほどの長さに、集め
手折って」の意である。

「雑歌」の部にある3225番長歌に対する反歌。

定訓

> さざれ波　**浮きて流るる**　泊瀬川（はつせ）　寄るべき礒の　なきが寂しさ

新しい解釈

> 泊瀬川の川面に発生したさざれ波は、**川の流水によりどころなく流されて**、波が寄ることができる礒がない（同じように、人生も寄りどころがない）のが、寂しいことである。

■これまでの解釈に対する疑問点

『岩波文庫　万葉集』は、第2句の原文「浮而流」に対して、「万葉考は『浮』を『湧』の誤りとしてワキテナガルルと訓み、古義は『沸』に改めてタギチテナガルと訓むが、今は『浮』字のままに訓んでおく。波を水に浮かぶものとする表現は万葉集にも後世の和歌にも他例がない。」と注釈している（『万葉考』は賀茂真淵『萬葉考』、『古義』は鹿持雅澄『萬葉集古義』）。

そして、現代の注釈書はほとんど「浮きて流るる」と訓み、「水に浮かんで流れる」と解釈している。

■新解釈の根拠

第2句を「浮きて流るる」と訓むことは同じであるが、「浮き」の解釈が異なる。

すなわち、「**浮**」（うき）の義として、「**よりどころがない。はかない。**」（『学研漢和大字典』）の意がある。

また、「浮く」には「落ち着かない。不安な状態である。」(『古語大辞典』) の意がある。「浮き世」の「浮き」である。

　したがって、本歌の「浮き」は、さざ波が水に浮いている物理的な状態を詠っているのではなく、まさに下2句で「寄るべき礒の　なきが寂しさ」と詠っているように、泊瀬川の急流で発生したさざ波は、そのまま川の礒に寄ることができず、川の流れに、よりどころなく流されている状態を詠んでいるものである。

　流れのない海や池で発生したさざ波は、礒や岸に到達できるが、急流では、さざ波が流水に流されて礒や岸に到達できない不安定な状態を、「浮きて流るる」と表現しているものである。

　多くの注釈書は、下3句は、泊瀬川に舟を漕ぎ寄せられる礒のないことが寂しいと解釈しているものであるが、上2句をさざ波が浮いて流れると解釈したのでは、歌意が十分とは言えない。

　上2句のさざ波が流れに不安定に流されるのと同様に、人の乗った舟である人生も泊瀬川の急流に不安定に流され、舟を寄せることができる礒がないことを詠っているものである。

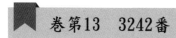
「雑歌」の部にある長歌。

新しい訓

> 　　ももきねの　美濃の国の　高北の　泳(くくり)の宮に　日向ひに　**行
> き靡ける　宮の門を**　有りと聞きて　わが通ふ道の　おきそ山
> 美濃の山（後略）

新しい解釈

> 　　〈ももきねの〉美濃の国、その高い北のところにある泳の宮に
> は、その南の方に、**山が靡いているところに宮の門を**あると聞
> いて、私が通ってきた道は、嘆息させるほど奥深い山の多い美
> 濃の山である、

■ これまでの訓解に対する疑問点
　上掲部分の原文は、つぎのとおり。

　　百岐年　三野之国之　高北之　八十一隣之宮尓　日向尓　**行靡　闕
　矣**　有登聞而　吾通道之　奥十山　三野之山

この太字部分「**行靡　闕矣**」が、古来難訓である。
注釈書における訓解を示せば、つぎのとおりである。

行き靡ける　たわや女(め)を　　　澤瀉久孝『萬葉集注釋』
　「闕」は、欠けていることを意味し、「行靡」と「矣」の間に字句
が欠落しているとの注記であるとする松田好夫博士の説に同調し、
「行靡」と「矣」の間に、『日本書紀』に記載のある景行天皇が泳の

宮で八坂入媛を皇后に迎えたという故事の連想に基づき、「手弱女」
の語を挿入して「ゆきなびける手弱女のありと聞きて」と訓み、こ
の長歌を相聞歌であるとしている。

　最近、677年（天武6年）の紀年のある木簡が発見され、「加尒
評久々利五十戸　丁丑年十二月次米三野国」との記載によって、当
時、美濃の国の久々利が都の人々に知られていたことが明らかとな
り、そのことにより、万葉の時代に、すでにその地に景行天皇と八
坂入媛のロマンの行宮跡があったことも、当然都の人々に知られて
いたと推断される。

　この長歌は、その憧れの地への道行き歌として詠まれ、都の人々
に愛唱されていたものであり、この歌の歌詞にあるように、大和の
都の人々にとっては美濃の久々利は嘆息するほど遠い山深いところ
であると思われていたのである。

　したがって、相聞歌ではないと考える。

い行き靡かふ　大宮を　　　中西進『万葉集全訳注原文付』

　「日向尒　行靡　闕矣」を「日向に　い行き靡かふ　大宮を」と
訓んでいる。「山々が靡き、日がただ照りに輝く意か」との解釈は
明瞭ではないが、「闕」を大宮と訓んでいることが注目される。

（訓を付さず）

　その他のほとんどの注釈書は、難訓、難読あるいは訓義未詳とし
て訓を付していない。

■新訓解の根拠

1　この難訓歌は、「闕」とは何か、何を指しているか、またどう訓む
かにかかっている。

　「闕」という字の漢和辞典における説明である「障壁をえぐって門に
なっているところ」を、この歌において、どのように想定できるかに
かかっている。

　私は鎌倉に居住しているが、昔、幕府が置かれていた鎌倉は前面
が海、後背は山によって城壁のように囲まれ、入り口としてその城
壁の山を切り開いた7つの「切り通し」がある。すなわち、「切り通
し」が、鎌倉幕府への門となっていたもので、この歌に詠われている

「闕」も「切り通し」と同じようなものと想像した。

　また私は、久々利の南にある愛知県と岐阜県の県境の内津峠を訪れ、そこの地形を見分し、そこが久々利への入り口、すなわち「闕」であることを確認した。

　今は、内津峠を越えなくとも、木曽川の方面から久々利に至ることができるが、昔は氾濫の多い木曽川沿いの低地ではなく、山を越える内津峠に道が開かれていたのである。

　この歌の「闕」の訓解は、机上の詞の論議だけでなく、久々利への道に関する現地の踏査が必須であると考える。

2　この長歌の「日向尓」以下の全文を掲げると、つぎのとおりである。

　つぎのように、各句が対をなしていることが分かる。

　（A）
　　<ruby>日<rt>ひ</rt></ruby><ruby>向<rt>むかひ</rt></ruby><ruby>尓<rt>に</rt></ruby><ruby>行<rt>ゆき</rt></ruby><ruby>靡<rt>なびける</rt></ruby>　<ruby>闕<rt>を</rt></ruby><ruby>矣<rt>あり</rt></ruby><ruby>有<rt>と</rt></ruby><ruby>登<rt>ききて</rt></ruby><ruby>聞<rt></rt></ruby>而　<ruby>吾<rt>わがか</rt></ruby><ruby>通<rt>よふ</rt></ruby><ruby>道<rt>みちの</rt></ruby>之　<ruby>奥<rt>おき</rt></ruby><ruby>十<rt>そ</rt></ruby><ruby>山<rt>やま</rt></ruby>　<ruby>三<rt>み</rt></ruby><ruby>野<rt>の</rt></ruby><ruby>之<rt>の</rt></ruby><ruby>山<rt>やま</rt></ruby>
　（B）
　　<ruby>靡<rt>なびけ</rt></ruby><ruby>得<rt>と</rt></ruby><ruby>人<rt>ひと</rt></ruby><ruby>雖<rt>は</rt></ruby><ruby>跡<rt>ふめども</rt></ruby>　<ruby>如<rt>か</rt></ruby><ruby>此<rt>く</rt></ruby><ruby>依<rt>よれ</rt></ruby><ruby>等<rt>と</rt></ruby><ruby>人<rt>ひと</rt></ruby><ruby>雖<rt>は</rt></ruby><ruby>衝<rt>つけども</rt></ruby>　<ruby>無<rt>こ</rt></ruby><ruby>意<rt>ころなき</rt></ruby><ruby>山<rt>やま</rt></ruby><ruby>之<rt>の</rt></ruby>　<ruby>奥<rt>おき</rt></ruby><ruby>礒<rt>そ</rt></ruby><ruby>山<rt>やま</rt></ruby>　<ruby>三<rt>み</rt></ruby><ruby>野<rt>の</rt></ruby><ruby>之<rt>の</rt></ruby><ruby>山<rt>やま</rt></ruby>

　A、Bとも、1番目は11音、3番目は8音、4番目は5音、5番目は5音と音数が同じであるので、難訓句を含むAの2番目も、Bの2番目と同じ12音と推定される。

　そうすると、「闕」以外の「矣有登聞而」は7音で訓まれているので、「闕」は5音で訓まれる詞ということになる。

3　「闕」は、「城壁や土塁の一部がU型にくぼんだ門のこと」（『学研漢和大字典』）で、宮城の門を意味するとされている。「<ruby>禁<rt>きんけつ</rt></ruby>闕」「<ruby>鳳<rt>ほうけつ</rt></ruby>闕」は、「禁門」と同じ、皇居の門のことである。

　泳の宮を、濃尾平野から見た場合、高社山（海抜約416m）と道樹山（同437m）の連山は泳の宮を取り囲む城壁のように見え、内津峠（同約300m）の道は、この城壁をえぐって作られた入り口のように見えたので、人々はそれを「闕」といい、この歌の詠み人は「闕を有りと聞きて」と詠んでいるのである。

　前記音数の検証の結果、「闕」は5音に読む詞であるから、「<ruby>宮<rt>みや</rt></ruby>の

4　広く平坦な濃尾平野の北端にある前記内津峠を越えると、美濃の国の台地が続く。

　「高北の」とは、久々利の行宮がある辺りは水田もある平坦なところであるが、濃尾平野からみれば、標高が高く、北にある場所であるので「高北の」と詠んでいるものである。

　また、「日向ひ」とは、「日向」という言葉があるように太陽がある、南の場所を意味する。

　宮殿あるいは神社・寺院は、通常、南に向かって建てられており、南から入る。「南大門」は正面にある。また、熊野詣では、北の吉野から入るのではなく、わざわざ南紀に廻って、日を背にうける南の方から参詣された。

　泳の宮への道も、南の尾張の方から、内津峠の「宮の門」を経て泳の宮に至る道であったのである。

5　この歌において、「靡く」という詞が多く出てくる。

　「靡く」は、力に押されて横の方へ傾き伏すことで、「行き靡く闕」とは、尾張の方から見て、行く手の高社山と道樹山の山塊が靡き、低くなっている鞍部に拓かれた道を、行宮への門とみて「闕」と詠んでいるものである。

　また「靡けと人は踏めども　かく寄れと人は突けども　心なき」（Ｂ部分）の歌の表現は、濃尾平野から来た旅人は、その前に高く立ちはだかる高社山と道樹山に対して、靡いて低くなれと足で踏んでみても、また真っ直ぐ進むために片方に寄ってくれと手で突いてみても、通行の邪魔をしている山が心ないと嘆いているのである。

　奥十山および奥礒山は、いずれも「おきそやま」と訓まれ、多くの注釈書では、山の固有名詞とみて、その所在を不詳あるいは所在につき諸説ありとしているが、私は「おきそ」は「嘆息」のことで、奥深い山が多いこと（奥十山）に、あるいは岩石の突き出でた奥深い山（奥礒山）に嘆息しているものである。

　固有名詞ではなく、「嘆息させる山」の意と解する。

　「おきそ」が詠われている歌として、山上憶良の「日本挽歌」の反歌の一首（799番）に、「我が嘆くおきその風に」がある。

「雑歌」の部にある長歌。

新しい訓

> （長歌の部分）
>
> 　荒礒の上に　浜菜摘む　海人娘子らが　縷なれば　領布も照るがに

新しい解釈

> 　荒礒の上で、浜菜を摘んでいる海人娘子らの、**冠の紐の「縷」であるので**、領布も輝くばかりに、

■これまでの訓解に対する疑問点

　注釈書において、上掲4番目の句の原文「縷有」に対し「うなげる」と「うながせる」の訓が拮抗している。

　賀茂真淵『萬葉考』が「ウナガケル」と訓んだことに端を発している。

　そして、ウナガスは「首に掛ける」意とされている。

『日本古典文学全集』は、「『縷』は『釈名』釈首飾篇に、『縷ハ頸ナリ。上ヨリ下リテ、頸ニ繋クルナリ』とある。」と説明している。

　それによると、頸である「縷」に「有」ることを「首に掛ける」意として、義訓により「うなげる」あるいは「うながせる」と訓んでいることになる。

■新訓解の根拠

「縷」について、『学研漢和大字典』は、「国字」として「えい」と訓み、「冠のうしろに尾のようにしてつける飾り。」であるとし、『古語大

辞典』は、「えい【纓】」につき「冠の部分の名称。古くは、『巾子（じこ）』の根本を結びとめた紐の結び余り。後に形式化した。」と説明している。

いずれにしても「纓」は「えい」と訓まれ、名詞であることは明らか。

そして名詞の下に「有」があるのであるから、断定（状態）の助動詞「なり」の連体形「なる」と訓んで、「纓有」は「えいなる」と訓むべきである。義訓は必要ないと考える。

直前の句の原文「海部處女等」は「海人娘子ら」と訓むと6字であるので、「が」を訓添して定訓は「海人娘子らが」と7字に訓んでいるが、「纓有」も5字に訓むため、「ば」を訓添して「纓なれば」が相応しいと考える。

「ば」を訓添する例は、2856番歌で述べたように、2494番歌「年在如何」（年にあらばいかに）、2591番歌「不相在」（あはずあらば）、2852番歌「衣有」（きぬにありせば）などにある。

海人娘子らが冠をつけているわけではないが、海人娘子らが首から垂らしている領巾を、海人娘子の「纓」であるとみて、輝くばかりであると表現しているのである。

「雑歌」の部にある長歌。

新しい訓

> 　　天橋も　　長くもがも　　高山も　　高くもがも　　月夜見の　　持て
> るをち水　　い取り来て　　君に奉りて　　**越し得し早やも**

新しい解釈

> 　　天に架かる橋が長かったらいいのになあ、高い山がさらに高
> かったらいいのになあ、月にある若返り水を取ってきて君に差
> し上げて、**少しでも早く渡し得たらなあ。**

■ これまでの訓解に対する疑問点

　末句の原文および定訓の「をち得てしかも」の訓について、『新編日
本古典文学全集』が「原文は、底本など大部分の古写本に『**越得之早
物**』とあるが、元暦校本に『越得之旱物』に作るによる。ただし、テシ
カ（モ）は話し手の願望を表すのが例で、他者に、〜してあげたい、と
いう場合には用いない点で疑問がある。」と注記している。

『日本古典文學大系』および『日本古典文学全集』も、同様の疑問を提
示しながら前者は「變若得しむもの」と訓んで「若返らせるものを」、
後者は「をち得てしかも」と訓んで「若返っていただきたい」とそれぞ
れ訓解しているほか、澤瀉久孝『萬葉集注釋』は「（前略）難があると
云へば云へる。しかし『若がへる事が出来ないかナア』とは云ひ得る
のだからエテシカモでよいと考へる。」および『新潮日本古典集成』は
「『てしか』は自分のことについて、……したいという願望を表す。ここ
は君のことを我がこととしてこういったもの。」と、両者は語法を無視
した訓解を是としている。

また、「之早物」を「てしかも」と訓むことは、「て」に当たる表記がない。「てしか」の「て」は完了の助動詞「つ」の連用形（『古語大辞典』）であり、この「て」を訓添して訓むことはあり得ない。

　注釈書が、なぜ、このような疑問、混乱が生じるのかといえば、その原因は明白である。

　それは、末尾の句の最初の「越」を、その上の方に「越水」を「をち水」と訓んでいる句があるために、同様に「をち」と訓んで「若返る」ことと決めてかかっているからである。

　ちなみに、古写本の紀州本、神宮文庫本、西本願寺本、陽明本および寛永版本は、一致して「コユルトシハヤモ」と付訓しており、「越」を「をち」とは訓んでいないのである。

■新訓解の根拠

「**越**」は正訓「越す」の連用形「**こし**」、「**得**」は「う」の連用形の「**え**」、「**之**」は強調・指示の副助詞の「**し**」とそれぞれ訓み、「こしえし」である。

「越す」には、移す、運ぶ、の意がある（『古語大辞典』）。

　原字「**早物**」を選択し、「**はやも**」と訓む。前記のように、古写本においてもこのように訓まれている。「早やも」の「も」は「最小限の願望」を意味する係助詞（『古語林』）。

　したがって、「越得之早物」は「越し得し早も」と訓み、「**少しでも早く渡し得たらなあ**」の意である。

　本歌には、つぎの反歌がある。

　　3246　天なるや月日のごとく我が思へる君が日に異に老ゆらく惜し
　　　　　も

　この反歌の下句は、「日増しに老いてゆくのは惜しいことだ」（『岩波文庫　万葉集』）と一般に訳されている。「老ゆらく」を「老いてゆくこと」と解釈している。

　しかし、「ク語法は動詞や形容詞の単なる名詞化ではなく、『……することがはっきりと知覚される』『明らかである』という意味の動詞『あ

く』が動詞や形容詞の連体形に下接したもの」とする江部忠行氏の論稿
(2355番歌掲記「上代語法序説」) に従い、「日増しに、老いてゆくのが
目にもはっきり分かり、残念であることよ」と訳すべきである。

　この反歌の「日増しに、老いてゆくのが目にもはっきり分かり、残念
である。」との切羽詰った強い気持ちが、本歌の末尾２句の「少しでも
早く君に若返りの水を渡したい」との句に対応しているものと考える。
また、「老いらく」の切羽詰った表現（解釈）が、本歌の非現実的な願
望の表現と結びついているのである。

「相聞」の部にある長歌に対する反歌。

新しい訓

直に来ず　こゆ巨勢道から　石橋跡　なづみぞ我が来し　**恋ひてすべなみ**

<small>ただ</small>　<small>こせぢ</small>　<small>あと</small>

新しい解釈

　　真っ直ぐに来ないで、ここより来いという巨勢道から、川に置かれた石踏み橋の跡を探して、難儀をして私はやって来たのだ。**恋しさが極まったので。**

■これまでの訓解に対する疑問点

　定訓は、第3句「石椅跡」の「跡」を「ふみ」と訓んでいる。

　義訓により「踏む」と訓めなくはないが、つぎの句が「なづみぞ我が来し」であるので、「踏む」と「来し」が重複であり、疑問がある。

■新訓解の根拠

　第3句の「石椅跡」の「**跡**」を正訓で「**あと**」と訓み、いわゆる橋ではなく、渡るために川に置かれた踏み石の「橋」である跡を探し巡りながら、「なづみぞ吾が来し」と第4句に繋げる方がよい。

　普通の石橋をただ踏んで渡ってきたことを、「なづみぞ我が来し」とことさら強調するのは、不自然であるからである。

　「**窮**」を「すべなし」と義訓で訓む。

　したがって、「戀天窮見」は「**恋ひてすべなみ**」と訓み、「み」は原因・理由を示す接尾語である。「すべなみ」は他に方法がなく、窮した状態にあるので、の意。

　この歌の作者は、恋の苦しさに限界まで追い込まれた気持ちを、長歌の末尾では「息の緒にして」と詠み、反歌では「窮」の文字をもって表現している。

「相聞」の部にある歌。

新しい訓

> 　　あら玉の　年は來ゆきて　玉梓の　使の來ねば　霞立つ　長
> き春日を　天地に　**思ひ垂るるい**　垂乳根の　母が養ふ蠶の
> 繭ごもり　息づき渡り（後略）

新しい訓解

> 　〈あら玉の〉年は来て過ぎていっても〈玉梓の〉待っている伝
> 言の使者が来ないので、霞が立つ長い春の日を天地に**力なく思
> ひを垂らしている**〈垂乳根の〉母が養っている蠶が繭ごもりし
> ているように籠って嘆息ばかりしている、

■ これまでの訓解に対する疑問点

　定訓は「思足椅」を「思ひ足らはし」と訓んでいるが、「椅」を「は
し」と訓む理由については、どの注釈書にも説明がない。

　また、この歌は、恋しい人に逢えない日々を籠って嘆息ばかりしてい
ると詠んでいるものであるから、「足」を「足る」と訓み、逢いたい思
いは天地に満ち渡るほどであると解釈するのは、歌趣にそぐわないと考
える。

■ 新訓解の根拠

「思足椅」の「足」は「たる」で、「垂る」と訓む。

「垂る」は「力を落としてぐったりする。疲れる。」（『岩波古語辞典』）
の意である。

　この歌の作者は、年が変わっても、恋しい人の使いが来ず、春の長い

一日を、天地にぐったりと力なく身を置いている状態を詠っており、つぎの「繭ごもり　息づき渡り」の状態に繋がってゆく。

「垂るる」と訓むことは、つぎの句の「垂乳根」を導く役割もしている。

「椅」の音は「椅子」の「い」であり、「い」は、活用語の連体形に付き「特に、取り立てて強調する。」意の間投助詞であり、481番「絶えじい妹と」、1359番「花待つい間に」（以上、『古語大辞典』）の例がある。

　なお、「足」を「垂る」と訓む例は、147番歌「天足有」（あまたるるなり）、310番歌「木足」（木垂る）にある。

類　例

　巻第13　3276番

これも「相聞」の部にある歌。

新しい訓

（長歌の部分）
　　愛し妻と　語らはず　別れし来れば　早川の　行くも知らず　衣手の　反へるも知らず　馬じもの　立ちてつまづく　せむすべの　たづきを知らに　もののふの　八十の心を　天地に　**思ひ垂らはし**　魂合はば　君来ますやと　我が嘆く　やさかの嘆き

新しい解釈

　　愛しい妻とよく話し合わずに別れて来たので、〈早川の〉行方も分からず、〈衣手の〉帰って来るかも知らず、馬のようにつまづき、何をすべきか方法も知らず、〈もののふの〉妻に対する多くの**思いを天地にさらけ出して**、気持ちが通じれば妻が戻って来るかもと、わたしは嘆いて長いため息をつく、

■これまでの訓解に対する疑問点

上掲の「思ひ垂らはし」の原文は「念足橋」であり、定訓は「思ひ足らはし」と訓み、「足」を天地に思いが「溢れるほど」の意に解している。

しかし、この歌の男は仲違いして妻の行方が分からないことを嘆いているもので、天地に思いを溢れさせているというような、満足している状態ではない。前掲3258番歌と同様に「足らはし」の訓は疑問である。

■新訓解の根拠

「念足橋」は**「思ひ垂らはし」**と訓む。

行方が分からない妻に対する思いを、力なく天地に垂れ示し続けているの意である。天地に向かって、妻に対する不安な思いをさらけ出している状態で、力強く思いを天地に満たしているというような状況ではない。それは、この長歌の反歌であるつぎの3277番歌の歌意によっても明らかである。

なお、上掲3258番「思足椅」に対し、本歌は「思足橋」であるので「思ひ垂らはし」と訓んだが、「椅」を「橋」の通用字とすることもある（3257番歌「石椅跡」）ので、本歌の原文も元来「思足椅」であったものが、いつの間にか「思足橋」と表記された可能性もある。

その場合は、本歌も「思ひ垂るるい」と訓むことになる。

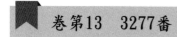

「相聞」の部の3276番長歌に対する反歌。

新しい訓

> 寐^いも寝ずに　我が思ふ君は　いづくへに　**今身誰^{いま}とか**　待て
> ど来まさぬ

新しい解釈

> 眠ることもできずに、私が心配している妻は、**いま誰のとこ**
> **ろに身を寄せているのだろうか**、こんなに待って居るのに帰っ
> て来ない。

■これまでの訓解に対する疑問点

　第4句は、諸古写本において「今身誰与可」と表記され、「コノミタ
レトカ」と訓が付されている。

　しかし、江戸時代、賀茂真淵『萬葉考』において、「身」は「夜」の
誤字とし、「今夜」を「こよひ」と訓んだことを、現代も「こよひたれ
とか」を定訓として引き継いでいる。

　旧訓の「この身」の訓は、「今」を「この」と訓むこと、および「こ
の身」と訓む場合の一首の解釈に疑問があるが、しかし「身」を「夜」
の誤字とすることにも与し得ない。おそらく、長歌の末尾に「月待つと
人には云ひて　君待つ吾を」とあることから、夜を連想したものと思う
が、「夜」の誤字とするまでの合理性はない。

■新訓解の根拠

　原文を尊重して、「**今身**」を「**いまみ**」と訓む。

「今」は現在の意で、699番歌に「今尓不有十方」（いまにあらずとも）

がある。

「身」は体の意で、2683番歌「於身副我妹」（みにそへわぎも）、3485番歌「身尓素布伊母乎」（みにそふいもを）の用例がある。この歌の場合、「身」は妻の存在、居所の意であろう。

　この歌は、長歌の反歌で、愛妻とよく話もしないで別れた男が家出状態の妻の帰りを待っている歌であるから、反歌の第４句は「今、妻は誰のところに身を寄せているのだろうか」と訓解すべき歌と考える。

　この時点で「待てど来まさぬ」と結句で断定しているのであるから、原文を「今」（いま）「身」（み）と訓む方が、不安な男の心情が伝わってくる、と考える。

　なお、澤瀉久孝『萬葉集注釋』によれば、先訓として土屋文明『萬葉集私注』に「イマミハタレトカとあり、『ミはタマに對する肉體である』とし、『今ごろ、其の肉體は誰と一緒なのであらうか』と譯されてゐるが、すこし考へ過ぎとしか思へない。」と指摘しているが、確かに「身」を「肉体」の表現とするのは相当でない。

　後掲3300番歌「所言西我身」の「身」も肉体の意ではない。

　それよりも、「身」を「夜」の誤字として「今夜誰とか」と訓んで、今夜、妻が誰と同衾しているのかと、男が心配しているかのように訓解すること自体も、「考へ過ぎ」であろう。

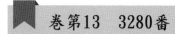
「相聞」の部にある長歌。

新しい訓

> （長歌の部分）
> 　さ夜更けて　嵐の吹けば　**立ちうかがひ**　待つ我が袖に　降る雪は凍り渡りぬ　（中略）　現には　君には逢はず　夢にだに逢ふと見えこそ　**天の垂り夜に**

新しい解釈

> 　夜が更けて嵐が吹いてきたので、**隙間から外を窺って**、背子を待つ私の袖に、降りかかった雪はすべて凍ってしまった。（中略）現実にはお逢いできない、せめて夢のなかでも逢うと姿を見せて下さい。天が暗く垂れこめている夜に。

■これまでの訓解に対する疑問点

　定訓の「立ち待てる　我が衣手に」の原文は、「立留　待吾袖尓」にと諸古写本において一致しており、紀州本、神宮文庫本、西本願寺本、陽明本、寛永版本には「タチトマリ　マツワガソデニ」の訓が付されている。

　しかるに、定訓を採る論者は、「立留待」の「留待」は「待留」であったものが誤って逆さに誤写されたものとして、「立待留」とし、「立ち待てる」と訓むものである。

　その理由を、

　　1　「立ちとまり待つ」では「どうもおちつかない。」（澤瀉久孝『萬葉集注釋』）、「内容的にも『立ち留まり』では不自然なの

293

で」（『日本古典文学全集』）

　2　この歌の「或本歌曰」（3281番）に、「立待尓」とある（『岩波
　　　文庫　万葉集』）

と注釈しているが、いずれも誤字を主張して「立ち待てる」と訓まな
ければならないほどの理由ではない。
　結句の原文は「天之足夜于」であり、定訓は「天の足り夜に」と訓ん
でいるが、疑問である。

■ 新訓解の根拠

「立留」の「留」は、「ウカカフ」の訓があることが、『類聚名義抄』
（佛中110）に掲記されている。
　したがって、「**立留**」を「**立ちうかがひ**」と訓む。
　6字であるが、単独母音「う」があるので、字余りが許される場合で
ある。
　この長歌の冒頭に、「我が背子は　待てど来まさず」と詠われている
ので、歌の作者はまだ来ない背子を、外が見える所まで行って、戸の隙
間から外の様子を窺っているのである。その隙間から雪が嵐のために吹
き込んできて袖に付き、凍ると詠っている。
　長歌の冒頭に「待てど来まさず」と既に詠んでいるのであるから、
「立ち待てる　我が」と訓むことは重複である。
　すなわち、歌のこの部分は待って居ることを重ねて詠んでいるのでは
なく、外を窺っていることを詠み、その結果として待っている自分の衣
の袖が、吹き込んでくる雪に凍ったと詠んでいるのである。
　まして、原文の語順を変更してまで「立ち待てる」と訓み、「待つ」
を強調するとすることは、不要である。
　つぎに、結句の「天之足夜尓」を「天の足り夜に」と訓んで、『日本
古典文學大系』は「アマは讃め詞。タリ夜は満ち足りた夜。一晩たっぷ
りと。」、『日本古典文学全集』は「足り具わった夜の意で、夜をほめて
いった。」、澤瀉久孝『萬葉集注釋』は「ともかくこの句は夜をたたへた
言葉である。」と、いずれも夜をほめたたえた句と解している。
　しかし、この結句の前に「さ夜更けて　嵐の吹けば」「現には　君に

294

は逢はず夢にだに　逢ふと見えこそ」とあり、またすぐ後にある反歌
は、

　　3282　衣手におろしの吹きて寒き夜を君来まさずはひとりかも寝む

　と夜に失望しているのであり、歌の作者がこの夜を褒めたたえている
とは到底思われない。
「天之足夜尓」は「天の垂り夜に」と訓むべきであって、「天が暗く垂
れこめている夜に」の意である。待っている人が来ない重苦しい気分の
夜、しかも天が雪に覆われている夜を、「天が垂れ下がっているような
夜に」と表現しているものであり、前掲注釈書の解釈は全く逆である。
　なお、「垂天之雲」（荘子『逍遥遊』）は、「空一面に広がった雲」であ
る（『学研漢和大字典』）。

補注

「天之足夜于」に対する、定訓および注釈書の解釈は「足」を「足り」
と訓んで、「垂り」と訓まないことに起因するので、「足り」と「垂り」
の語を検証する。
『岩波古語辞典』および『古語大辞典』によれば、「垂り」を用いた合
成語の例として「垂木」（たりき。「たるき」ともいう。）、「垂氷」（たり
ひ。「たるひ」ともいう。）、「垂穂」（たりほ）、「垂り尾」（たりを）など
多くあるが、「足り」を用いた合成語は、「足る日」の外は『岩波古語辞
典』に本歌の「足夜」（たりよ）だけで、その掲載用例も本歌のみであ
る。
「足る日」は「充足した、よい日。（祝詞　神賀詞）」（前同）であり、
この例によって「足り夜」と訓まれているものであろう。

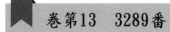

「相聞」の部にある長歌。

新しい訓

> （前略）
> 　ゆくへなみ　我がする時に　逢ふべくと　**逢ふなる君を**　な
> 寐ねそと　母聞こせども　我が心　清隅の池の　池の底　**我は
> 思はず**　直に逢ふまでに

新しい解釈

> 　私がどうしようかと悩んでいるときに、逢うべきであると言
> うので、**逢うことになる君に対し**、共寝をするなと母はおっ
> しゃるが、私は直接お逢いして確かめるまでは、（すぐ共寝す
> るほどに）深く心に**思っていない**。

■これまでの訓解に対する疑問点

　本歌の定訓による歌意を『岩波文庫　万葉集』の例によって示せば、
つぎのとおりである。
「（前略）行く方もなく私が思い悩んでいる時に、ぜひ逢おうと言って
逢ってくれたあなたのことを、共寝してはいけないと母はおっしゃるけ
れども、（我が心）清隅の池の、池の底のように深く私は忘れまい。じ
かにお逢いするまでは。」
　しかし、つぎの矛盾がある。
　すなわち、原文「相有君乎」を「逢ひたる君を」と訓んで「逢ってく
れたあなたのことを」と解釈し、既に君にあったことを前提としてい
るが、この歌の最後の原文「正相左右二」を、「じかにお逢いするまで
は。」と解釈し、これから逢うことを強調していることと矛盾するので

ある。

　それは、「相有君乎」を「逢ひたる君を」と完了形で訓んでいること
に起因している。

　また、同歌の末尾から２番目の歌句の原文表記は、元暦校本、類聚古
集、広瀬本、紀州本、陽明本は「吾者不志」、神宮文庫本、西本願寺本、
寛永版本は「吾者不忍」と分かれているが、「志」も「忍」のいずれも、
定訓は「忘」の誤記と断じて、「我は忘れじ」と訓解していることにも
原因がある。

■新訓解の根拠

「**相有君乎**」を「**逢ふなる君を**」と訓む。これから娘が逢うことになる
男に対し、母親が、男にすぐ共寝を許すなと言ったけれど、という句
「な寝ねそと　母聞こせども」が続くのである。

　定訓は「有」を完了の「たる」と訓んでいるが、断定の「なり」の連
体形「なる」と訓むべきで、相手の男がぜひ逢うべきと言ったので、こ
れから逢うことになるの意である。

　定訓の「逢ひたる君を」では、男とすでに逢った娘に対し、母親が共
寝をするなと言ったことになり、後の祭りである。

　つぎに、「**吾者不志**」は原文どおり「志す」の意に訓み、「志す」は
「心がそれに向かう」「思い立つ」（『古語大辞典』）などの意であるから、
「**我は思はず**」と訓む。

　母親からすぐに共寝をするなと忠告された娘は、私は相手の男と直接
逢って相手を知るまでは、すぐに相手と共寝をしたいと思うほど深く
思ってはいません、と応えているものである。「**清隅の池の　池の底**」
は、「**深く**」の譬喩表現である。

　なお、本歌の「相有君乎」も、動詞の連体形に、断定の助動詞「な
り」が下接する例である。

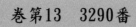

前掲3289番の長歌に対する反歌。

新しい訓

> 　　いにしへの　神の時より　**合ひけらし**　今の心も　**常思ほえ**
> **ず**

新しい解釈

> 　　昔の神の時代より（女が男にすぐ身を任せないのは）**一緒で**
> **あろう**、今の私の心も同じであるが、**常に思いがけないことも**
> **ある**。

■これまでの訓解に対する疑問点

　定訓は、第３句の原文「**會計良思**」の「**會**」は「逢ふ」の「あひ」と
訓んでいる。

　その上で、上３句を「昔の神代のときから、世の男と女は逢ってきた
らしい」と解する説と、「長歌に登場する男女が昔の神の時代から逢っ
てきたらしい」と解する説に分かれている。

　私は、どちらも疑わしいと考える。

　結句の「**常不所念**」の原文は諸古写本において一致しているが、契沖
が『萬葉代匠記』において「念」を「忘」の誤字としたことに、従来の
定訓は従って訓解している。すなわち、下２句を、今の私の心も忘れら
れないと解釈している。

■新訓解の根拠

　「**會計良思**」の「**會**」は「逢ふ」の「あひ」と訓むこともあるが、この
歌においては「合」の「あひ」で「**一緒**」の意であり、上３句は「昔の

298

神の時代から同じことが続いているもののようだ」と解釈する。同じこととは、長歌に詠まれていることで、娘がすぐに男と共寝をしないという気持ちである。

　それが、第4句「**今心文**」により、今の私の心も同じであるが、結句「常不所念」で、いつも心に思っているようにはいかない、思いがけないことも起こる、と詠っているものである。

「不所念」は1004番歌においても「おもほえず　来ましし君を」と訓まれ、「思いがけなく」の意に解されている。

　長歌とこの反歌は、男と逢うことになった娘が、母親が心配するまでもなく、すぐに男に身を任せるような気持ちではないことは、神代の昔から同じであろう、今の私の気持ちもそうであるが、男と逢えば思いがけなく身を任せることもあると詠っているものである。

　この歌の長歌にある「吾者不志」（ただし、「吾者不忍」の表記もある）の「志」も、反歌の「常不所念」の「念」も、共に「吾は思はず」「常思ほえず」と訓む場合であり、安易に両者を「忘」の誤字であるとする従来の定訓の解釈は恣意的であり、これらの歌を損ねている。

「相聞」の部にある長歌。

新しい訓

（前略）
　　大和の　黄楊（つげ）の小櫛を　**抑へ挿し　さしてくはし子**　それぞ
我が妻

新しい解釈

　　大和の黄楊の櫛を髪に**抑えて控え目に挿して、とりわけ繊細
な美しさがある子**、それが私の妻である。

■これまでの訓解に対する疑問点

　末尾から2番目の歌句の原文は「々細子」であるが、定訓は、「々」
を「卜」の誤字として、「うらない」の「うら」と訓み、「卜細子」を
「うらくはし子」とする澤瀉久孝『萬葉集注釋』によるものである。

　しかし、『日本古典文學大系』および中西進『万葉集全訳注原文付』
は「刺細の子」（さすたへのこ）と訓んでいる。しかし、他例がない、
未詳という。

　また、古典文學大系は「ウラグハシは用例の見える限り風景を形容す
るに用いられている点一考の余地があろう。」と注釈しているが、3330
番歌に「麗妹尓」とあり、同書は「くはし妹に」と訓み、「美しい妹に」
と注釈しているので、「くはし」自体は風景の形容に限られるものでは
ない。

　3424番歌に「まぐはし児ろは」の例もある。

■新訓解の根拠

「々」は、同じ漢字を続けるときの表記であるから、その前の表記が**「抑刺」**であり、「刺細子」が原文であると考える。

　したがって、「刺細子」を「さしてくはし子」と訓む。

　前2句の「黄楊の小櫛を　抑さへ挿し」の「さし」を繰り返して「さして」とするとともに、「さして」に「とりわけ」「特に」の意の「さして」を掛けているのである。

「細」は「くはし」と訓み、繊細な美しさの意。

　大和風の黄楊の小櫛を髪に挿した姿に、とりわけ繊細な美しさがある、それが私の妻だ、という歌意である。

　第3句の原文が「押刺」ではなく、「抑刺」とあるのは、黄楊の小櫛を控え目に挿しており、そこに妻の繊細な美しさがあることを表現しているものである。

「て」に当たる字はないが、「さしてくはし子」と状態を示す助詞「て」を訓添する。

「て」は多くの歌に表記されている助詞で、略体歌の表記には、1299番「船浮」（ふねうけて）、2482番「心依」（こころはよりて）など「て」を訓添して訓む例は多く、非略体歌においても、3278番「射目立」（いめたてて）のように「て」を添えて訓む例がある。

　なお、上掲部分は長歌の末尾で、「抑へ挿す　さすたへの子　それぞ我が妻」であっても、「抑へ挿す　うらくはし子　それぞ我が妻」であっても、5字・6字・7字であるが、新しい訓の「抑へ挿し　さしてくはし子　それぞ我が妻」は、5字・7字・7字の定型となる。

「相聞」の部にある長歌。

新しい訓

> （前略）
> 　さ丹塗りの　小舟もがも　玉巻きの　小楫（をかぢ）もがも　漕ぎ渡り
> つつも　**語らひあふを**

新しい解釈

> 　赤く塗った小舟があればなあ、玉を巻いた楫があればなあ、
> 漕ぎ渡りながら、**互いに話し合うことよ。**

■これまでの訓解に対する疑問点
　末尾の原文「**相語妻遠**」の「妻」をそのまま「つま」と訓み「語らふ
妻を」（『日本古典文学全集』、『新編日本古典文学全集』）、あるいは「相
言ふ妻を」（『新日本古典文学大系』、『岩波文庫　万葉集』）と訓む注釈
書もあるが、多くの注釈書は「妻」を「益」の誤字として「語らはまし
を」と訓んでいる。
　「妻を」と訓んだ場合、「を」は格助詞の「を」となり、「ましを」と訓
んだ場合は「を」は間投助詞となる。
　なお、この長歌の冒頭２番目の句に「妹等者立志」（妹らはたたし）
と訓んでいるので、「妹ら」を同一歌において「つま」（妻）とは詠わな
いと思う。

■新訓解の根拠
「**相語妻遠**」の「妻」を「**あふ**」と訓む。「妻」に対して「メアワス　ア
フ」の訓が『類聚名義抄』にある。

「相語」を「かたらひ」と訓む例は、2799番歌「相語而遣都」（かたら
ひてやりつ）にある。

　したがって、「相語妻遠」は「語らひあふを」と訓み、互いに話し合
うのになあ、の意である。

「妻遠」の用字は、遠くに隔たっている妻を詠った歌であるので、「あ
ふ」に「妻」、「を」に「遠」を当てているものと考える。

「相聞」の部にある長歌。

新しい訓

> 　おしてる　難波の埼に　引き上る　赤のそほ舟　そほ舟に
> 綱取りつなぎ　ひこづらひ　**もやひすれども**　いひづらひ　**も**
> **やひすれども**　**もやひ得ずぞ**　云はれにし我が身

新しい解釈

> 　〈押してる〉難波の崎を引いて上って行く赤塗りの舟に、綱を
> 取り繋ぎ、無理に引っ張って**舟を繋ぎ合わせようとしたが**、あ
> れこれ言って**舟を繋ぎ合わせようとしたが**、**繋ぎ合わすことは**
> **できなかったよ**、非難されたのは自分である。

■これまでの訓解に対する疑問点

　この短い長歌に３カ所（太字の部分）に用いられている原文「有雙」
の訓について、定訓は「ありなみ」と訓んでいるが、その理由につい
て、澤瀉久孝『萬葉集注釋』は、つぎのように注釈している。
「略解（筆者注：加藤千蔭『萬葉集略解』）に『宣長公、ありなみは、
ありいなみにて、人の言ひたつるを、否と言ひて争ふ事也。いなと言ひ
てあらそひつれども、いなみ得ずして、人に言ひ立られしと也。右の如
く見ざれば、言はれにしと言ふ詞、又上の序もかなはずと言へり。是然
るべし』とあるが當ってゐよう。」
　これに従い、多くの注釈書は「ありなみ」と訓んでいるが、『岩波文
庫　万葉集』は、「古代には『否（いな）む』の語例はなく、『否ぶ』し
か見られない点に難がある。（中略）舟を横に二艘並べて航行する例が
あったことも参照して、二人並び続ける意の語と見ることも可能か」、

また『日本古典文学全集』は、「当時イナブはバ行上二段活用であった点に、疑問がある。」としている。

■新訓解の根拠

1　「有雙」の「雙」は「双」の旧字体で、「ふたつ」の意である。「ならぶ」「ならび」と訓むことがあるが、それは「匹敵する」という意（以上、『学研漢和大字典』）であり、「雙」を「否ぶ」「否み」と訓むことも、解釈することも無理がある。

　　また、「有り否み」という名詞はない。『旺文社古語辞典新版』は名詞「有りなみ」を登載し［「ありいなみ」の約か］こばみつづけることあるいは否定しつづけること、と説明しているが、用例として本歌の訓を載せているだけである。

　　難波の崎の赤のそほ舟を詠んだ歌であるのに、「ありなみ」と訓むことは舟に何の関係もないことであり、宣長は「ありなみ」と見て解釈しなければ「上の序もかなはずと言へり」といっているが、なぜ「言ひ立つ」ことを否定する歌に、難波の崎の赤のそほ舟を詠むことが相応しいかの理由が分からない。

2　『古語大辞典』は、「船と船とをつなぎ合わせること。船をつなぎとめること。また、そのための綱。」を「舫ひ」といい、つぎの例歌を掲げている。

　　　かへる春今日の舟出はもやひせよなほすみよしの松陰にして
　　　　　　　　　　　　　　　　　　　　　　　　　　（夫木抄・6）
　　　流れやらでつたの入り江にまく水は舟をぞもやふ五月雨の頃
　　　　　　　　　　　　　　　　　　　　　　　　　　（夫木抄・8）

「難波の埼に　引き上る　赤のそほ舟　そほ舟に　綱取りつなぎ　ひこづらひ」の歌詞に続く「**有雙**」の語を「**舫ひ**」と訓むことは、詞の意味から「これ然るべし」と考える。二つの「そほ舟」を繋ぎ並べることを、「雙び有る」すなわち「有雙」と表記しているのである。

　　この長歌には寓意があり、「そほ舟」、すなわち赤く塗られた舟の一艘を女性に見立て、もう一艘の舟の「そほ舟」を男性に見立てて、女

性の舟に綱を掛けて男性の舟が女性の舟を繋いで引っ張ってゆこうとして、あれこれ試みた（説得した）が、女性の舟は繋がってくれない、舫（もや）ってくれないと詠っているもので、歌の作者は、舟が二艘繋がっている光景を想定して「もやひ」を「有雙」と表記したものであり、義訓による表記である。

「云はれにし」は、「道理に合わない。不当である」の意の「云はれぬ」の「ぬ」が打消の助動詞「ず」の連体形であるところ（前同）、「に」はその連用形であり、続く「し」は過去の助動詞「き」の連体形である。

　したがって、「云われにし我が身」は「非難をされた自分だ」の意で、女性を、舟を舫うように無理矢理繋いで引っ張って行こうとしたことを、道理に合わない不当なことであったと、最後は男性が反省している歌である。

　この歌の直前の3299番歌も、直後の3301番歌も、「妹」や「妻」を詠った歌で、この歌も「赤のそほ舟」を女性に見立て、舫いたいと詠っているものと解する。

「問答」の部にある長歌に対する反歌。

新しい訓

天地の　神をも吾は　祈りてき　恋とふものは　**かつて止(と)め
ずけり**

新しい解釈

天地の神にも私は祈ったことがありました、恋しい気持ちは
決して止めてくれないことが分かりました。

■これまでの訓解に対する疑問点

　この歌の訓解において、二つの問題がある。

　一つは、結句の「都不止來」の「**都**」を「かつて」と訓むか、「さね」
と訓むかである。

かつて	澤瀉久孝『萬葉集注釋』（ただし、「さね」も併記）、『新潮日本古典集成』、『新編日本古典文学全集』、伊藤博訳注『新版万葉集』
さね	『日本古典文學大系』、『日本古典文学全集』、『新日本古典文学大系』、中西進『万葉集全訳注原文付』、『岩波文庫　万葉集』

　二つには、同結句の原文の「止」を「やまず」と訓むか、「止めず」
と訓むか、である。

■新訓解の根拠

上掲古典文學大系は、「さね」と訓む理由について「サネの原文、都。カツテとも訓む。字余りとなるので、同じ意味のサネと訓む。」としている。

すなわち、「さね」と訓む論者は、「都」を「かつて」と訓むものであることを前提にしながら、歌に字余りがあってはならない、字余りは存在しないという見解に立って、これまで知られている字余りが許される場合に該当しない場合は、本来その原文にはあり得ない訓をもって、字余りを解消しようとするものである。

この考えは歌の訓解において、本末転倒と言うべきものである。

万葉集には、短歌においても、4字の字足らずの句を含む歌、あるいは句が8文字で表記されており、字余りと認めざるを得ない歌が相当数ある。

一字一音表記で、8文字で表記されているものとして、1525番歌「見毛可波之都倍久」（みもかはしつべく）、3370番歌「波奈都豆麻奈禮也」（はなつづまなれや）、4081番歌「比登加多波牟可母」（ひとかたはむかも）などがある。

さらに、本歌の7首前にも、句中に単独母音「い」を含むが、3301番歌「都痲等不言登可聞」（つまといはじとかも）の9音の句がある。

したがって、本歌の「都」は「かつて」と訓むべきで、「さね」と訓むべきでないと考える。

つぎに、この歌の二つ前に、同類のつぎの歌がある。

　　3306　いかにして恋止むものぞ天地の神に祈れど我や思ひ増す

両歌とも、歌の作者は恋人に逢いたいと思う気持ち（恋）が苦しいので、逢いたいと思う気持ちがなくなるように、と神頼みをしたというものである。

3306番歌は神頼みをしたが、逢いたいという自分の気持ちは「やまず」、思いが増したと詠っているのに対し、本歌は神頼みしたのに神様は逢いたい気持ちを「とめず」すなわち「とめることはない」のだ、と分かったと詠っているものである。

　すなわち、神頼みをした結果を、3306番歌の方は、自分の立場から
思いが増しただけで、恋は「やまなかった」ことを詠っているのに対
し、本歌の方は、神様は決して自分の恋だけではなく「恋とふもの」一
般を止めないことに気付いたと、神様が恋を「とめない」ことを詠って
いるものである。

　「都」は「かつて」と訓み、「決して」の意（『古語大辞典』）、「けり」
は「気付き」の助動詞。

　本歌の「不止」は「とめず」と他動詞として訓むべきで、これを自動
詞の「やまず」と訓むと、3306番歌と全く同じ内容の歌となり、二つ
の歌の詠み方の違いを理解しないことになるのである。

「問答」の部にある長歌に対する反歌。

新しい訓

> 　こもりくの　泊瀬小国に　妻あれば　**石は履くとも**　なほし
> 来にけり

<small>はつせ をこく</small>

新しい解釈

> 〈こもりくの〉泊瀬の国に妻が居るので、**石靴を履くほど困難**
> **であるけれど、**それでもわたしはやって行くのだ。

■これまでの訓解に対する疑問点
　第4句の原文「**石者履友**」の「履」を、「踏む」の已然形「踏め」と
訓んで、「石は踏めども」の定訓について、疑問を懐く論者はいない。
「履」の文字の訓は「はく」であり、「ふむ」の意味があることは『学
研漢和大字典』に掲記されている。
　しかし、この歌の長歌に、「雪は降り来」「雨は降り来」と夜這いの困
難な状況を詠んでいるが、道や石のことは何も詠われていない。

■新訓解の根拠
　3311番の歌は、男の「夜這い」を詠った3310番の長歌に付された反
歌であり、つぎの3313番歌は、それに答えた女の長歌3312番に付され
ている反歌である。

　3313　川瀬之　石迹渡　野干玉之　黒馬之來夜者　常二有沼鴨
　　　　（川の瀬の　石踏み渡り　ぬば玉の　黒馬の来る夜は　常に
　　　　有らぬかも）

　注目すべきは、男の反歌に「石者履友」とあり、女の反歌に「石迹渡」とあることである。

　定訓は「石者履友」の「履」を「ふめ」と訓み、「石迹渡」の「迹」も「ふみ」と訓んでいるが、表記が違う以上、訓も異なる筈である。

　男性が、「石者履友」と詠っているのは「石の靴を履いて行くような困難な状況であっても行く」と、困難な状況を譬喩的に「石は履くとも」と強調した表現であるのに対し、女性が「石迹渡」と詠っているのは、現実に河原の石を踏んで馬が来ることを詠っているものである。「石の上にも三年」という諺があるように、「石」を困難の象徴として「石は履くとも」と表現しているもので、単に石道を踏む困難を表現しているものではないのである。

　したがって、「履」を「踏む」と訓むのは相当でなく「履く」と訓むべきである。

　また、「来にけり」は、「行きにけり」の意である。

類　例

巻第13　3317番

「問答」の部にある長歌に対する反歌。

新しい訓

> 　馬買はば　妹徒歩〔かち〕ならむ　よしゑやし　**石は履けども**　我〔わ〕は二人行く

新しい解釈

> 　馬を買うとしたら、こんどは妹が徒歩で行くように辛いことであろう、えい、ままよ、（徒歩で行くことは）**石靴を履くように辛いことであるが**、私は妹と二人で行くことにする。

■これまでの訓解に対する疑問点

　定訓は、この歌の第4句の原文「**石者雖履**」についても「石は踏むとも」と訓んでいるが、疑問である。

■新訓解の根拠

　前掲の理由により、この歌も「**石は履けども**」と訓むべきである。

　すなわち、この歌は3314番歌の妹の歌において、他人の夫は馬で行くのに、自分の夫が徒歩で行くことを憐れんで、妹の母の形見のまそ鏡やあきづ領巾を馬に替えて、夫に馬で行きなさいと詠った歌に対して答えた歌である。

　本歌において、夫は馬を買えば、「妹徒歩ならむ」と詠んでいるが、本来、馬に替えるのは徒歩で行く夫のためであり、「妹徒歩ならむ」は不審である。

　おそらく、「妹徒歩ならむ」は、妹が母の形見を失い、今度は妹が辛いであろうことの譬喩として用いているものであろう。

　それゆえ、夫の方は馬のない状況であっても、いっそのこと妹と二人で辛い状況を乗り越えて行こうと詠っているのであり、現実に徒歩で石を踏むことではなく、「**石者雖履**」は「石は履けども」と訓み、辛い状況であるけれどもという譬喩的表現と解するべきである。

　他に、「或本反歌曰」として2首あるが、どこにも石の道を踏むと詠まれておらず、河の渡り瀬が深く旅衣が濡れるので、徒歩ではなく馬で行かせたい、と妻が詠んでいるのである。

「問答」の部にある長歌に対する反歌。

新しい訓

> 門（かど）に居る　もし子は内に　至れども　いたくし恋はば　今帰
> るがね

新しい解釈

> 　家の門に居る娘子が、もし心が**極限の状態になっても、どう
> しても逢いたくなれば**、私はすぐに帰ってくるだろうから。

■これまでの訓解に対する疑問点

　この歌の第2句の最初の2文字の原文は、諸古写本において「郎子」（但し、寛永版本以外、「郎」の右は「おおざと」ではなく「ふしづくり」である）であり、すべて「ヲトメ」の訓が付されている。

　注釈書は「郎子」を男子の「いらつこ」と訓む説と、女子の「をとめ」と訓む説に分かれており、この歌の歌意は各注釈書において相当に錯綜している。

　澤瀉久孝『萬葉集注釋』は、上3句を「門に居る　娘子（をとめ）は内に　至るとも」と訓んで、「門口にゐて私を見送る娘子はやがて家の内へはひらうとも、そなたが私にひどく心を惹かれたならば、すぐ帰つて来よう。」と口訳している。

　これに対し、『岩波文庫　万葉集』は、「至る」は「門前から自分の家の内に入るというような場合には用いられない。」としている。

　多くの注釈書はこれと同じ見解からか、「内」を奈良から紀の国に行く途中にある地名の「宇智」であるとして、「宇智に　至るとも」と訓解している。

■新訓解の根拠

　この歌は、直前のつぎの女の歌に、男が答えた歌である。

　　3321　さ夜更けて今は明けぬと戸を開けて紀へ行く君をいつとか待
　　　　　たむ

　紀の国に旅立つ男と最後の夜を共にした女が、さあ夜が明けたと戸を
開けて出て行く男を、いつ帰って来るのかと待つことだろう、と詠って
いる。
　本歌はその答歌で、上の歌を詠んだ女は、男を見送るために門に立っ
ている。その女の姿を見て、旅立つ男が詠った歌と解される。
　「郎子」は「郎女」でないので、「をとめ」と訓むのは相当でない。
　「郎」の原字が「即」であったものが、「郎女」であると思いこまれた
ために、「即」の最初に「＇」が書き込まれたものであろう。
　「即」には「もし」の古訓がある（『学研漢和大字典』）。
　したがって、第2句の原文**「即子内尓」**を**「もし子は内に」**と訓む。
　「内」は「内心」の意で、地名の「宇智」ではない。
　「至り」には「情緒の深さ。趣の度合い。」「極まるところ。」の意があ
り、「至る」は「ある限界に達する。」の意がある（以上、『古語大辞
典』）。
　したがって、「もし子は内に　至れども」は、「もし、子の内心が限界
に達するようになっても」の意である。
　「紀へ行く君をいつとか待たむ」と詠んだ娘子が男を見送るため、家の
門口に出て居る姿を男が見て、内心は男と別れる辛さで極限に達してい
ることを察して、女がどうしようもなく逢いたいと思えば、すぐに帰っ
て来るであろうから、と詠っているのである。
　「門に居る　もし子は内に　至る」は、門にいる娘子が家の中に入るこ
とではなく、娘子の内心の思いが限界に達することであることを知らな
ければ、この歌は理解できない。
　末尾の「金」は助詞の「がね」と訓み、「〜（する）だろうから。」の
意。
　公用の旅ならなおさら、私用の旅であっても、この時代において旅の

途中から帰って来ることは考えられないが、思いつめている女を見て、
男が歌で慰めているのである。

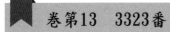

「譬喩歌」の部にある歌。

新しい訓

（長歌の部分）
　　息長（おきなが）の　遠智（をち）の小菅　**連れなくに**　い刈り持ち来　**敷かなくに**　い刈り持ち来て

新しい解釈

　　息長の遠智の小菅（女）を、**結んで連れ合いにもしないのに**、自分のものとし、**完全に支配して面倒も見ないのに**、自分のものとして、

■これまでの訓解に対する疑問点

　多くの注釈書も「小菅」が女の譬喩、さらに小菅を「い刈る」は男が女を自分のものにすることの譬喩であることは認めている。

　定訓は「不連尔」を「編まなくに」と「連」を「あむ」と訓んでいるが、その理由について、多くの注釈書は十分な説明をしておらず、澤瀉久孝『萬葉集注釋』は「『連』には本來『貫く』とか『編む』とかの意は無いのであるが、似た意をとつてヌクともアムとも義訓させたと見る事も出來よう。」と述べており、義訓であることにも十分な理由がないのである。

　澤瀉注釋のこの部分の訳は「小菅を、編まないのに刈つて持つて來、敷きもしないのに刈つて持つて来て、」である。これでは、「譬喩歌」を完全に理解したことにはならない。

■新訓解の根拠

「**不連尒**」は「**連れなくに**」と訓む。

「連る」には「連なる」「同行する」「従う」の意（『古語大辞典』）がある。

　菅を詠んだ歌に397番歌「結びしこころ」、2473番歌「君が結びてし」とあり、菅は結ぶこと、すなわち連なることを連想させる。

　本歌では菅は女の譬えであるから、菅が連なることは女が男に連なることの譬えである。夫婦のことを「連れ合い」という。

　また、「不敷尒」の「敷かなくに」の「敷く」は「支配する」の意で、女を完全に支配すること、すなわち生活の面倒をみることをしないでの意である。

　したがって、「連れなくに」は、男が女を連れ合い、すなわち夫婦にもしないのに、「敷かなくに」は完全に面倒もみないのに、「い刈り持ち来て」、すなわち関係を続けて自分の女にして来た、の意である。

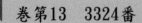

巻第13　3324番

「挽歌」の部にある長歌。この歌については、訓解を問題にするのではなく、誰の死に対する挽歌であるか、および作者は誰であるかを推論する。

定訓

かけまくも　あやに畏し　藤原の　都しみみに　人はしも
満ちてあれども　君はしも　多くいませど　行き向ふ　年の緒
長く　仕へ来し（中略）望月の　満しけむと　我が思へる　皇
子の命は（中略）九月の　しぐれの秋は（中略）あさもよし
城上の道ゆ　つのさはふ　磐余を見つつ　神葬り（中略）天の
原　振り放け見つつ　玉たすき　懸けて偲はな　畏くあれども

解釈

申しあげるのも畏れ多いことである、藤原の京いっぱいに
人で満ちているが、また君と申し上げる方は多くおられるが、
ずっと年月長くお仕えしてきた（中略）満月のように完全であ
ると私が思った皇子（弓削皇子）は（中略）9月の時雨の秋は
（中略）〈あさもよし〉城上の道から〈つのさはふ〉磐余を見な
がら神として葬られ、（中略）天の原を振り仰ぎ見ながら、心
にかけて偲びたい、畏れ多いことであるが。

■これまでの見解

この挽歌は、作者名の記載がないが、多くの注釈書は柿本人麻呂の高
市皇子命の挽歌（199番）の語句と似たものが多いこと（上記の下線部
分）を指摘している。

しかし、誰の死に対する誰が作成した挽歌であるかにつき、言及する

318

注釈書はない。

■弓削皇子に対する柿本人麻呂作の挽歌と推定する理由

1　長歌に詠まれている人は、「皇子の命」と詠われており、天皇の皇子である。

2　「藤原の　都しみみに」と詠われているので、藤原時代（694年から710年までの間）に亡くなった皇子が詠われていることになる。

3　上記期間中に亡くなった天武天皇の皇子は（天智天皇の皇子を含めても）、高市皇子（696年8月）、弓削皇子（699年8月）、忍壁皇子（705年6月）および死期不明の磯城皇子の4皇子であるが、高市皇子については別に長文の挽歌が存在し、逆に磯城皇子はあまり知られていない皇子であるので、この2皇子は除外するのが相当である。

　そうすると、弓削皇子か忍壁皇子のどちらかということになるが、そのことは、作者を人麻呂と仮定した場合、歌に「年の緒長く　仕へ来し」と詠われているように、人麻呂は忍壁皇子および弓削皇子に長く仕えていた事実とも符合する。

4　8世紀になり、火葬が普及し、挽歌が詠われなくなった。そういうことから、本挽歌は705年に死亡した忍壁皇子の挽歌と断定することには障害があるので、弓削皇子に対する挽歌と推定する。

5　423番の長歌の題詞には「石田王の卒せし時に、山前王の哀傷して作る歌一首」とあり、左注には「右の一首は、或いは云う、柿本朝臣人麻呂の作」とある。

　この長歌の中に「つのさはふ　磐余の道を」あるいは「九月の　しぐれの時は」の歌詞があり、本長歌にもある。

　また、この長歌の「或本反歌2首」（424番歌、425番歌）の左注に、紀皇女の名が登場し、石田王が紀皇女と関係があったことを推認させる。

　弓削皇子が紀皇女と関係があったことは、119番ないし122番歌の歌で明らかであるので、「石田王」は弓削皇子の仮名である可能性も推測できる。

6　3324番の挽歌も、423番の挽歌も、人麻呂が弓削皇子のために詠んだ挽歌である可能性は高いものであるが、軽皇子の皇嗣決定に関し、

持統天皇の不興を買った弓削皇子と人麻呂である（本シリーズⅠ　45
番、111番などの歌を参照）から、人麻呂が作歌した弓削皇子の挽歌
は、持統天皇発案の万葉集においては憚られ、二人の名前は秘して掲
載されたものと推定する。

「挽歌」の部にある歌である。

新しい訓

（長歌の部分）
　天雲の　下なる人は　吾のみかも　君に戀ふらむ　吾のみか
も　君に戀ふれば　**天地に　満ちたる吾の　戀ふれかも**　胸の
病みたる思ひかも　（中略）　人の寝る　味寝は寝ずに　大船の
行くら行くらに　思ひつつ　吾が寝る夜らは　**しきもあへなく**

新しい訓解

　天雲の下に居る人は、私だけ君に恋しているのであろうか、
私だけ君に恋しているとすると、**天地の間に満ち溢れている
のは私の恋であることよ**、胸の苦しくなる思いであることよ
（中略）　人が寝るように安眠せずに〈大船の〉思いが行ったり
来たり揺らいで、私が寝る夜は**しきりにがっかりするばかりで
ある**。

その1

■これまでの訓解に対する疑問点
　上掲の「天地に」のつぎの句の原文「満言」を、加藤千蔭『萬葉集略
解』に「宣長云、言は足の誤にて、みちたらはしてならむと言へり」と
あることに、『日本古典文學大系』、澤瀉久孝『萬葉集注釋』、『新日本古
典文学大系』、『岩波文庫　万葉集』は従っている。
　これに対して、語順を逆さにして「言を満てて」と訓むもの（『新潮
日本古典集成』、『新編日本古典文学全集』、伊藤博訳注『新版万葉集』）、
あるいは「言を満てて」と訓むもの（中西進『万葉集全訳注原文付』）、

さらには「言を足らはし」と訓むもの（『日本古典文学全集』）がある。

　これらはすべて、誤字説あるいは語順を替えて訓むものである。

■私の新訓解

「満言」の「言」を、「**吾（われ）**」と訓む。

「言」を「われ」「わが」「あが」と訓む例は、2533番歌「言者為金津」（われはしかねつ）、2535番歌「言故」（わがゆゑに）、2129番歌「雁者言恋」（かりはあがこひは）に、それぞれある。

　この部分は「恋ふらむ」「恋ふれば」の前にいずれも「われ」とあり、「妾」「吾」の主格の文字を当てているので、「恋ふれかも」の前にもその主格が必要であり、「言」は「われ」の表記と考える。

その2

■これまでの訓解に対する疑問点

　末尾の原文は、元暦校本、紀州本、陽明本、寛永版本は「數物不敢鳴」であり、類聚古集、広瀬本、神宮文庫本は「數物不敢鴨」である。

　多くの注釈書は後者により、「よみもあへぬかも」と訓み、「数えることができないことよ」と解している。

■新訓解の根拠

　前掲前者の原文により、「**しきもあへぬなり**」と訓む。

「數」を「頻き」と訓めることは、すでに述べてきた。

「鳴」は「鳴る」の連用形「なり」と訓む。挽歌であることによる用字である。

「あへなし」は、死など「もはやとりかえしのつかない結果に対して、手の打ちようもなく、がっくりした気持ちにいうことが多い」（『岩波古語辞典』）。

「挽歌」の部にある長歌。

新しい訓

> （長歌の部分）
>
> 　行きし君　いつ来まさむと　**占据ゑて**（うらす）　斎ひわたるに（いは）　狂言（たはこと）や　人の言ひつる

新しい解釈

> 　行ってしまった君を、いつ帰って来られるかと**占いの物を据え置いて**、身をずっと清めていたのに、妄言であろうか、人が言った、

■ これまでの訓解に対する疑問点

　上掲の3番目の句の原文は、元暦校本では「**大卜置而**」、類聚古集では「大占置而」、紀州本、神宮文庫本、西本願寺本、陽明本はいずれも「大夕卜置而」である。

　万葉集において、「占」「卜」に関する詞として最も多いのは「問ふ（ひ）（へ）」で、420番、736番、2506番、2625番、2686番、3811番、3812番に7例で、次に「告ら（る）」の109番、2613番の2例、「告ぐ」の3318番の1例で、「置く」は全くないが、現代の注釈書は「占置きて」ないし「卜置きて」と訓んでいる。

■ 新訓解の根拠

　3811番歌では「卜部座」を「占へ据ゑ」と訓んでいる。

「置く」は「事物を一定の場所にすえる。」の意があり、「据う」には「しっかりと置く。大事そうに置く。」の意がある（以上、『古語大辞

典』)。

　したがって、上掲の「座」と同様に、本歌の「**置**」も「**すゑ**」と訓
む。

「占据ゑて」は、占いをする物を一定の場所に大事に置いて、の意味で
ある。

「大」は美称、「夕」は古写本の筆記者が訓の混乱する中で挿入された
文字とみて不読とする。

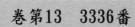

巻第13　3336番

「挽歌」の部にある長歌。

新しい訓（旧訓）

> 鳥が音の　**聞こゆる海に**　高山を　隔てになして　沖つ藻を
> 枕になし（後略）

新しい解釈

> 鳥の声が**聞こえる海に**、高い山を衝立てのようにして、沖か
> ら浜に打ち上げられた藻を枕にして、

■これまでの訓解に対する疑問点

　第２句の原文「**所聞海尒**」は、古写本において、「**きこゆる海に**」と訓まれてきた。

　現代の注釈書では、『日本古典文學大系』と中西進『万葉集全訳注原文付』は同様に訓んでいる。

　ところが、澤瀉久孝『萬葉集注釋』、『日本古典文学全集』、『新編日本古典文学全集』、『新日本古典文学大系』、『岩波文庫　万葉集』は「かしまの海に」と訓み、古典文学全集は「能登の地名のカシマネを『所聞多祢』（3880）と記した例もあり、声が多く聞える、の意で書いたとみてカシマと読む。」と理由を説明している。

『新潮日本古典集成』、伊藤博訳注『新版万葉集』は、「神島の海に」と訓んでいる。

■新訓解の根拠

「かしまの海に」あるいは「神島の海に」と訓む説に対し、つぎの反論がある。

1 「かしま」と訓む理由は、3880番歌「所聞多祢乃」を「かしま嶺の」と訓むことを前提としている。しかし、それ自体に、つぎの疑問がある。

  ① 4026番歌に能登郡の地名として「香島」はあるが、3880番歌の「香島嶺の机の島」の表現は、「嶺の島」となり不自然であること。

  ② 「所聞多」を「かしまし」の「かしま」の義訓とするが、上代では「かしまし」の語が確認されていない（『古語大辞典』語誌）こと。

  ③ 3880番歌「所聞多祢乃」を「聞こえ種の」と訓むべきであることは同番で述べるが、本歌の「所聞海尓」も「聞こゆる海に」と訓むべきである。

2 「かしまの海に」と訓む説は、直前の「鳥が音の」の語を「かしま」にかかる枕詞と解している。

  しかし、この歌は「挽歌」であることを忘れた論議である。

  古来より、鳥は人間の霊魂を天上に運ぶと信じられており、万葉集における著名な挽歌であるつぎの歌には、鳥が詠われている。

    145番歌「鳥翔成」（有間皇子の挽歌）、153番歌「念鳥立」（天智天皇の挽歌）、170・172番歌「放鳥」、180番歌「住鳥毛」、192番歌「鳴鳥之」（以上、草壁皇子の挽歌）、416番歌「鳴鴨乎」（大津皇子挽歌）

  したがって、本挽歌にも「鳥が音の　聞こゆる海に」と鳥が詠われているのであり、これを島の名とその枕詞とすることは、挽歌であることを理解しない訓解である。

  また、他に「所聞」は、2224番歌「所聞空従」（聞こゆる空ゆ）、2249番歌「所聞田井爾」（聞こゆる田井に）、3015番歌「所聞瀧之」（聞こゆる瀧の）と訓まれている。

  よって、本長歌のこの部分は、鳥の声が寂しく聞こえる海邊に、高い山を衝立てにし、沖から寄せて来た藻を枕にしての意で、海岸に行き倒れている行路死人の状態を詠んでいるものである。

前掲挽歌3336番の長歌の反歌である。

新しい訓

> あしひきの　山道^{やまぢ}は行かむ　風吹けば　**波至り塞^せく**　海道^{うみぢ}は行
> かじ

新しい解釈

> 〈あしひきの〉山の道を行こう、風が吹けば、**波が道まで来て
> 道を塞ぐ**海沿いの道は行かないでおこう。

■ これまでの訓解に対する疑問点

　第4句の原文「浪之塞」の「之」を「の」と訓むと決めてかかり、この句を7字に訓むためには「塞」を4字に訓む必要があるので、注釈書の訓はつぎのとおりである。

塞^{ささ}ふる

　　『日本古典文学全集』、『新潮日本古典集成』、『新編日本古典文学全集』、『新日本古典文学大系』、伊藤博訳注『新版万葉集』、『岩波文庫　万葉集』

　　前掲新古典大系は、3335番歌「跡座浪之　塞道麻」が「とゐ波の　塞^{ささ}ふる道を」と訓まれていることを訓例にしている。

塞^{さや}れる

　　『日本古典文學大系』、澤瀉久孝『萬葉集注釋』、中西進『万葉集全訳注原文付』

　　澤瀉萬葉集注釋は、「塞」にササフの訓がない（前掲3335番歌では「立ち塞ふ」と訓んでいる。）としたうえで、日本書紀・神代記に「塞」をサヤルと訓んだと思われる例があるとして、「さやれる」

と訓んでいる。

　これらの訓は、いずれも第４句を７字に訓むための、文字数合わせの訓に過ぎなく、疑わしい。

■新訓解の根拠

「之」には、「至る。ゆく」の訓がある（『類聚名義抄』）。

　したがって、「浪之塞」は「波至り塞く」と訓む。

「之」を「の」でなく、「ゆく」と訓む例は334番歌「忘之爲」（忘れゆくため）にある。ただし、定訓は「忘れむがため」と訓んでいる。

　また、2363番歌「君之來」は「君の行き来る」、2522番歌「在之者」は「有りゆけば」、3213番歌「君之行疑」は「君行き行くか」と訓むべきことは、既述のとおりである。

「塞」を「せき」と訓む例は、687番歌「雖塞々友」（せきにせくとも）がある。

　海辺の路に、風が吹けば波が至り、道が塞がれ通れなくなる状況である。

328

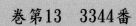

巻第13　3344番　　　　　　　　　　（誤字説）

「挽歌」の部にある歌で、あるいは防人の妻の作るという左注がある。

新しい訓

（長歌の部分）

　もみぢ葉の　過ぎて行きぬと　玉梓の　使の言へば　蛍なす
ほのかに聞きて　**大丈夫を　炎の路に**　立ちて居て　行くへも
知らず　朝霧の　思ひ惑ひて

新しい解釈

〈もみぢ葉の〉亡くなったと〈玉梓の〉使者が言うので蛍の光
のようにほのかに聞いて、大丈夫の夫は帰宅できない**怒りや苦
しみの情念の路に**立って居て、行くへも知れない、妻の私は朝
霧の中にいるように思い惑いて、

■これまでの訓解に対する疑問点

　まず、上掲「ほのかに聞きて」のつぎの句の原文の「大士乎」につい
て、諸古写本の原字は「士」であるが、賀茂真淵『萬葉考』が「士」の
誤字としたことに従い、定訓は「大士を」と訓んでいるものである。

　また、さらにそのつぎの原文は、元暦校本は「火穂路而」であるが、
類聚古集は「火穂跡」、広瀬本は「大穂跡」（右に「太イ」）、そして紀州
本、神宮文庫本、西本願寺本、陽明本、寛永版本は「太穂跡」と、混乱
している。

　これを、定訓は「炎と踏みて」と訓んで、大地を炎のように踏んでと
解釈しているが、その意は明瞭ではない。

329

■新訓解の根拠

「**大士乎**」を「**大丈夫を**」と訓む。「を」は主格を表す格助詞である。

　元暦校本の「**火穂路而**」によって、「**炎の路に**」と訓む。「而」を「に」と訓むことは他にもある。

「炎」は「（比喩として用い）怒りや苦しみなどの強烈な激情。心中の激情。」（『古語大辞典』）のことである。

　家に帰れないまま亡くなった防人の夫の情念が、怒りや苦しみの路に立って居て、行くへも知れないというのである。

「立居而」を「立ちて居て」と訓む例は、443番および2887番にある。

「行くへも知らず」までが、夫である大丈夫の状態であり、「朝霧の思ひ惑ひて」の以降は、妻の心情であるが、「大土に」と訓む定訓を採る注釈書は「大地をまるで炎の上を踏むように跳び上がり踏んで、立ったり座ったり、どこへ行けばいいのかわからず途方に暮れ、」（『岩波文庫　万葉集』）をも妻の心情と解している。

あ と が き

　私の万葉歌新訓解の研究を、評価し賛同してくれる幾人かの友人知人のお一人から、「間違い」「的外れ」などとこれまでの訓解を非難することは、新訓解が正しくとも、これまでの訓解を支持する人々に拒絶反応を生じさせる危惧がある、との読後感を頂いたことがあります。

　まことに有難い示唆であり、早速、手元の原稿の表現を改めましたが、気がついてみるといつの間にか新しい原稿では、これまでの訓解を全面否定してしまっています。

　50年以上、主に民事弁護士である私は、争いの渦中にある依頼人の立場を、代理人として全面的に主張し、相手の主張を基本的には全面的に否定することが日常です。

　その方法が、真相究明に繋がり、依頼人の利益と心情を満たすからです。双方が十分各自の立場を述べて初めて、互譲により解決する道が開けます。

　万葉歌の訓解においても、これまでの訓解では詠み人の心情が損なわれていると考える、上は天皇から防人・庶民までの詠み人に対して、私は弁護人をかって出て、民事弁護と同じように、愛すべき詠み人の立場を最大限主張し、かつこれまでの訓解を手厳しく批判してきました。

　反論を呼び込んでこそ、真相が浮き彫りになると期待し、また、そうでもしなければ、これまでの訓解の支持者は、おそらく何の反論も示さず、無視・沈黙を通すだろうと予想したからです。

　我が国の国民性は、自己が積極的に主張するのではなく、相手が自分の立場を 慮 ってくれるべきだという風潮がありますので、友人が言うように世間的には手荒な手法でありますが、研究分野での忖度は進化の妨げになると憂慮しています。

　これから、いやおうなく急速に国際化してゆく中で、国民の意識も変化してゆくことを信じて、万葉歌に対する私の新訓解を最大限に主張してゆきたいと思います。

　令和5年7月

上 野 正 彦

上野　正彦（うえの　まさひこ）

【主な職歴】
弁護士（現・50年以上）
公認会計士（元・約40年）

【古歌に関する著書】
『百人一首と遊ぶ　一人百首』（角川学芸出版）
『平成歌合　古今和歌集百番』（角川学芸出版）
『平成歌合　新古今和歌集百番』（角川学芸出版）
『新万葉集読本』（角川学芸出版）
　　　　　　　　（以上、ペンネーム「上野正比古」）
『万葉集難訓歌　1300年の謎を解く』（学芸みらい社）
『もっと味わい深い　万葉集の新解釈Ⅰ　巻第1　巻第2
巻第3』（東京図書出版）
『もっと味わい深い　万葉集の新解釈Ⅱ　巻第4　巻第5
巻第6　巻第7』（東京図書出版）
『もっと味わい深い　万葉集の新解釈Ⅲ　巻第8　巻第9
巻第10』（東京図書出版）

もっと味わい深い
万葉集の新解釈IV
巻第11　巻第12　巻第13

2023年11月10日　初版第1刷発行

著　　者　上野正彦
発行者　中田典昭
発行所　東京図書出版
発行発売　株式会社 リフレ出版
　　　　　〒112-0001　東京都文京区白山 5-4-1-2F
　　　　　電話 (03)6772-7906　FAX 0120-41-8080
印　　刷　株式会社 ブレイン